풀꽃

풀꽃

후쿠나가 다케히코
박성민 옮김

시와서

차례

모든 인간은 풀과 같고,
그 영광은 풀꽃과 같다.

— 베드로 전서 1장 24절

1장

겨울

나는 그 백일홍 나무에 사로잡혀 있었다. 그것은 주코칸이라고 불리는 넓은 강당 뒤쪽의 정원 한가운데에 덩그러니 한 그루 서 있었다. 주코칸에서는 한 달에 한 번쯤 결핵 요양원의 환자들을 위로하기 위해 영화가 상영되었다. 하지만 나는 아직 병세가 완전히 회복되지는 않아서 그곳에 영화를 보러 간 적은 없다. 그저 바람이 적고 햇볕이 따스한 겨울날, 정원 안을 어슬렁어슬렁 걸었을 뿐이다. 샘물이 있고 그 둘레에는 황매화 나무와 동백나무, 단풍나무가 있다. 주코칸 뒤쪽의 창문 앞에는 초록의 이파리가 무성한 감탕나무가 앙리 루소의 그림처럼 두세 그루 나란히 서 있다. 맞은편에는 시든 채 나란히 서 있는 매화나무들. 정원 한가운데에는 작은 정자, 그리고 그 옆에는 백일홍 나무 한 그루가 덩그러니 서 있었다.

그것은 으스스하게 가지들을 허공에 드러내놓고 있었다. 헐벗은, 죽은 듯한 매끄러운 가지. 그 옆에까지 홀린 듯이 다가가면, 나는 도저히 그것을 쓰다듬어보지 않을 수 없었다. 그것은 너무나 매끄러워 갓난아기의 살결 같았다. 그러면서도 꺼림칙하게 나이가 들어 있었다. 여름이 되면 이 가지들에 작은 잎이 수도 없이 돋아나고, 거기에 백 일 동안 붉은 꽃이 무리 지어 핀다는 것을, 도대체 어떻게 믿을 수 있을까. 가지는 무의미하게, 구불구불한 수많은 손을 하늘로 뻗고 있다. 그것은 다른 모든 것과 아무런 관계도 없이 서 있었다.

나는 이곳 — 도쿄 교외의 K 마을에 있는 이 요양원 — 에서 벌써 두 번의 겨울을 났다. 첫 번째 겨울에 흉곽 성형술을 받고 예후가 좋지 않았기에 올가을 무렵에야 겨우 산책을 할 수 있는 몸 상태가 되었다. 그래서 나는 여름에 주코칸의 뒤쪽 정원에 와본 적이 없다. 그러니까 여름에 이 백일홍 나무에 잎이 돋고 꽃이 피어 있는 것을 본 적이 없다. 내가 알고 있는 한, 이 나무는 언제나 고독하게, 헐벗은 채, 구불구불한 가지를 뻗으며 가만히 서 있었다. (이것은 지금으로부터 5년쯤 전의 일이다. 그 후 나는 여름이 되어 나무가 활짝 꽃을 피우고 화려한 차림으로 서 있는 것을 보았다. 그러나 그런 백일홍 나무에는 어떠한 감동도 일지 않았다.)

나는 시오미 시게시와 둘이서 그곳에 간 적도 있다. 나는 솜옷을 입고 팔짱을 끼고 있었다. 시오미는 흰색 환자복 위에 코트를 입고 호주머니에 두 손을 찔러 넣고 있었다. 나는 늘 그러듯이 백일홍 나무의 가지를 쓰다듬었다. 가지는 공기보다 더한층 차갑게, 생(生)의 본질처럼 구부러져 있었다.

"자연이란 건 무서워. 이런 모습으로 이렇게 살아 있으니까 말이야." 하고 나는 말했다.

"이건 백일홍 나무인가?" 하고 그가 물었다.

"그래, 몰랐어? 이래 보여도 봄이 되면 버젓이 싹이 트고 여름이면 꽃이 피지. 왠지 기분이 묘해."

시오미는 수술을 앞두고 있었기 때문에, 내가 그런 진부한 소리를 한 것도 조금은 그의 기운을 북돋워주려는 마음이 있었는지도 모른다. 또다시 여름이 올지 어떨지, 사실은 나 자신도 반신반의하고 있었다. 병이 낫기를 바라는 건 누구에게나 자연스러운 감정이다. 하지만 불행한 경험을 몇 번이나 겪은 환자는 나을지 않을지는 인력이 미치기 어려운 곳에서 이루어진다는 것을 결코 잊지 않는다. 여름은 이제 다시는 오지 않을지도 몰랐다.

"웃기네." 하고 그는 말했다. "이런 비참한 꼴을 하고 살아 있어봤자 뭐가 된다고. 차라리 죽는 편이 훨씬 낫지. 이 자식, 죽은 척이나 하고 있고, 뭐야."

시오미는 발을 들어, 신고 있던 나막신 뒷굽으로 툭 하고 나무줄기를 쳤다. 그러더니 맥이 빠진 듯 대뜸 "가자." 하고 말했다.

나는 영안실의 뒷문에도 사로잡혀 있었다. 병원 구내를 한 바퀴

도는 산책로가 있다. 이 계절에는 무성하던 여름풀도 시들해지고, 산책로를 따라 서 있는 졸참나무와 밤나무, 상수리나무들도 잎이 진다. 그러면 산책로에서 병동의 방이 하나하나 보이고, 병실에 누워 있는 환자의 눈에도, 시들어 잎이 진 잡목림 너머로 경증 환자 병동의 널지붕 몇 개가 드문드문 보였다.

영안실은 그 산책로에서 더 이상 병동이 눈에 보이지 않는 부근에, 나무들과 떨어져 황량하게 서 있었다. 평소에는 자물쇠가 채워진 문을 열면, 흙바닥 저편에는 제단이 놓인 다다미 여덟 장 크기의 방이 있고, 그 옆에는 여섯 장 크기의 대기실, 그리고 뒤쪽에는 두꺼운 벽으로 칸막이가 쳐진 해부실이 붙어 있었다. 그 건물은 운명의 악의(惡意)처럼 늘 사람을 기다리는 듯이 서 있었다.

어느 겨울날 아침, 병실 창에 기대어 밖을 보고 있는데, 간호사 두 명이 담당 노인과 함께 들것을 들고 시신을 옮기고 있는 게 보였다. 얼어붙은 구름이 잿빛 층을 이루며 낮게 드리우고, 잉크의 얼룩 같은 태양이 희미한 새벽빛을 조금씩 땅 위에 뿌리고 있을 때, 시신 위에 덮인 흰 천 위에도 서리는 차갑게 내렸다. 묵묵히 뒤를 따르는, 한 명인지 두 명인지 되는 유족, —— 그리고 행렬은 영안실 쪽으로 천천히 나아갔다.

우리는 창에 기댄 채 보고 있었다. 얼얼한 공기를 뚫고 들것을 옮기는 간호사들의 말소리가, 의미는 알 수 없지만 또렷이 들려온다. 이따금 밝은 웃음소리까지. 도대체 웃을 일이 뭐가 있을까. 아무 걱정도 없다는 듯이 태평하고 자유롭게.

"못됐어." 하고 나는 말했다.

"그냥 일인 거야. 루틴이라고." 가쿠 씨가 말했다. 가쿠 씨는 기계공이었다. 독학으로 영어로 된 전문 서적 같은 걸 읽고 있어서 가끔 영어를 썼다.

"아무리 그래도 그렇지. 뭘 옮기고 있는지 알기나 할까."

"저기 맨 앞에 가는 간호사가 다나카야." 가쿠 씨가 말했다.

다나카는 미인이라는 평판이 자자한 간호사였다. 환자 앞에서는 늘 새침했지만 여자들끼리 있으면 잘 웃었다. 간호실 앞 복도를 지나가면, 가끔 안에서 그녀의 웃음소리가 들려왔다.

"그 새침데기 여자," 하고 내가 말했다. "난 진지하지 않은 여자는 싫어."

목소리도 행렬도 서서히 멀어져갔다. 그때, 시오미가 누구에게랄 것도 없이 말했다.

"진지하지 않아서가 아냐. 그냥 젊어서 그런 것뿐이야."

나는 돌아보았다. 시오미는 침대 위에서 책상다리를 하고 앉아 담배를 피우고 있었다.

"그 간호사들은 살아 있는 거야." 하고 그는 말을 이었다. "사람이 죽거나 말거나 아무 상관도 없어. 죽은 사람은 죽은 사람이야. 그 여자들은 살아 있어. 웃기도 하고 울기도 하고, 그뿐이라고. 죽은 사람과는 아무 인연도 없는 세상에 살고 있는 거야. 너 같은 시인은, 죽음의 불빛 주위를 날아다니는 나방 같구나, 뭐 그런 식으로 말하겠지."

나는 대답을 망설였다. 그 사이에 행렬은 완전히 보이지 않게 되었다. 그날 밤 경야 때, 영안실에 안치된 관 앞에서 나는 새침데기 다나카가 눈물을 닦는 것을 보았다.

그해 겨울은 죽는 환자가 많았다. 벌써 5년 전의 일이다. 스트렙토마이신이 조금씩 나오기 시작했지만, 그래도 아직 비싸서 누구나 쓸 수 있는 건 아니었다. 성형술은 보급되었지만 폐엽 절제술은 시작된 지 얼마 되지 않았을 무렵이었다. 겨울은 혹독했고, 죽는 이는 많았다. 우리는 종종 시신이 지나가는 것을 보았다.

하지만 산책로를 따라 영안실 앞까지 가면, 그 건물은 잡목림 속에 고요히 웅크려 있고 뒷문은 굳게 잠겨 있었다. 나는 늘 반쯤은 무심결에, 각목을 짜 맞춘 허술한 나무문을 양손으로 밀어보았다. 그것은 희미하게 삐걱거렸지만 열리지는 않았다. 잘리고 껍질이 벗겨진 목재는 격자로 못이 단단히 박혀 있어, 들어가려는 나를 가로막았다. 그 문이 열리는 것은 영구차가 들어갈 때와 나갈 때, 다시 말해 우리가 출관 송별이라고 부르며 영안실 앞에 정렬할 때뿐이었다. 정문으로 나가든지 뒷문으로 나가든지, —— 이 요양원에서 치료 받는 7백 명의 환자에게 나갈 수 있는 문은 언제나 이 둘뿐이었다. 많은 사람이 정문으로 나갔다. 그리고 몇몇은 뒷문으로 나갔다. 나는 닫혀 있는 뒷문에 손을 댈 때마다 어두운 분노를 금할 수가 없었다. 나는 예전에 시오미 시게시와 그곳에 간 적은 없지만, 만약 그가 함께 있었다면 나보다 몇 배는 더 힘주어 그 문, —— 말하자면 운명의 문을 분노하며 밀었을 게 분명하다.

내가 백일홍 나무와 영안실 뒷문에 사로잡혀 있었던 것처럼, 그도 역시 하나의 관념에 사로잡혀 있었다. 단지 다른 것이 있다면, 우리 같은 요양원의 환자들은 자신의 죽음이라는 관념에 사로잡혀 있었고, 그는 타인의 죽음이라는 관념에 사로잡혀 있었다는 것이다. 그러나 나는 그것을 너무 뒤늦게야 알았다.

*

하지만 나는 내 이야기를 하려고 이 글을 쓰고 있는 것이 아니다. 시오미 시게시, —— 오로지 이 인물을 소개하기 위해서이다.

나는 요양원의 어느 한 병실에서 1년이 채 못 되는 시간을 그의 옆자리에서 보냈다. '큰방'이라고 불리는 병실에는 여섯 개의 침대가 있다. 거기서 증상이 호전된 사람은 경증 환자 병동으로 보내져 거기서 보행이나 작업 치료를 받고, 증상이 나쁜 사람이나 수술 직후의 환자는 독방으로 보내졌다. 그래서 큰방의 멤버도 가끔 교체되곤 했는데, 내가 요양원에 있는 동안은 열 명 이상의 사람들과 한방을 썼다. 그들은 다들 '우연'이 인생의 도중에 가져다준 한때의 친구들이라고 할 수 있다. 낮에는 낮의 불안을 함께하고 밤에는 밤의 공포를 함께하는 이 여섯 명의 환자들 사이에 깊은 우정이 흐르지 않았을 리가 없다. 이것을 한때라고 부른다면, 한때가 아닌 우정이 어디에 있을까. 하지만 한 사람은 한 사람만큼의 고독을 품고, 저마다 폐쇄된 벽 안에 웅크린 채, 자신의 고독의 무게를 헤아리고 있었던 것이다. 게다가 한 사람 한 사람은 서로 다른 나이, 서로 다른 인생 경험, 서로 다른 병증에 따라 독립되어 있어, 서로를 잇는 우정과 우정 사이의 틈새에 질투나 선망, 증오 같은 감정, 무엇보다 에고이즘이 숨겨진 감정이 감춰져 있지 않았다고 누가 말할 수 있을까.

일반적으로 요양원의 환자들을 덮치는 불행은 늘 갑작스럽게 찾아왔다. 그것은 그들의 인생의 길을 바꿨다. 그들이 건강을 자부하고 있었을 때, 병은 질풍처럼 그들의 모자를 날려버렸다. 그들은 이제 굴러가는 모자를 뒤쫓으려는 노력 속에서, 산다는 것의 본질을 차츰차츰 잃어가고 있었다. '산다'라는 말이 이토록 실감을 띠며 말해지는 곳은 다른 어디에도 없겠지만, 산다는 것은 사실, 객담 검사니 엑스레이 촬영이니 외과 진단이니 혈침 측정이니, —— 그들의 증상의 진행에 관한 불안 속에 응축되어 있었다. 환자들은 저마다 자신의 진료 기록을 가진 것처럼, 자신의 병이 그에게 안겨준 정신적 상흔과 자신만의 고유한 고독을 가지고 있었다. 아무리 증상이 좋아졌다는 의사의 말을 들어도, 그것으로 그의 불안이 완전히 사라지지는 않는다. 깨끗이 다 나았다, 라고 단언할 수 있는 경우는 의학적으로 거의 없다. 그저 누구누구와 비교하면 좋다거나 나쁘다고 말할 수 있는, 상대적인 자기만족이 있을 뿐이다. 그리고 설령 육체가 회복했다고 해도, 한번 입은 정신의 상흔은 평생 치유되지 않고 남을 것이다. 이 상흔의 자각이 늘 우리의 고독을 채찍질했다.

시오미 시게시가 내 마음을 사로잡은 것은 다른 무엇보다도, 그런 상흔을 가볍게 겉으로 드러내지 않았던 그 정신의 강인함에 내가 흔들렸기 때문이다. 나는 그와 침대를 나란히 놓고 지냈는데, 단 한 번도 증세가 나빠졌다고 해서 그가 마음의 동요를 일으키는 것을 본 적이 없다. 한 달에 한 번 혈침 측정과 객담 검사가 있었다. 혈침은 아침 식사 전에 끝나, 9시나 10시쯤이면 결과가 나왔다. 그러면 병실에 있는 누군가가 의사의 눈을 피해 간호실로 몰래 들어가 여섯 명분의 혈침 수치를 베껴서 온다. 우리 중에 늘 혈침이 좋았던 건 료라고 하는 대학생 한 명뿐이었다. 나머지 다섯 명은 그때그때 좋아지기도 하고 나빠지기도 했다. 객담 검사는 며칠 후에 결과를 알 수 있었다. 우리는 결과를 알 때까지, 아무래도 안 좋은 모양이야, 하고 쑥덕거리며 한시도 가만히 있지 못했다. 검사 결과에는 가프키* 등급이 1호부터 10호까지 나오는데, 무균일 경우는 마이너스로 표시된다. 료 한 사람만 거의 늘 마이너스

* 객담 속의 결핵균 양을 나타낸 수치.

였고, 기계공인 가쿠 씨나 시오미는 가끔 5호나 6호로 나왔다. 나는 마이너스일 때는 뛸 듯이 기뻐하다가도 1호라도 나오면 이불을 뒤집어쓰고 드러눕곤 했다. 하지만 시오미는 아무리 나쁘게 나와도, 그런가, 하기만 할 뿐, 별다른 표정을 보이지 않았다.

"넌 참 태평도 하다." 나는 시오미에게 말했다.

"내 정신이 살아 있는 한," 그가 말했다. "나라고 하는 인격은 내 거야."

"거창하네. 하지만 네가 말하는 그 정신인지 뭔지는 육체가 무너지는 것에 아무런 아픔도 안 느끼는 거야?"

"육체는 무너지지, 그런 건 알고 있어. 알고 있으니까 내 정신을 더 소중히 하고 싶은 거야. 너도 그럴걸."

"그래도 이봐, 육체가 서서히 무너져가는 걸 지켜본다는 건 견딜 수가 없잖아. 육체가 죽어버리면 정신이고 뭐고 아무것도 없으니까."

"그걸 지켜보는 게 살아 있다는 거야." 시오미는 의연히 말했다.

"그렇게 이론대로 되진 않아." 나는 그만 약한 소리를 했다.

"넌 감수성이 강하니까. 시인은 그런 사람이잖아. 나 같은 사람은 그저 사물을 보고 그걸로 살아갈 뿐이야."

그의 말대로 나는 젊어서부터 시를 쓰고는 있었지만, 작품 이외의 것으로 시인 취급을 받는 건 싫었다. 그래서 언짢은 표정으로 잠자코 있었다. 시오미는 베개 밑에 감춰둔 담뱃갑을 꺼내더니 한 개비를 뽑아서 피웠다. 기침을 하더니 또 깊이 연기를 들이마셨다.

"나도 옛날엔 그랬어." 그가 말했다. "하지만 난 내 감수성을 죽여버렸어. 감수성이라기보단 내 영혼을 죽여버렸지. 난 네가 부러워."

그렇게 말하고 그는 아주 잠깐, 무척 어두운 표정을 지었다.

*

시오미가 처음 우리가 있는 큰방으로 온 것은 내가 흉곽 성형술의 예후가 좋지 않아 구석 쪽 침대에 내내 누워 지내던 무렵이었다. 계절은 드디어 봄을 맞이하고, 하늘 높이 종달새의 울음소리가 창틀에 박힌 창공에서 방울방울 떨어져 내렸다. 오후의 안정시간 동안 병동은 고요해 종달새 울음 말고는 소리 하나 없다. 창 쪽으로 고개를 돌려 멍하니 생각에 잠겨 있는데, 복도에서 덜컹덜컹 운반차를 밀고 오는 소리가 차츰 가까워지는가 싶더니, 방문이 열리며 간호사 두 명이 이불 보따리를 들고 들어왔다. 내 옆 침대는 며칠 전 누워 있던 환자가 경증 환자 병동으로 옮겨가, 벌거벗은 매트리스를 드러내놓고 있었다. 어떤 녀석이 온 거지, 하는 생각이 들었지만 호기심보다는 간호사가 움직이며 돌아다니는 게 성가셔, 이불을 덮어쓴 채 꾸벅꾸벅 잠이 들어버렸다.

간호사가 부르는 소리에 잠이 깬 나는, 아, 벌써 검사 시간인가,

하고 혼잣말을 하며 하품을 한 번 하고, 36.8도, 78, 하고 체온과 맥박을 말했다. 그러다 무심코 옆 침대로 눈길을 돌리니, 조금 전까지 주인 없던 침대 위에 새 이불이 깔려 있고 흰옷을 입은 남자가 책상다리를 하고 앉아 아무렇지도 않게 담배를 피우고 있었다.

"체온은요?" 간호사가 물었다.

"다음번부터 합시다. 아직 안 쟀으니까."

간호사는 (그녀는 아직 나이가 어리고 업무에 열심인 양성소의 학생이었다) 잠시 곤란하다는 듯이 상대방의 얼굴을 보았다. 그러더니 내키지 않는 듯한 얼굴로 옆 침대로 갔다. 맞은편 세 명의 체온 검사를 끝내고 방을 나가면서, 그녀는 단단히 마음먹은 얼굴로 뒤돌아보며 말했다.

"시오미 씨, 담배는 안 된다는 거 모르세요?"

"압니다." 상대방은 곧바로 시인했다.

간호사는 물끄러미 쳐다보더니, 풉 하고 웃음을 터뜨리며 서둘러 나가버렸다.

나는 웃으며, "꽤 호탕하네요." 하고 말을 걸었다.

"시오미라고 합니다. 잘 부탁합니다." 하고 무척 진지한 얼굴로 인사하더니, "그쪽이 체온을 대충대충 말하는 것 같아서 담배도 야단맞지는 않겠구나 하고 지레짐작한 겁니다."

그는 맛있다는 듯 담배를 피웠다. "이사도 끝났는데 담배 한 대쯤 피워도 되죠." 하고 말했다.

요양원 내는 당연히 금연이다. 하지만 회복기의 환자에게 담배의 유혹은 무엇보다 강했다. 맞은편의 가운데 침대에 있는 가쿠 씨는 기흉이 계속되고 게다가 경과도 그다지 좋지는 않았는데, 침대 위에 라디오 부품을 늘어놓고 전기인두를 만지작거리면서 몰래몰래 잽싸게 담배를 피웠다. 또 우리 쪽의 창가 침대에는 아저씨라고 불리는 오십 대 안팎의 환자가, 이 나이에 지금까지 든 버릇을 어떻게 끊겠어요? 하고 거들먹댔다. 변두리의 고물상 주인인 모양으로, 산전수전을 다 겪은 사람이었다. 가게 문을 닫는 날에는 아내가 아이의 손을 잡고 면회를 왔다. 안정 시간에는 셋이서 산책을 나갔는데, 가끔은 알코올 냄새를 살짝 풍기며 돌아왔다.

시오미 시게시의 악덕이라면 오로지 담배 하나였다. 그는 의사나 간호사의 눈을 피해 맛있게 담배를 피웠다.

“시오미 씨, 안정에 방해되니까 담배 좀 꺼줄래요?” 하고 료가 말했다.

“방해라니, 거기까지 연기가 가나?” 하고 시오미가 대답했다.

“방해라면 방해인 거예요. 도대체가 요양원에서 담배를 피우다니, 몰상식하게.”

침대 위에서 일어난 료의 늘 혈색 좋은 동그란 얼굴이 시퍼레졌다. 그는 내 바로 맞은편 침대에서 늘 말없이 죽은 듯이 누워 있었다. 그러다가도 때때로 굉장히 신이 나서 콧노래를 흥얼거리거나 간호사를 놀리기도 했다. 하지만 그것도 어느새 바람처럼 잔잔해지면 또다시 음울한 침묵이 주기적으로 찾아왔다. 좀 별난 청년이었다. 어느 의과대학 학생이었는데 자신의 병증에 관해서는 지나치다 싶을 만큼 예민해서, 늘 경증 환자 병동으로 갈 후보자 중 맨 첫 번째로 뽑혔는데도 진단할 때마다 스스로 몸의 이상을 호소하며 그 특권을 포기해버렸다. 의대생이니까 진중하기도 했겠지만, 자신의 병이 사실은 매우 나쁜데, 단지 여기 의사들이 그걸 모르고 있다는 고정관념에 사로잡혀 있었다.

"내가 몰상식한 건 알고 있어." 시오미가 말했다. "하지만 내 몸은 나한테 맡겨둬."

"자기 몸에 안 좋은 걸 아무렇지도 않게 하다니, 상식 없이." 하고 료는 거듭 말했다.

"남한테 피해만 안 주면 아무 문제 없잖아. 도대체 이게 너한테 방해가 된다는 거야, 아니면 내가 담배를 피우는 게 몰상식하다는 거야?"

"둘 다예요, 바보같이."

료는 부들부들 떨었다. 시오미는 침착하게, 일부러 맛있다는 듯이 연기를 내뿜었다.

"그래? 넌 그렇게나 죽고 싶지 않은 거야?"

시오미는 상대의 얼굴을 보며 천천히 그렇게 말했다. 그 말에 방 안은 갑자기 거북할 정도로 조용해졌다.

"그만해. 싸우는 게 더 몸에 안 좋아." 하고 내가 말했다.

료는 이불을 덮어쓰고 누워버렸다. 아무 일도 없었다는 듯이 가쿠 씨가 고개를 숙인 채 라디오 기계를 끼익 끼익 울리기 시작했다. 그렇구나, 하고 나는 생각했다. 료가 짜증을 낸 상대는 가쿠 씨였다. 이 두 사람은 침대를 나란히 한 채, 무슨 일만 있으면 티격태격했다. 가쿠 씨는 장기의 말처럼 각진 얼굴에 슬슬 머리카락이 빠지고 있었지만, 나이는 료와 엇비슷했다. 겉으로 보기보다 증상이 나빴는데도 늘 일어나 앉아 라디오 수리 아르바이트를 하고 있었다. 어릴 때부터 고생을 겪어 고집이 세고 참을성이 강했지만, 사실은 담백한 사람이었다. 료의 침대까지 담배 연기를 흩날리고 있는 것은 가쿠 씨의 낡은 파이프였다.

그럼 가쿠 씨한테 화내면 될 걸, 하고 나는 생각했다. 하지만 의대생이 시오미에게 화를 낸 건 역시 그만한 이유가 있었을 것이다. 무엇보다 시오미의 동요하지 않는 태도, 증상이 나쁜데도 남의 일이라는 듯한 그 차분한 표정이 료에게는 하나하나 자신을 향한 빈정거림처럼 느껴졌던 게 분명하다. 시오미의, 말하자면 삶에 대한 이런 무관심은 우리에게 너무나 비현실적으로 느껴졌다. 마치 아무것도 아닌 병인데 실수로 요양원의 병실로 흘러들어 온 것으로밖에는 보이지 않았다. 그것이 내게는 우정을, 하지만 가쿠 씨나 아저씨 같은 사람에게는 두려움을, 그리고 료에게는 질투를 불러일으킨 원인이었을 것이다. 모든 환자가 죽음과 그 그림자에 떨고 있는 동안, 오직 그만이 무엇에도 속박되지 않고 자유로운 듯이 보였다. 하지만 사실은 그도 역시 깊이 두려워하고 있었다. 다만 그는 그것을 겉으로 드러내지 않았을 뿐이다.

내가 시오미에게 우정을 느낀 데는 우리가 거의 같은 시기에 같은 대학에 적을 두고 있었다는 이유도 컸을 것이다. 다만 나는 외국 문학을 전공했고 그는 언어학과였기 때문에 그 당시부터 가까웠던 건 아니다. 하지만 같은 은행나무 가로수 아래를 스쳐 지나갔을지도 모르고, 같은 헌책방 서가 앞에서 나란히 책을 보고 있었을지도 모른다는 생각은 우리를 아주 가까운 사이로 느끼게 해주었다. 하지만 내가 그에게 갖기 시작한 친밀한 정을, 그도 똑같이 내게 보냈다고는 생각하지 않는다. 그는 농담을 하기도 했고, 사람을 웃기기도 했다. 마음이 내키면 수다도 잘 떨었다. 하지만 그는 늘 자신의 주위에 어떤 종류의 고독을 두었다. 나와 친하게 이야기할 때도 그는 자신의 고독에 갇힌 채 마음을 열고 다가오지 않았다. 또 자신의 과거에 대해서는 아예 입을 열지 않았기 때문에, 그 고독의 원인이 무엇인지, 나는 하나도 아는 게 없었다.

*

그해 겨울은 내가 겪은 요양원의 겨울 중에서도 유난히 혹독했다. 한밤중에 문득 잠이 깨면, 어두운 밤을 돌아다니는 찬바람이 이루 말할 수 없는 쓸쓸함을 느끼게 한다. 열려 있는 창에서 얼어붙은 공기가 흘러 들어온다. 멀리 병실에서 들리는 숨이 끊어질 듯한 격한 기침 소리. 그리고 그렇게 잠 못 드는 기나긴 밤 동안, 선반 위에 놓인 병 속에서는 양칫물이 서서히 얼어가는 것이다.

하루하루 단조롭게 날이 밝고 졌다. 추위가 지독하고 날씨가 침울할 때는 식사 시간 외에는 내내 침대에 누워 있을 때도 있다. 손을 내놓고 있으면 손끝이 곱아들고, 독서대 위에 펼쳐놓은 책도 언제까지고 같은 페이지에 허무하게 머물러 있다. 무엇을 할 기력도, 무엇을 생각할 기력도 없다. 그러면서도 몇몇 이미지가 끊이지 않는 연상의 끈으로 이어져, 때로는 과거의 기억으로, 때로는 미래의 공상으로 우리를 이끈다. 그러나 그 모든 것은 견디기 힘들 만큼 어두운 것이다. 소년 시절 꿈꾸었던 '산다'라는 것은 지금 같은 이런 비참한 상태를 가리키는 건 아니었다. '산다'라는 말 안에는 타오를 듯한, 온몸을 바쳐도 후회하지 않을 것 같은 기쁨과 슬픔이 아로새겨져 있었다. 하지만 지금은, 산다는 것이 그저 하루하루의 소모일 뿐이었다, —— 뭘 하는 것도, 뭘 생각하는 것도 없이, 그저 나른한 권태 속에서. 그리고 인생의 방향이 잘못되었다는 데서 생겨나는 슬픔이, 현실적인 온갖 어려움과 함께 우리의 마음을 답답하게 얽어매고 있었다.

"넌 잘도 그렇게 일을 하는구나." 내가 말했다.

시오미는 침대 위에 책상을 놓고 뭔가 열심히 노트에 적고 있었다. 책상이라고 하지만 귤 상자를 쪼개서 만든 허술한 것이다. 그 위에 팔꿈치를 댄 채 그는 나를 보며 웃었다.

"일이라고 할 것도 없어."

"난 아무것도 못 하겠어. 사람들은 종종 말하지, 시 같은 건 누워서도 쓸 수 있으니까 좋겠네 하고. 농담이 아냐. 누워서 쓸 수 있는 쉬운 시 같은 게 있을까?"

"그래도 쓸거리는 있겠지, 물론?"

"쓸거리 같은 건 문제가 아냐. 뿌리내리는 것, 그게 시야. 근데 나한텐 뿌리를 내릴 만큼의 힘이 없어. 시 한 줄 쓰는데도 온 힘을 다해야 해. 그런데 난 그만큼의 힘이 솟지를 않아. 네가 정말 부러워. 근데 대체 네가 쓰고 있는 건 뭐야?"

"이거?" 하고 웅얼거리며 시오미는 조금 곤란한 듯한 표정을 지었다. "뭐, 소설 같은 거야."

"이야, 투지가 대단한데." 하고 나는 말했다.

그는 내 말을 비꼬는 것으로 여긴 모양이다. "그런 건 아냐. 오해하면 곤란해." 하고 답했다. "넌 진짜 시인이니까 온 힘을 다하지 않는다면 시를 쓰지 않겠다, 그건 다시 말해, 네가 언젠가는 온 힘을 다해 시를 쓰겠다는 걸 예정하고 있는 거야. 현재의 넌 훗날의 창작을 위해, 이를테면 경험의 꿀을 모으고 있는 거지. 그건 네가 전문가이기 때문이야. 예술가라고 해도 좋아. 하지만 나 같은 사람은 그런 게 전혀 없어. 독자를 생각하며 쓰는 것도 아니고, 발표를 생각하고 쓰는 것도 아냐. 그저 내가 지금, 여기에 이렇게 살아 있다는 것의 증거로, 뭔가 쓰고 있지 않으면 가만있을 수 없는 것뿐이야."

"그러니까 넌, 너 한 사람을 위해 쓰고 있다는 말이잖아. 그게 진짜인 거야. 대단하잖아."

"너한테 칭찬을 들으니 낯간지럽네." 하고 그가 말했다.

우리 여섯 명은 대체로 각자 조용히 지냈다. 나는 그다지 읽히지 않는 책을 붙잡고, 이따금 생각이 났다는 듯이 페이지를 넘겼다. 내 맞은편 침대에는 료가 반듯하게 접은 손수건을 눈 위에 얹은 채 꼼짝도 하지 않고 누워 있었다. 그 옆에는 가쿠 씨가 눈치를 보며 망가진 라디오를 고치고 있었다. 그 옆, 그러니까 창가 쪽 침대에는, 살짝 말을 더듬는 버릇이 있어서 늘 입가에 미소를 띤 채 남의 말을 듣는 얌전하고 과묵한 청년이 침대에 엎드려 등사판 원고지를 자르고 있었다. 끼익 끼익 철필 긁는 소리가 언제나 침묵을 더한층 깊게 만들었다. 우리 쪽 창가 침대에는 아저씨가 가스토리 잡지*를 읽거나 꾸벅꾸벅 졸고 있었다. 그리고 아저씨와 나 사이에서 시오미는 책상을 앞에 두고 '소설 같은 것'을 쓰며, 틈틈이 맛있다는 듯이 담배를 피웠다.

하지만 늘 조용했던 것은 아니다. 다들 하나같이 따분해했기 때문에 누가 먼저랄 것도 없이 우리는 침대에 앉아 두서없이 이야기

* 2차 세계대전이 끝난 직후부터 약 5년간 발매된 대중잡지로, 주로 선정적인 내용의 기사가 많았다.

를 나누었다. 그것은 때로 토론이 되기도 하고 말싸움이 되기도 했다. 가장 거친 사람은 료였다.

"시끄럽네, 진짜." 료가 중얼거리듯 말했다.

옆에서는 가쿠 씨가 라디오를 조정하고 있었다. 난처한 듯한 표정으로 손을 멈췄지만, 그 바람에 기계가 더 끼익 끼익 소리를 질러댔다.

"료, 좀 참아." 하고 나는 말했다. 이럴 때 나는 쓸데없이 말참견을 한다.

료는 눈 위의 손수건을 치우더니 눈을 부라리며 나를 쏘아보았다. "안정하는 데 방해가 되잖아." 하고 화를 냈다.

가쿠 씨는 라디오 스위치를 끄고 내게 신호를 보냈다. 괜히 화돋우지 마, 라는 신호. 나는 마음 착한 그가 안타까워 견딜 수가 없었다. 그는 늘 눈치를 보며 일했다. 라디오나 등사판 같은 것은 요양원 안에서 허용되는 몇 안 되는 아르바이트였다.

"네가 가쿠 씨한테 화풀이할 건 없잖아." 하고 나는 말했다. "아르바이트를 해야만 하는 사회적 모순에 대해서도 생각해보라고."

우리는 전부 가난했다. 그런 건 새삼 말할 필요도 없을 것이다. 입원비를 자비로 충당할 수 있는 환자는 손꼽을 정도밖에 되지 않았다. 그러니까 대부분의 환자는 생활보호법의 적용을 받고 이곳에 들어와 있었다. 입원비는 무료이고, 한 달에 5백 엔 정도의 생활비를 받았다. 나와 시오미처럼 입원비만 무료인 의료보호라는 것도 있었다. 번듯한 직업이 있으면 건강보험을 받을 수 있었지만, 발병 후 2년이면 유효기간이 끝나기 때문에 완전히 회복되기도 전에 퇴원해야 하는 환자도 있었다. 등사판 아르바이트를 하고 있는 청년은 생활보호를 받았지만, 한 달에 고작 5백 엔으로 어떻게 살아갈 수 있겠는가. 가쿠 씨는 입원비의 일부를 자비로 충당하고 있었다. 생활보호법은 규약이 엄격하고 절차도 까다로운 데다, 민생위원의 기분에 따라 적용을 못 받는 경우도 있었다. 가쿠 씨의 경우는 양친이 규모가 큰 장사를 한다는 이유만으로 적용을 받지 못했다. 그는 입원비가 밀려 자신의 용돈은 아르바이트로 벌고 있었다. (나는 그런 걸 전부 다 알고 있다. 같은 병실에서 같은 알루미늄 식기로 맛없는 밥을 먹으며 몇 년을 함께 지내다 보면 서로의 속사정 같은 건 저절로 알게 된다. 나는 가쿠 씨네 집안의 장사가 몹시 궁하다는 것도, 아저씨의 어린 딸이 심한 홍역을 앓았던 것도, 또 료가 어떤 연애를 경험했는지도 전부 다 알고 있었다. 다만 시오미에 대해서만큼은 아는 게 아무것도 없었다.)

료는 화를 내기 시작하면 늘 끝이 없었다. 가쿠 씨가 라디오 기계를 치워버리자, 이번에는 내게 덤벼들었다.

"난 남의 간섭 같은 거 받고 싶지 않아. ○○ 씨 (하고 내 이름을 부르며) 한테 간섭받을 일은 없어."

"넌 좀 네 멋대로야." 나는 감정을 억누르며 말했다.

"네 멋대로? 무슨 말이야? 형인 척 굴지 마."

나는 부루퉁해진 그의 얼굴이 조금 우스웠다.

"료, 너 툭하면 안정, 안정 하는데, 정신 건강이라는 것도 좀 생각해. 정신의 밸런스가 안 맞으면 몸에도 안 좋아."

"난 이대로 좋아. 그게 간섭이잖아. 쓸데없는 참견이라고."

그때 시오미가 천천히 말을 걸었다.

"난 료가 화내는 거 적극 찬성이야."

나도 깜짝 놀랐지만, 료도 속으로는 자신이 제멋대라는 걸 인정하고 있었기에 눈을 둥그렇게 뜨고 시오미의 얼굴을 보았다.

"화내고 싶을 땐 화내는 게 좋아. 그게 정신 건강이라는 거야. (그는 나를 보며 싱긋 웃었다.) 울고 싶을 땐 울고, 웃고 싶을 땐 웃고, 그게 자연스러운 거야. 그런데 우린 이상하게도 감정을 억누르는 게 미덕이라고 잘못된 교육을 받아왔어. 물론 이성을 무시해도 상관없다는 말은 아니야. 하지만 다시 생각해보면, 울고 싶을 때 울지 않았고, 화내고 싶을 때 화내지 않았기 때문에 우리가 얼마나 손해를 봤을까 하는 생각이 들어. 산다는 건 자기를 표현하는 거야. 자기를 불태우는 거야. 있는 힘을 다해 살기 위해서는 자신의 감정을 아낌없이 태워야 해. 그러니까 내가 보기에 료는 온 힘을 다해 살고 있는 것 같아서 정말 부러워. 물론 (하고 목소리를 죽이며) 남한테는 분명히 폐가 되긴 하겠지만."

료는 또다시 이불을 덮어쓰고 누워버렸다. 시오미의 비꼬는 말이 통했는지 어땠는지는 알 수 없었다. 하지만 료는 그때부터 별로 화를 내지 않게 되었다.

우리가 가장 열심히 의견을 주고받은 것은 뭐니 뭐니 해도 우리의 증상에 관한 문제였다. 그중에서도 시오미의 증상, 그의 수술 예정이 가장 큰 관심을 모았다. 진료 기록부에 기재된 시오미 시게시의 진료 소견에는 이렇게 쓰여 있었다.

"좌상엽 폐문부에 달걀 크기의 공동(空洞) 1개, 하엽 중앙에 산포성 침윤, 우중엽에 중간급의 침윤이 보임."

시오미는 이 요양원에 들어오기 전, 근처에 있는 B라고 하는 기독교계 요양원에 있었다. 우리가 살고 있는 이 K 마을에는 크고 작은 요양원이 열 몇 개가 나란히 들어서 있어 요양촌으로 불릴 정도였지만, B 요양원은 그중에서도 규모가 아주 작아 외과 수술 설비가 갖춰져 있지 않았다. 그래서 수술을 받을 목적으로 이곳으로 옮기는 환자도 적지 않았다.

처음에 진단을 받을 때, 젊은 담당 의사는 엑스레이 사진과 시오미의 얼굴을 번갈아 가며 찬찬히 보았다.

"수술을 해도 충분한 효과가 있을지는 알 수 없습니다. 공동이 꽤 까다로운 부분에 있어서요." 하고 의사는 말했다.

"저는 폐 적출 수술을 받고 싶습니다." 하고 시오미가 대답했다.

"폐 적출요? 글쎄요, 반대편 폐가 깨끗하다면 몰라도…… 그건 좀 모험이 아닐까요?"

"그래도 전 꼭 적출 수술을 받고 싶습니다."

시오미의 말투가 너무 강했던지 젊은 의사는 조금 기분이 상한 것 같았다. 진단이 끝나고, 우리는 우리끼리 이야기를 나누었다.

"시오미 씨는 어처구니없이 용감하군." 하고 가쿠 씨가 먼저 감탄했다. 가쿠 씨는 매주 기흉 검사만으로도 벌벌 떠는 사람이어서, 수술 같은 건 생각만 해도 오싹하다고 말하곤 했다.

"폐 적출은 아직 위험하지 않을까?" 하고 내가 말했다. "좀 더 지켜보는 게 좋아."

"난 받을 생각이야." 시오미는 진지하게 말했다.

"성형술도 괜찮을 텐데." 하고 아저씨가 끼어들었다.

"성형술은 안 돼." 하고 료가 말했다. "성형해도 이렇게 큰 공동은 절대 안 없어져."

"폐 적출은 어떤데?" 하고 내가 물었다. 료는 그래도 의대생이었기 때문에 그의 전문적인 의견은 일단 존중을 받았다.

"안 돼, 위험해." 하고 큰 소리로 대답했다. "안정하면서 스트렙토마이신을 맞고 병소가 꽤 가라앉고 나서가 아니면…… 하지만 그렇다 해도 어떻게 될지."

"어쨌든 난 받을 생각이야." 시오미는 싱글싱글 웃으며, 하지만 단호하게 말했다.

실제로 증상은 나쁜데도 겉으로는 아주 건강해 보이는 환자가 있다. 시오미 같은 환자가 딱 그렇다. 미열도 없고 큰 기침도 하지 않고 마음대로 돌아다닌다. 그 때문에 위험한 수술 같은 건 받지 말고 얌전히 누워서 상태를 지켜보는 편이 낫다는 의견이 유력했다. 담당의가 수술을 쉽게 찬성하지 않아 시오미는 무라타 선생에게 외과 진단을 받으러 갔다.

우리가 있는 요양원은 폐 외과에 관해서는 K 마을의 몇 안 되는 요양원 중에서도 가장 좋았다. 외과 의사 한 명 한 명은 풍부한 연구와 다년간의 경험으로 실력이 탁월했다. 무라타 선생은 이곳의 집도의 중에서는 꽤 젊은 편이었지만, 환자들이나 간호사들 사이에서 아주 인기가 많았다. 다른 의사와 달리 다가가기 쉽고 온후한 성격에 늘 입가에 미소를 잃지 않았다. 음악에도 조예가 깊어 레코드 콘서트 때는 해설을 맡기도 하고, 간호사를 위해 핀셋과 약봉지로 콩알보다 작은 종이학을 접어서 주기도 했다. 하지만 무엇보다도, 타고난 솜씨가 수술대 앞을 향한 메스의 움직임에도 여실히 드러나, 수술 시간도 빠르고 실수도 없다는 점이 환자의 신뢰를 얻었다. 무라타 선생의 수술로도 안 되면 방법이 없다, 라는 일종의 신앙까지 있었다.

"어이, 어떻게 됐어?" 하고 우리는 일제히 물었다.

"아직 정해진 건 없어." 하고 시오미는 조금 피곤한 듯한 표정을 지었다. "어쨌든 못 하는 건 아닌 모양이야. 흥미로운 케이스라고 말하던데."

"무라타 선생, 자신이 없는 건가?" 가쿠 씨가 말했다.

"그런 위험한 수술을 무라타 선생이 하겠어?" 하고 료가 말했다.

그 무렵은 폐 절제술로 불리는 이런 유의 수술이 겨우 조금씩 시작되던 때였다. 흉곽 성형으로는 도저히 가망이 없을 것 같은 환자를 대상으로 했지만, 적응증 환자도 적고 희망하는 사람도 많지 않았다. 어쨌든 성형은 수술 시간이 한 시간도 채 안 되는데 폐 절제는 열 시간이나 걸리고, 의사도 환자도 쉽지 않은 결심이 필요했다. 스트렙토마이신도 할당제라서 마음대로 쓸 수 없고, 수혈도 간호사의 봉사에 달려 있었다. 지금은 성형이든 절제든 수술을 받고 죽는 경우는 거의 없지만, 당시의 폐 절제술은 소위 결사의 각오가 필요했다. 수술 가능성이 있는 환자는 열띤 설득에 의해 승낙하는 것이 보통이었기에, 시오미처럼 스스로 폐절제를 희망하는 경우는 의외였다. 만약 료였다면, 넌 그렇게까지 해서 병이 낫고 싶어? 하고 한마디 비꼬아줬을 것이다. 하지만 시오미에게는 어떤 빈정거림도 받아들이지 않을 것 같은 묘한 강인함이 있었다.

*

그렇게 겨울이 지나갔다. 12월 말에 첫눈이 오고, 추위가 더한층 혹독해지면서 새해를 맞이했다. 요양원 생활에서 설날만큼 따분하고 쓸쓸한 건 없다. 환자 한 사람에 떡 한 장과 설음식 한 상자씩, 거기에 방마다 약간의 숯이 연말에 배급되고, 설날 아침에는 급식실에서 냄비 한가득 육수를 받아와서 화로에 불을 피우고 설 떡국을 끓인다. 아저씨는 외박 허가를 받아 집으로 가고, 우리 다섯이서 조촐하게 새해를 축하했다. 아마 일 년 중 다른 어느 하루와 설날 간에 딱히 새로운 감정이란 것도 없었을 것이다. 그저 밤이 되면 숙직 간호사와 카드놀이라도 하자며, 가쿠 씨가 간호사실로 가보곤 하는 정도였다. 그리고 하루하루는 또다시 단조롭게 흘러갔다.

나나쿠사*가 끝났을 때였나, 어느 날 나는 경증 환자 병동으로 가서, 시를 쓰는 어린 친구의 막사에서 잠시 이야기를 나누었다. 그때 문득 생각났다는 듯 그 청년이 내게 물었다.

"시오미 씨라면, 혹시 형님과 같은 병실 아닙니까?"

"맞아. 내 옆 침대야."

"그 사람에 대해 재미있는 얘기가 있는데……, 이런 거 말해도 될까."

나는 이 청년이 시오미와 같은 B 요양원에 있다가 왔다는 걸 떠올렸다. 나는 호기심에 못 이겨 이야기를 재촉했다.

"그 사람 말이에요, 자살미수로 한 번 크게 소동을 일으킨 적이 있어요." 하고 그는 이야기를 시작했다. "재작년 딱 이맘때쯤이었어요. 갑자기 병동에서 시오미 씨가 없어진 거예요. 거긴 외국인 선교사가 운영하는 곳인데, 외박은 엄격히 금지돼 있거든요. 시오

* 1월 7일에 일곱 가지 봄나물로 끓인 죽을 먹는 풍습.

미 씨는 병세도 나빠서 내내 누워만 있었고 당연히 외출할 리도 없는데 갑자기 이상해져서……, 환자복 위에 윗도리랑 코트만 걸치고 나가 오후부터 안 보이더니 저녁때가 돼도 안 오는 거예요. 다들 흩어져서 여기저기 찾으러 갔죠."

"너도 갔어?"

"전 몸 상태가 안 좋아서 누워 있었어요."

"그래서, 어떻게 됐어? 찾았어?"

"그게요, 소등 시간이 지나서 불쑥 혼자서 돌아온 거예요. 산카쿠 산 뒷숲에서, 결심이 서지 않아 망설였다면서……."

"약 같은 걸 가져간 건가?"

"그건 몰라요. 시오미 씨가 원체 말이 없어서요. 요즘은 안 그래요?"

"말이 없다고 할 정도는 아니고, 보통이야. …… 이해가 잘 안 가네, 그 얘기."

"그래서 나중에는 원장이 너무 걱정해서……. 결국 그 사람, 그 일 때문에 세례를 받았겠죠."

"무슨 말이야? 시오미가 크리스천이야? 전혀 몰랐어. 그 녀석 여기 YMCA 사람들과도 아예 교류가 없는데."

"그래요? 어쨌든 거기 원장은 혹시 자살이라도 할까 봐 무서워서 억지로 세례를 권했는지도 몰라요. 신자가 되면 자살은 할 수 없으니까요."

"음, 그래도 이상하네, 시오미가. 전혀 시오미답지 않은 것 같아서 말야. 왠지 딴 사람 얘기처럼 들려."

나는 병동에 돌아와서도 그 이야기를 시오미에게 꺼내기가 망설여졌다. 겨울 동안, 시오미는 두세 번 무라타 선생에게 갔다. 의료진 회의에서 시오미의 수술을 둘러싸고 열띤 논의가 벌어졌다는 소식을 간호사가 말해주었다. 그리고 결국, 시오미의 희망이 받아들여졌다. 수술은 2월 중순으로 예정되었다.

"선생님도 저 같은 케이스를 수술해보고 싶은 생각은 있겠죠?" 하고 시오미가 물었다고 한다.

"물론이죠. 한 사람이라도 더 많이 수술해보고 싶어요. 아무래도 폐 절제술을 원하는 사람은 아직 많지 않으니까요." 하고 무라타 선생은 웃었다.

"그럼 해주십시오. 의학 발전을 위해서 제 몸이 도움이 된다면 전 만족합니다."

"하지만 시오미 씨, 당신 몸에 만에 하나라도 위험한 일이 생긴다면, 의사로서……."

"하지만 환자인 제가 괜찮다는데 문제될 건 전혀 없지 않습니까? 정 뭣하면 각서라도 쓰겠습니다."

병실에 돌아와서 면담에 대해 설명하면서 시오미는 "각서라도 쓰겠다"고 말한 게 효과가 있었던 것 같다고 신이 나서 거듭 말했다. 그리고 내 얼굴을 보더니 갑자기 진지한 표정이 되어 말했다.

"너, 오해하면 안 돼. 난 절대 싸구려 영웅주의 때문에 수술을 원하는 게 아냐. 혹시라도 내가 낫는다면 폐 절제 말고는 방법이 없어. 만약 낫지 않는다면, 허무하게 죽기보다 조금이라도 의학 발전에 도움이 되는 게 나아. 너도 그렇게 생각할걸. …… 어쨌든 결정이 돼서 난 기분 좋아."

시오미의 밝은 표정, —— 게다가 뭔가 숨기고 있는 듯한 알 수 없는 표정을 보면서 나는 왠지 불안한 마음을 금할 수 없었다. 그렇게 관심을 보였던 병실의 동료들은 수술이 결정됐다는 말을 듣자, 갑자기 입을 다물어버렸다. 시오미는 조용해진 병실 안을 둘러보더니 침대 위에 책상을 놓고 담배에 불을 붙였다. 해가 짧은 어느 겨울날의 해질녘이었다. 급식실 쪽에서는 알루미늄 식기 부딪히는 소리 같은 게 들려왔다. 시오미는 노트를 펼친 채 왼손으로 머리를 싸쥐고는 하염없이 멍하니 있었다.

*

수술 전날, 시오미는 외과 병동의 독방으로 방을 옮겼다. 저녁 식사를 끝내고 나는 그 방을 찾아갔다.

그는 여느 때처럼 침대 위에 책상다리를 하고 창 쪽을 보며 담배를 피우고 있었다. 나도 성형수술이 끝나고 2주쯤 독방에서 지낸 적이 있는데, 침대 하나, 작은 테이블 하나가 마련된 이 좁은 방은 친근하고 차분한 느낌이 들면서도, 어쩐지 기분 나쁜 예감 같은 고요함을 품고 있곤 했다. 시오미는 몸을 돌려 내 얼굴을 보고는 미소를 지었지만, 특별한 표정은 보이지 않았다.

"조금 전에 료가 왔어." 하고 그가 말했다.

나는 창가에 놓인 둥근 의자에 앉았다.

"료는 또 왜 왔는데?"

"저번에 말한 대로 수술을 그만두라고. 늘 똑같은 논리지. 아직은 폐 절제 기술을 안심할 수 없으니까, 아무리 무라타 선생이라 해도 위험하다고, 지금 수술 받는 건 바보 같은 짓이라고. 뭣하면 자기가 무라타 선생한테 가서 양해를 구하겠다는 말까지 하더라고. 꽤 열심이던데."

"그래서 넌 뭐라고 했어?"

"간섭받는 건 싫다고 했지."

나는 살짝 웃었다.

"싸움이라도 하는 것 같네."

"아니, 오늘은 료도 얌전했어. 그래요? 하더니 바로 돌아갔어."

나는 멍하니 그의 손에 쥐인 담배의 불빛을 쳐다보았다. 연푸른 연기가 무심히 알전구 쪽으로 나부끼며 날아갔다.

"그럼 정말 할 거야?"

"하고말고. 뭐야, 이제 와서 료랑 똑같은 소린 안 하겠지?"

"그래. 하지만 나도, 만에 하나라도……."

"그만해. 뭐가 만에 하나란 말야. 그렇게까지 죽고 싶지 않은 목숨도 아닌걸. 너하곤 달라."

"나?"

"이건 비꼬는 소리가 아냐. 넌 정말로 살려는 마음이 강한 인간이야. 난 그게 존경스러워. 그건 네가 예술가로서의 자각을 갖고 있기 때문이야. 예술가는 살아 있어야 해, 일을 하지 않고 죽으면 아무것도 안 되니까. 언젠가는 반드시 좋은 글을 써내겠다는 네 그 마음, 그게 너라는 사람을 살아가게 하는 거야. 난 그렇지 않아. 나도 예술가가 되고 싶다고 생각한 적이 있지. 하지만 젊을 때는 누구나 그런 생각을 하잖아. 그리고 난 뭔가를 쓰지 않아도, 뭔가를 보는 것으로써 예술가이고 싶었어. 아니면, 사는 것이 예술이기를 바랐어. 산다는 건, 그 인간이 가진 고유의 표현이니까. 그래서 난 그렇게 살았어."

"그렇게 살았다고 말하는군. 왜 살겠다고 말하지 않는 거지?"

길게 타버린 재가 담배 끄트머리에서 무릎 위로 툭 하고 떨어졌다. 그는 고개를 숙이며 오른손으로 재를 털었다. 그리고 담배를 입가로 가져가더니, 조금 빠르게 말하기 시작했다.

"예술가의 생은 미래에 완결되는 거야. 언젠가 쓸 작품, 언젠가 써야 할 작품, 거기에 그 사람의 생명이 걸려 있어. 다 쓴 작품에는 아무 가치도 없어. 예술가는 늘 미래를 보면서 살아. 그 미래가 그의 사후에 걸려 있을 때조차 있지. 그 경우, 그 사람이 하는 일은 시간의 밖에서 이루어지고 있는 거야." 그리고 그는 그제야 생각났다는 듯이 담배를 물었다. 다 피운 꽁초는 재떨이 대용으로 쓰던 치약 깡통 안에 버렸다. "그런데" 하고 이야기를 계속했다. "나처럼 예술가도 아닌 인간에게 인생이란 그가 살았던 하루하루와 함께 끝나는 거야. 미래라는 게 없어. 죽음이 있을 뿐이야. 죽음은 모든 것의 끝이야. 현재라는 건 없어. …… 그래, 대부분은 현재조차도 없지. 거기엔 과거가 있을 뿐이야. 물론 그건 진짜로 사는 건 아냐. 오늘이라는 하루를 살지 않고 뭘 산다고 하겠어. 하지만 많은 사람은 과거에 의해 살고 있어. 과거가 그 인간을 결정해버리는 거지. 산다가 아니라 살았다야. 죽음은 단지 표시일 뿐이야."

"하지만 죽음은 인생을 운명으로 바꾼다고 하잖아."

"그럴 수도 있겠지." 하고 시오미는 말했다. "영웅들은 그런 식으로 죽겠지. 하지만 난 영웅이 아냐. 영웅의 고독이란 걸 생각한 적은 있지만, 지금의 나는 과거에 살았던 식으로는 살고 있지 않아."

"병에 걸리면 누구나 그래."

"병 따위는 문제가 아냐. 산다는 건 전혀 다른 거야. 그건 일종의 도취야. 내 안에 있는 모든 것이, 이성도 감정도 지식도 정열도 전부 다 불타올라 넘쳐흐를 것만 같은 것, 그게 산다는 거야. 생각해보면 난 한참이나 그런 황홀감을 못 느끼고 있어. 머릿속이 아득해지는 황홀감, 옛날에 난 그렇게 말하곤 했지. 말하자면 그런 게 없어지고부터는 난 죽은 거나 매한가지야. 이제 와서 육체의 죽음 같은 건 아무 의미도 없어."

"너…… 기독교 신자 아냐?"

"누구한테 들었어?" 그는 놀란 듯한 표정을 지었다. "그건 말이야, 난 전부터 기독교에는 관심이 있었어. 그것에 대해선 알고 있었고, 알면서 오히려 반발하기도 했지. 하지만 결국 내 의지가 꺾였고, 얼떨결에 세례를 받은 거야. 선교사가 정말 좋은 사람이었지. 게다가…… 아니, 이런 변명은 아무 의미가 없어. 인간은 누구나 마음이 약해질 때가 있잖아."

"지금도 믿는 거야?"

"아니. 그때 잠깐 믿었을 뿐이야. 세례를 받으면 믿을 수 있을 거라고 생각했어. 난 성실하게 인생을 살아왔다고 생각하지만, 그 일만큼은 실수였어. 하지만" 하고 그는 크게 한숨을 내쉬었다. "실수 없는 인생 같은 건 거의 없어."

이야기가 어두워지는 바람에 나는 조금 당황스러웠다. 수술 전날 밤에는 대개는 힘을 북돋아줘야 하는 법이다. 나는 그만 가겠다고 하고 일어섰다. 그는 손을 뻗어 새 담배에 불을 붙였다.

"너, 집에서 누구 올 사람은 있어?" 하고 나는 창가에 선 채 물었다.

"아무도 안 와. 담당해주시는 분이 도와주기로 했어. 다행히 좋은 사람이야."

내가 이상하다는 듯한 표정을 짓자, 말을 덧붙였다. "난 부모가 없어. 어머니는 어릴 때 돌아가셨고, 아버지도 공습으로 돌아가셨어. 고향에 형이 하나 있긴 한데 바빠서."

"그래도 누구 와줄 사람은 있겠지?"

그는 아주 잠깐, 먼 곳을 바라보는 듯한 눈빛을 띠었다. 그러고는 "없어." 하고 답했다. 수술 후에는 아무래도 따뜻한 가족의 보살핌을 받고 싶어 하는 것이 사람 마음이기에, 시오미의 단호한 대답에는 수술 후의 고통쯤은 혼자서 견뎌낼 수 있다는 결심이 담겨 있다고밖에 생각할 수 없었다. 하지만 침대 위에 앉아 치약 깡통에 담뱃재를 떨고 있는 그의 모습은 너무나 고독해 보였다.

방을 나가려는데, 그가 나를 부르더니 잠시 생각을 했다. 그리고 "아무래도 결심이 안 서서 그런데, 내일 아침에 다시 와줄래?" 하고 말했다.

"당연하지. 그럼 푹 쉬어." 하고 나는 말했다.

"고마워. 난 괜찮아."

어두침침한 복도를 걸으면서 시오미의 결심이란 게 뭘까 하고 나는 생각했다. 발이 꽁꽁 얼어붙어 애써 힘차게 걸으니 슬리퍼 밑창이 인기척 없는 긴 복도에 타닥타닥 메아리를 울렸다.

*

이튿날 아침은 지독히도 추웠다. 눈이 올 듯 흐린 하늘이 낮게 깔려 병실 안을 어두침침하게 했다. 시트가 벗겨진 시오미의 침대 주변은 유난히 더 추웠다.

아침 식사를 끝내고 나는 시오미를 보러 외과 병동의 독방으로 갔다. 창에 기대어 밖을 보고 있던 그는 뒤돌아보며 "오늘은 눈이 오겠어." 하고 말했다. 내쉬는 입김은 하얗고 입술은 파랬다. 하지만 너무나 자연스러운, 오히려 생기 넘치는 표정이었다.

"어지간히 태평이네." 나는 말했다.

"그렇지도 않아." 하며 그는 웃었다. "어젯밤에 꿈을 꿨어."

"무슨 꿈?"

그는 잠시 생각하더니 진지하게 내 얼굴을 쳐다보았다.

"어제 내가 너한테 분명 머릿속이 아득해지는 황홀감이라는 말을 했지? 분명 그게 암시였나 봐. 내가 혼자서 어딘지도 모르는 산속을 걷고 있었어. 주변에는 따뜻하고 짙은 보라색의 빛이 흘러넘쳤지. 풀잎은 금색으로 빛나고 멀리 바다가 보였어. 그러고 있는데 하늘에서 목소리가 들려왔어. 가자, 가자, 하고 말하는 거야. 누구 목소리인지도 모르겠고, 어린애 같은 맑은 목소리로 끊임없이 나를 불렀어. 사람 모습은 안 보였고. 그런데 왠지 그 목소리를 알 것 같은 거야. 그래 가자, 하고 내가 대답했어. 그리고 나는 성큼성큼 걷기 시작했어. 영혼이 깨끗이 씻기고 너무나 고결한 느낌이 들었어. 바다가 서서히 내게로 다가왔어. 난 혼자였지만 내가 사랑한 모든 인간이 나와 손을 잡고 있는 듯한 기분이 들었어. 더 멀리 가자, 하고 그 아이 같은 목소리가 말을 걸었어. 가자, 하고 난 대답했어……."

"그래서?"

"그리고 잠이 깼어. 마침 해가 뜰 때쯤이라 하늘이 조금씩 밝아오고 있었어. 난 눈을 뜬 채 아직도 꿈을 꾸고 있는 것 같은, 뭐라 말로 표현할 수 없는 행복을 느꼈어."

그는 그러고는 말이 없었다. 나도 말하지 않았다.

"이걸로 담배도 마지막인가."

그렇게 불쑥 한마디 하더니, 그는 불을 붙여 담배를 맛있게 피웠다. "그런 행복감에 젖은 건 정말 오랜만이야. 군대에 있을 때, 만주 오지에서 작은 마을을 수비했던 적이 있어. 봄이 되면 이름도 모르는 꽃들이 사방에서 피어나. 들판에 드러누워 일본과 하나도 다른 게 없는 구름을 보면서 내가 무슨 생각을 한지 알아? 문득, 이걸로 됐다, 라는 생각이 들었어. 이런 데서 아무도 모르게 죽어가면서 무덤도 아무것도 없이 흙 속에 파묻히면서, 그래도 보람 있는 삶을 살았구나 하는 생각이 들었어. 시간이 흐르는 것도 몰랐어."

그때, 간호사가 방으로 들어왔다.

"시오미 씨," 하고 부르다가 눈을 둥그렇게 떴다. "세상에, 담배라니, 안 돼요."

"그렇게 화내지 마요. 아침도 못 먹게 해서 쓰러질 것 같은데."

"수술 전에 검사를 해야 하니까 간호실로 가보세요."

딱딱한 말투로 내뱉으며 무척 바쁘다는 듯이 옆방으로 갔다.

시오미는 "이 담배 다 피우고 나서 가지 뭐." 하고 혼잣말을 하더니 내게 진지한 목소리로, 이봐, 하고 불렀다.

"여기, 내 베개 밑에 노트가 두 권 있어."

"노트?"

"두 권이야. 내가 늘 쓰고 있던 그 노트. 그거, 혹시라도 내가 죽으면 너한테 줄게."

"뭐야, 이상한 소리 하지 마."

"어젯밤까지도 결심이 서지 않았어. 너라면 이해해줄지도 모르지. 시시하면 태워버려. 난 평생 친구다운 친구가 없었어. 그리고 딱히 남에게 보여주려고 글을 쓰지도 않았고. 하지만 너한텐, …… 아냐 됐어. 어쨌든 너한테는 보여줘도 좋겠다는 생각이 들었어. 단, 내가 죽으면, 이야."

"그런 바보 같은 소린 하지 마." 나는 공허하게 되풀이했다.

시오미는 미소를 지으며 늘 쓰던 치약 깡통 안에 짧아진 담배를 버렸다. "자, 이걸로 됐다." 하고 말했다. 우리는 방을 나갔다.

*

12시가 넘어서, 흰 환자복을 입은 시오미는 이동침대에 실려 독방에서 치료 병동으로 옮겨졌다. 나는 가쿠 씨와 함께 간호사 뒤를 따라갔다. 치료 병동의 복도 모퉁이에서 료가 기다리고 있었다. 료는 살찐 몸을 신경질적으로 부르르 떨고 있었다. 하긴 복도는 얼어붙을 듯이 추웠고, 스팀 파이프에서 하얀 증기가 쉬익쉬익 새어 나오는 소리조차 쓸쓸했다. 이동침대는 덜컹덜컹 구르며 수술실 앞에 멈췄다.

시오미는 이동침대 위에 누워 이불을 덮고 있고, 눈에는 접은 수건이 놓여 있었다. 독방을 나올 때, 이미 첫 번째 마취제를 맞아서 살짝 꾸벅꾸벅하는 것 같았다. 옆에 있던 간호사가 두 번째 마취 주사를 놓았다. 수술실 문이 열리고, 우리가 이불을 복도에 있는 의자에 내려놓자, 간호사가 이동침대를 안으로 끌어넣었다.

"힘내." 하고 내가 말했다.

시오미가 입술을 움직였다. 괜찮아, 하고 입속말을 했을 것이다. 그 입술은 웃고 있었다. 하지만 수술실 문은 재빨리 닫히며 그의 얼굴을 감춰버렸다. 복도에 서 있는 우리에게, 증기 소리, 메스를 정리하는 소리, 간호사가 나막신을 신고 돌아다니는 소리가 들려왔다. 그러는 사이에 실내는 고요해졌다.

"시작했군." 나는 말했다. 시계는 1시 5분을 지나고 있었다.

우리는 병실로 돌아가 안정 시간인 3시까지 잠을 잤다.

체온 검사를 끝내고 일어나서 보니, 가랑눈이 내리고 있었다. 온통 잿빛의 하늘에서는 눈가루가 마치 스며 나오듯 차례차례 세상

위로 서둘러 떨어지고 있었다. 경증 환자 병동의 소나무 숲이 희미하게 흐려졌다.

수술실 앞 복도에는 여전히 스팀 파이프에서 쉬익쉬익 증기가 새어 나오고 있었다. 성형수술을 끝낸 환자가 이동침대에 실려 나왔다. 나는 간호사에게 물었다.

"시오미는 잘 되고 있어?"

"시오미 씨? 아, 폐 절제 수술이지? 늑막 유착을 떼어 내느라 선생님이 애쓰는 중이야. 그래도 그럭저럭 순조로운 편이야."

"꽤 걸릴까?"

"아직 멀었어. 이제 막 시작된 거야."

그 이동침대가 가고 나서 또 다른 환자의 침대가 안으로 들어갔고, 복도는 다시 고요해졌다. 어머니처럼 보이는 노인이 걱정스러운 얼굴로 내게 물었다.

"꽤 오래 걸릴까요?"

"성형술 말씀이시죠? 아뇨, 한 시간이면 끝납니다."

"그래요? 아무래도 잘 모르는 수술이라 너무 걱정이 돼서……."

나는 그 노인을 의자에 앉히고 걱정하지 않도록 말해주었다. 내가 수술 받을 때의 한 시간은 길었다. 기다리는 한 시간도 길겠지만, 수술 받는 몸으로 한 시간은 더 긴 것이다. 복도에 전등이 켜지고, 나는 그 복도를 왔다 갔다 했다. 드디어 조금 전의 환자가 수술을 끝내고 나왔다. 노인은 내게 인사를 하고는 이동침대 뒤를 따라 멀어져갔다.

"시오미는 어때?" 하고 나는 간호사에게 물었다.

"괜찮아, 지금 상태로는. 혈압도 크게 떨어지진 않았고."

간호사는 서둘러 안으로 들어갔다. 나는 잠시 생각하다가 내 방으로 돌아갔다. 벌써 저녁 식사 시간이었다. 다들 걱정스러운 얼굴로 나를 보았다. 우리는 두서없이 이런저런 이야기를 띄엄띄엄 나누다가 식어버린 국으로 식사를 끝냈다. 눈은 점점 더 심해지는 듯, 희미한 빛이 비치는 창 너머로 하염없이 내리고 있었다. 식사를 마치고 나는 료와 함께 치료 병동으로 갔다. 복도는 더한층 쥐 죽은 듯 조용하고, 이따금 메스 부딪히는 소리가 희미하게 새어 나왔다. 수술 침대 두 대 중, 성형수술에 쓰이는 쪽은 이제 할 일이 다 끝난 것 같았다. 이렇게 오래 걸리다니, 하고 나는 생각했다.

"역시 말려야 하지 않았을까요?" 하고 불쑥 료가 말했다.

"무슨 말이야, 이제 와서."

"아무래도 점점 더 걱정이 돼요. 어젯밤에 내가 그만두라고 몇 번이나 말했는데……."

료는 의자에 앉아서 쉴 새 없이 다리를 떨어댔다. 늘 혈색 좋던 얼굴이 추위로 시퍼렇게 변해 있었다. 그렇게 말하니 나도 자신이 없었다. 어서 빨리 수술이 끝나면 좋겠다, 하고 나는 빌었다. 갑자기 문이 열리며 간호사가 급히 뛰쳐나왔다.

"어떻게 됐어?" 우리는 동시에 일어섰다.

"수혈 중이야. 괜찮아. 상폐엽은 절제 가능할 것 같아."

그러고는 달려가더니 예비 케틀을 들고 다시 왔다. "하폐엽도 떼어 낸대." 하더니 황급히 안으로 들어갔다.

"뭐? 하폐엽도?" 료가 당황하며 물었지만, 그때는 이미 문이 닫혀 있었다.

료가 나를 쳐다보았다. 어두운 얼굴이었다. "무리야." 하고 내뱉듯이 말했다. 그리고 우리는 둘 다 아무 말 없이 수술실 안의 낌새에 귀를 기울였다.

"폭설이 내릴 것 같아." 하며 나타난 가쿠 씨가 우리 옆으로 와 잠자코 있었다. 분명 우리는 화가 난 듯한 표정을 짓고 있었을 것이다. 밤이 깊어지면서 추위도 한층 더 심해져, 나는 가끔 복도를 걸으면서 저린 발을 따뜻하게 했다. 가쿠 씨가 문득 생각났다는 듯이 "유탄포 넣어뒀어." 하고 내게 말했다.

시계는 9시가 넘었다. 소등 시간은 9시였다.

"이제 그만 돌아가. 난 좀 더 상황을 지켜볼 테니까."

료는 바로 돌아갔다. 가쿠 씨는 10시까지 기다리다가, 그럼 가볼게, 하고는 돌아갔다. 나는 점점 더 짙어가는 불안과 싸우며, 의자에 앉아 두 손을 비벼댔다. 이제 복도를 지나가는 사람도 없다. 당직 의사가 미심쩍다는 얼굴로 나를 한 번 쳐다보면서 복도를 지나 진료실로 갔다. 전등불이 환히 켜진 수술실 안에서 이따금 메스가 부딪치는 소리와 나지막한 목소리가 들려왔다.

기다리는 시간은 길었다. 나는 복도 끝까지 가서 유리창으로 어슴푸레한 밤의 정원을 바라보았다. 눈은 여전히 내리고 있고, 키 작은 남천나무가 눈을 덮어쓴 채 동그랗게 줄지어 서 있다. 병동은 쥐 죽은 듯 고요했고, 간호실 외에는 불빛 한 점 보이지 않는다. 나는 얼어붙은 유리창에 얼굴을 갖다 댄 채 쉴 새 없이 입을 움직이고 있었다. 문득 정신을 차려보니 헛소리를 하듯, 제발, 제발, 하고 되뇌고 있었던 것이다.

나는 다시 수술실 앞으로 갔다. 조금도 졸리지 않았다. 다만, 숨쉬기가 힘들 정도의 불안이 가슴을 쥐어짰고, 그것이 구토를 불러일으켰다. 나는 등을 구부린 채 떨리는 손으로 입을 틀어막고 있었다. 11시도 한참이 지났다. 나는 꿈을 꾸고 있는 듯한 기분이 들었다.

별안간 수술실 안이 소란스러워졌다. 나는 비틀비틀 일어서서 문 앞으로 다가갔다. 일부러 억누르고 있는 듯한 무거운 웅성임. 질책하는 듯한 날카로운 의사의 목소리. 그러고는 갑자기 조용해졌다. 나는 휘청거리며 문에 기대섰다. 그때 문이 열리며 수술 병동의 담당 간호사가 나왔다. 내가 있는 것을 보고 망설이듯이 내 얼굴을 쳐다보더니, 입술을 와들와들 떨면서 "실패야." 하고 한마디를 했다.

악몽, —— 그것은 완전히 악몽 같은 인상이었다. 늘 생글생글 웃던 간호사의 지쳐 새파래진 표정도, 사람 하나 없는 치료 병동

복도의 어슴푸레한 전등 불빛도, 쉬익쉬익 뿜어대는 스팀 소리도, 여기서 이렇게 기다리고 있는 나도, 모든 게 다 잘못된 것이었다.

"수술 중, 11시 35분." 간호사가 암송이라도 하듯이 말했다.

*

나는 간호사와 함께 이동침대를 밀며 수술 병동의 독방으로 갔다. 시오미의 얼굴은 마치 수술 후의 마취가 덜 깨어 잠들어 있는 것과 다른 게 하나도 없었다. 그런데도 이제 그건 잠든 얼굴이 아니었다. 방 안에는 오늘 아침 그가 마지막이라고 했던 담배의 냄새가 아직도 희미하게, 선향처럼 감돌고 있는 것 같았다.

나는 복도를 지나 내 방으로 무거운 발걸음을 옮겼다. 복도 한쪽 편에만 쏟아졌던 눈이 하얗게 쌓여 있었다. 나는 쌓인 눈을 피해 반대쪽으로 걸었지만, 그래도 슬리퍼 밑에서 이따금 사각사각 눈이 밟히는 소리가 났다.

병동의 모든 방은 전등을 끈 채 고요히 가라앉아 있었다. 오직 내가 속해 있는 큰방에서만 스탠드 불빛이 흐릿하게 복도까지 새어 나오고 있었다. 가쿠 씨의 스탠드였다. 내가 문을 열자, 그때까지 책을 읽고 있던 가쿠 씨가 벌떡 일어섰다. 그와 동시에 료도, 창가의 청년도, 아저씨도 몸을 일으켰다.

나는 내 침대 위에 올라앉아 발을 이불로 감쌌다. 그러는 동안에도 그들의 시선을 아플 정도로 느꼈다.

"실패야." 나는 그렇게만 말했다. 다들 한마디도 하지 않았고, 눈이 사락사락 흘러내리는 소리만이 침묵을 더한층 깊게 했다.

"상폐엽은 잘 뗐어." 나는 간호사에게 들은 대로 말했다. "그런데 하폐엽 병소도 생각보다 나빠서, 무라타 선생이 어떻게 할지 시오미한테 물었더니 시오미가 해달라고 부탁했대. 그런데 유착이 심해서 도중에 무라타 선생이 멈추자고 했는데……."

나는 숨쉬기가 힘들어져 입을 다물었다. 다들 꼼짝도 않고 기다리고 있었다. "…… 그랬더니 시오미가 괜찮으니까 계속해달라고, 아무렇지 않다는 듯 부탁했다는 거야. 그래서 수술을 계속했고 어찌어찌 하폐엽도 떼어 냈어. 그런데 마지막에 봉합하는데 갑자기 혈압이 떨어졌다는 거야. 수혈도 두 번쯤 한 것 같은데……."

나는 말을 멈췄다. 그러자 갑자기 료가 고함을 질렀다.

"바보같이! 바보 같은 시오미……!" 그것은 울부짖는 듯한 커다란 목소리였다. "그래서 내가 그만두라고 한 거야! 하면 안 된다고 그렇게 말했는데……."

료는 살찐 몸을 이불 위에서 마구 들썩이며 울었다. 어두침침한 스탠드 불빛 속에서 그는 언제까지고 울음을 멈추지 않았다. 우리는 다들 무거운 죄를 추궁당하고 있는 사람처럼 고개를 숙이고 있었다. 잡목림 속에서는 이따금 우듬지 위의 눈이 소리를 내며 무너져 내렸다.

*

이튿날 아침은 화창하게 맑은 날씨로 잡목림의 가지라는 가지는 전부 다 눈을 덮어쓴 채 햇빛을 받으며 빛나고 있었다. 땅 위의 눈은 한 자 넘게 쌓여 있었다. 기운이 있는 환자들은 정원으로 나가 즐거워하며 소리를 질렀다. 남쪽 지붕에서 떨어지는 물방울 소리는 점점 더 커졌고, 참새는 쉴 새 없이 울어댔다.

우리는 시오미의 시신을 따라 영안실로 발걸음을 옮겼다. 숲속을 빠져나가는 산책길에는 사람 발자국 하나 없이 눈이 새하얗게 깔려 있고, 나무들의 우듬지 사이로 햇살이 줄무늬를 그리며 그 위로 흘러내리고 있었다. 이따금 차가운 물방울이 나뭇가지에서 우리의 머리 위로 똑똑 떨어졌다.

시오미의 시신은 부검을 하기로 되어 있었다. 오늘밤 이곳에서 치러질 경야 때까지 우리는 아무것도 할 일이 없었다. 우리는 제단 앞에 사진 같은 걸 놓아두고 다시 병동으로 돌아갔다. 그때, 나는 문득 시오미가 말한 노트가 생각났다.

독방의 차가운 이불 밑에는 두 권의 대학노트가 무덤덤하게 놓여 있었다. 나는 그걸 옆구리에 끼고, 이불은 말아서 소독실로 가져가도록 간호사에게 부탁했다. 고향에 있는 형님은 오늘밤이나 내일 아침이 되어서야 이곳에 도착할 것이다. 정리할 짐이라고 해봤자 이불 말고는 딱히 챙길 물건도 없었다.

나는 다시 영안실로 통하는 산책길을 걸었다. 해는 점점 더 밝아지고 눈은 점점 더 하얘진다. 나는 발로 나무둥치를 툭툭 치며 나막신 굽 사이로 비어져 들어오는 눈을 떨어냈다. 건조한 그 소리는 멀리까지 울려 퍼졌다.

그건 자살이 아니었을까. —— 그 의문이 집요하게 내게 달라붙어 떨어지지 않았다. 시오미는 스스로 원해서 수술을 받았다. 수술 중에도 끝까지 수술을 하도록 의사에게 부탁했다. 수술이 위험하다는 것, 그의 체력으로는 생명에 위험이 따른다는 것을 그가 몰랐을 리는 절대 없다. 만약 내가 억지로라도 반대했더라면. …… 하지만 그런 후회보다, 어쩌면 그의 강인한 의지가 타인의 어떤 반대보다도 강했을 거라는 상상이 희미하게나마 나의 무력감을 달래주었다. 그리고 그 회한과 뒤섞여, 맨 처음 들었던 의문, —— 그 수술은 기독교의 세례를 받은 시오미가 고의로 자신을 죽이기 위한 방편이 아니었을까 하는 그 의문이, 쏟아지는 햇빛과 반짝이는 순백의 눈 속에서 내 마음을 갈가리 찢고 있었다.

그리고 영안실의 얼어붙은 다다미 위에서, 녹아 떨어지는 눈이 끊임없이 땅을 때리는 소리를 들으며, 나는 혼자 시오미 시게시가 남긴 두 권의 노트를 읽으며 그 속으로 빠져들어 갔다.

2장

첫 번째 노트

사람은 누구나 죽을 것이고, 나 역시 언젠가는 죽을 것이다. 그런 건 처음부터 알고 있다. 다만 사람은 그것이 언제일지 미리 알 수 없기 때문에 마음 놓고 일상 속에서, 살아 있다는 걸 깨닫지도 못한 채 헛되이 세월을 보내는 것이다. 불확실한 미래라는 것은 두려움도 아무것도 아니다. 하지만 나 같은, 말하자면 어느 일정한 시간이 지나면 내 몸이 차갑게 변하고, 비바람이나 흙덩이와 나 사이에 더 이상 아무런 구별도 없어진다는 것을 아는 인간에게는 사정이 완전히 다르다. 나는 죽는다. 나는 확실히 죽는다. 이 일정한 시간, 내가 살 수 있는 시간은 아마도 매우 짧을 것이다.

꿈속에서 꿈을 꾼 기억이 있는 사람은 없을까? 나는 어릴 때 종종 악몽에 시달리곤 했다. 이불을 쥐어뜯을 듯이 괴로워하다가 눈을 뜨면, 폐쇄된 좁은 방 안에 나 혼자 누워 있다. 공기는 비릿하게 죽음의 냄새가 느껴진다. 방에는 불빛 한 점 새어 들어오지 않아, 내 손가락조차 알아볼 수 없다. 그런데도 위쪽의 천장과 사방의 벽이 서서히 내 쪽으로 다가오고 있는 게 느껴진다. 천장은 서서히 내려오고, 벽은 조금씩 기어오고, 이윽고 내 몸은 무참히 짓눌려버릴 것이다. 그러다 비명을 지르며 눈을 뜬다. 나는 여느 때처럼 내 방 이불 위에 누워 있다. 그런데 마음을 놓은 것도 한순간, 천장은 여전히 한 발 한 발 내 위로 내려오고 있고, 벽은 여전히 두께를 더하고 있다. 어떻게 된 거지, 하고 필사적으로 생각한다. 조금 전 꿈에서 깬 것이 분명한 사실인 이상, 이것은 더 이상 꿈이 아니다, 이제 곧 내가 말린 오징어처럼 짓눌리게 되는 것은 틀림없는 현실인 것이다. 이 죽음으로부터는 이제 어떻게 해도 도망칠 수 없다……. 그리고 나는 비명을 지르며 이번에는 정말로 꿈을 깨지만, 그때도 과연 이건 꿈이 아니라고 누가 보증할 수 있을까?

나는 그런 경험이 몇 번이나 있었다. 나는 허약 체질에다 소심한 아이였다. 그리고 세월이 흐르면서 그런 악몽이 갖는 진짜 의미는 한참 동안 내게서 사라졌다. 나는 군대에서 몸이 상했다. 그리고 제대하고 돌아와 잠시 일을 하는 동안 건강은 걷잡을 수 없이 악화했다. 하지만 요양원에 들어가서 그것이 과학적으로 증명될 때까지는, 나는 남들과 마찬가지로 '언젠가는 죽는' 인간이 언젠가는 맞이하게 될 죽음을 그다지 두려워하고 있지는 않았던 것이다.

나는 의사의 선고를 들었을 때, 처음에는 이렇게 생각했다. —

— 이건 꿈이야, 깨고 나면, 뭐야 시시한 꿈이잖아, 라고 단언할 수 있는 그런 일시적인 거야, 내게 결정적으로 주어진 단 한 번뿐인 인생이잖아, 인생이란 건 좀 다른 거야, 더 밝고, 더 보람 있고, 더 '찬란한' 거야, 라고 생각했다. 그러나 나는 이 꿈에서 절대 깨어날 수 없었다. 내가 죽을 때까지 깨어날 수 없는 것, 이 악몽과도 같은 꺼림칙한 공포가 그대로 나의 현실임을 나는 끝내 인정할 수밖에 없었다. 다음 날 아침 눈을 뜨면, 옛날과 똑같이 건강한 몸으로 돌아가 있고, 소독약 냄새도, 빳빳한 환자복도, 불쾌한 기침도, 기분 나쁜 미열도 전부 씻은 듯이 사라지고, 자유롭고 개운하게 도시의 북적임 속에 내 몸을 놓아둘 수 있다면, —— 그런 쓸데없는 공상을 하지 않는 환자가 단 한 명이라도 있을까. 그러나 이건 꿈이 아니다, 이 엑스레이 사진, 이 가프키 검사는 꿈이 아니다. 자유롭게 걸어 다니는 공상은 이제 절대 되돌아오지 않는다. 나처럼 병세가 심한 인간은 짧은 기간 뒤에 확실히 죽는 것이다. 그러한 현실, 지금 있는 그대로의 현실 외에는 결코 존재할 수 없는 현실이 내게 주어진 유일한 인생이라는 것을 나는 기나긴 미망 끝에 싫어도 알게 되었다. 나는 죽을 때까지 꿈에서 깨어날 리 없을 테고, 그 죽음의 순간은 이제 곧, 틀림없이 찾아올 것이다. 나는 '산다'라는 이름에 걸맞을 만큼 이 인생을 살지는 않았다. 서른 해의 내 인생은 대학을 졸업할 때까지의 학창 생활과 그 후 잠깐의 근무, 그리고 군대 생활과 요양원 생활, 그렇게 참으로 평범하게 이렇

다 할 만한 의미도 없이 흘러가 버렸다. 나는 과거를 새롭게 다시 시작할 수도 없고, 미래를 이제부터 시험해볼 수도 없다. 나는 현재도 미래도 없는 인간이고, 오로지 과거가 있을 뿐이다. 그런 내가, 도대체 어떻게 해야 진정으로 살 수 있을까. 덧없이 지나가는 인생은, 어떻게 해야 진정으로 자각하며 붙잡을 수 있을까.

그것이 마침내 내가 다다른 심경이었다. 심경이라는 말은 동양적인, 물이 고요히 가라앉은 상태를 암시하지만, 나의 심리 상태는 세차게 흐르는 급류를 떠올리게 했다. 나는 이루 말할 수 없는 절망으로 괴로워하고, 어찌할 수 없는 분노와, 이따금 찾아오는 허탈과도 같은 체념 사이를 하릴없이 방황했다. 나는 한때 기독교의 구원을 바란 적도 있다. 옛날에 내가 사랑한 한 여성이 사람을 사랑하는 이상으로 신을 사랑했던 것을 떠올리며 나는, 현세에 사랑하는 한 사람을 가질 수 없는 이상, 나도 신을 사랑하고 신의 손에 모든 것을 맡길까 망설이기도 했다. 하지만 신은 내 앞에 모습을 드러내지 않았다. 어쩌면 너무나 바라는 게 많은 내 마음을, 나조차도 나 자신을 사랑할 수 없는 이 오만한 내 마음을 신이 어여삐 여기지 않은 것은 당연할 것이다. 그리고 암흑이 찾아왔다. 나는 오히려 잠깐이나마 신에게 매달리려 했던 나 자신을 불쌍히 여기고 미워했다. 내게는 아무것도 없었다. 의지가 되어야 할 나 자신의 마음조차도 오히려 멍에처럼 느껴졌다.

나는 결코 죽음을 두려워한 것은 아니다. —— 아니, 두려움이 전혀 없었다고 한다면 거짓이겠지만, 내 불안을 주로 이루고 있었던 것은 죽음의 공포보다도 오히려 삶에 대한 불만이었다. 나는 옛날부터 고독했다. 사랑하는 사람들은 나를 떠나갔다. 하지만 사랑하고 있을 때 나는 살아 있었다. 그때는 생명의 충족감이 있었고, 머릿속이 아득해지는 황홀감이 종종 나를 찾아왔다. 그런 행복은 어디로 갔을까. 아아, 바로 지금 이렇게 살아 있다고 강렬하게 외치고 싶은 그 불타오르는 영혼의 환희는 어디로 갔을까. 강한 의지로 일관된 고독, 영웅의 고독, 그리고 하루하루의 삶 속에 빠져 떠밀려가는 듯한, 이런 나약하고 가련한 고독은 대체 뭐란 말인가. 옛날의 나는 무지몽매한 소년으로, 아무것도 모른 채 인생의 미로를 걷고 있었다. 하지만 그때의 내 마음은 갈망으로 넘쳐흘렀고, 인생은 살 가치가 있다고 생각했고, 오로지 영혼을 아름답게 할 수 있기만을 바랐다. 지금은 얼마나 달라졌는가. 열여덟 살의 내가 사랑했던 것처럼 사랑하는 사람은 지금 내게 없다. 스물네 살의 내가 바랐던 것처럼 바라는 사람은 지금 내게 없다. 나는 결코 옛날에 살았던 것처럼 지금을 살고 있지는 않는 것이다.

정말로 그럴까, 하고 나는 생각한다. 과연 내가 그렇게 눈부시게 과거를 살았을까? 사랑받을 수 없었던 나, 그저 사랑하는 것만으로 만족한다면서도 가슴속의 고뇌로 마음이 찢어지던 나, 그런 나는 정말로 옛날에 한 점 후회 없이 살았을까? —— 그리고 또 하나의 의문. 내가 사랑한 사람들은 왜 나를 떠나갔을까, 내 안의 어디가 잘못되었던 것일까. 나는 성실하게 나의 길을 걸었고 결코 그들에게 상처를 주지도 않았다, 오직 나만이 상처받은 것은 그저 내 영혼이 지나치게 연약하고 가냘팠기 때문이다, 라고 말할 수 있을까? 다시 말해, 그것이 내 잘못은 아니었을까?

나는 쓸데없이 현재의 상태를 그만 괴로워하고, 내 눈을 과거로 돌리기로 했다. 내가 옛날에 남겨온 발자취를 따라 한 번 더 걷고, 그렇게 함으로써 지금 한 번 더 살기를 바랐다. 추억의 세계로 돌아가는 것은 하나의 도피, 현재로부터의 탈출일 것이다. 하지만 나 같이 더 이상 새롭게 살아갈 수 없는 인간, 속박된 일상이 주어진 인간에게, 과거를 되사는 것 외에 달리 어떤 나만의 삶의 방식이 있을까? 만약 내가 후회 없이 나의 청춘을 걸어왔다면, 후회 없이 죽음을 향해 걸어갈 수도 있을 것이다. 내가 나의 삶을 긍정할 수 있다면, 나는 나의 죽음을 스스로 긍정하고, 또 니체가 말한 소위 자유로운 죽음을 선택할 수도 있으리라. 그리고 나는 지금까지도 풀지 못한 수수께끼, 사랑한다는 것의 수수께끼를 밝히고 미소 지으며 죽을 수도 있으리라…….

나는 그렇게 결심했다. 그렇게 결심하자, 내 주변에서 왁자지껄 떠들던 환자들의 말소리도 들려오지 않게 되었고, 간호사의 흰옷도, 약 냄새 나는 이불도, 죽음의 공포도, 모든 게 다 한꺼번에 사라져버렸다. 나는 혼자였다. 회상의 세계로 들어가면 나는 자유롭게 걸어 다닐 수 있는 것이다. 추억한다는 것은 산다는 것이다. 나는 병을 선고받고 처음으로, 그때까지의 나의 태도, 안에만 틀어박혀 스스로 만들어낸 절망과 덧없이 싸우고 있던 나 자신의 태도가 참으로 어리석게 보이기 시작했다. 나는 웃었다. 남들이 깜짝 놀랄 만큼 소리 높여 웃었다.

그래서 나는 결심했다. 하지만 제멋대로 회상하는 것은 종종 남들의 오해를 사기 쉽다. 과거의 모호한 인상을 다시 붙잡기 위해서는, 그것을 종이 위에 쓰면서 스스로 냉정하게 기억을 정착시키는 수밖에 없을 것이다. 그래서 나는 요양원의 매점에서 이 변변찮은 노트 두 권을 사왔다. 그리고 여기까지 썼다. 앞으로 나는 내 과거에서 열여덟 살의 봄과 스물네 살의 가을을 골라, 그 하나하나를 가능한 한 정확하게 재현해보고 싶다. 그 무렵, 나는 내가 할 수 있는 모든 것을 다해 사랑했다. 하지만 사랑한다는 것의 수수께끼를 나는 끝내 풀 수가 없었다. 지금, 그것을 내가 풀 수 있을지 어떨지는 모르겠다. 나는 다만 그것을 천천히 써내려감으로써 내가 죽는 날까지의 하루하루를 거리낌 없이 살 수 있다면 그걸로 충분하다. 애초에 나는 글을 쓴 경험도 많지 않고, 남에게 보여줄 생각으로 쓰는 것도 아니다. 하지만 아무리 서투른 문장일지라도, 내가 할 수 있는 만큼 정성 들여, 예전의 내 모습을 이 노트에 써내려가고 싶다.

뺨을 스치며 흘러가는 바람에는 봄날 아침의 차가운 습기가 아직 남아 있었다. 바다 위로는 여기저기 피어오르는 수증기가 군데군데 연기처럼 나부끼고 있었지만, 배가 항구를 떠나자 그것도 사라지고, 서서히 높아지는 파도를 타고 배는 파랗게 맑은 바다를 질주했다. 기관실 옆쪽, 기역자처럼 튀어나온 연통 끝에서 하얀 수증기가 두 번쯤 뿜어져 나오자, 날카로운 기적이 조용한 바다 위로 울려 퍼졌다. 나는 비린내 나는 갑판의 선미 쪽에 앉아서 앞을 바라보고 있었지만, 아직 졸음기가 남아 있는 눈이 바닷바람에 시렸다.

뱃고물에는 나와 다치바나 둘 뿐이다. 눈앞에 있는 기관실 벽면의 널빤지가 바닷바람에 더러워져 회색으로 보인다. 거기서 남쪽으로 난 좁은 통로에는 내 동급생들이 선배들과 나란히 햇볕을 쬐며 난간에 기대어 서 있다. 그들의 웃음소리가, 갑판 위에 널브러진 어롱과 뱃짐과, 쪼그려 앉은 봇짐장수 같은 승객들을 넘어 내가 있는 곳까지 바람을 타고 흘러왔다. 1학년생들은 다들 뱃머리 쪽에 모여 있는지 여기서는 보이지 않았다. 다치바나도 나도 시시한 잡담 따위는 할 시간이 없다는 표정으로 차분하게 무릎 위에 문고본 책을 펼쳐놓고 있었다. 하지만 통통통 발동기 울리는 소리를 따라 앉아 있는 몸이 조금씩 흔들리는 탓에 여간 집중하지 않으면 글자가 눈앞에서 어른거렸다. 이따금 고개를 들어 바다를 보았다.

원래 계획대로라면 지금쯤 이런 통통배 같은 걸 타고 있지는 않을 텐데, 하고 나는 생각했다. 원래는 후지키와 둘이서 슈젠지에서 산을 넘어 성큼성큼 걷고 있어야 했다. 가쓰라가와 강을 따라 잠시 길을 걷다가 좁은 산길로 접어들면 어느새 종달새 울음소리가 우리의 몸보다 더 아래쪽에서 들려오게 된다. 그리고 다루마 고개 위에서는 H만(灣)*이 하얗게 반짝이며 보일 것이다. 그런 꿈, 후지키와 둘이서 그 고개를 넘겠다는 꿈도, 다른 여러 꿈과 마찬가지로 전부 허무하게 사라져버렸다. 그런데도 여전히 단념하지 못하는 건 내가 바보이기 때문이다.

하지만 바보면 어때, 하고 나는 속으로 중얼거렸다. 나는 일어서

---

* 176쪽 사진 참조. H만의 실제 모델인 이즈 반도의 헤다 만이다.

면서 등 뒤에 다치바나의 따가운 시선을 느꼈다. 다치바나는 분명 나를 불쌍하게 생각하겠지. 걸어보니 파도는 생각보다 거칠어 뱃전으로 다가와 철썩철썩 때린다. 나는 철 난간을 붙잡으며 기관실 옆의 통로까지 걸어갔다.

경치 같은 건 벌써 질려버렸다는 듯 무덤덤해 보이는 얼굴들이 줄지어 있다. 핫토리와 야나이가 한창 이야기를 주고받고 있다. 그 옆에 쪼그리고 앉은 기노시타는 기차 안에서도 내내 자더니 여기서도 꾸벅꾸벅 졸고 있다. 선배 하나가, 넘어지겠다, 하고 내게 말을 걸었다.

기관실 옆을 지나가니 뱃머리와 바다가 보이고, 왼쪽으로는 이즈 해안이 한눈에 들어왔다. 뱃머리에는 1학년생 네댓 명이 일부러 바람을 맞으며 빙 둘러앉아 있다. 또 그 옆에는 난간에 기대어 바다를 보고 있는 대여섯 명의 무리가 있다. 후지키는 빙 둘러앉은 무리 속에 있었다. 후지키 옆에서 야시로가 재빨리 나를 발견하고 엉거주춤 일어서며 손을 흔들다가, 배가 기우뚱하는 바람에 하마터면 후지키의 어깨 위로 쓰러질 뻔했다. 야시로는 큰 소리로 웃었지만, 후지키는 고개를 숙이고 있어 표정은 알 수 없었다. 나는 불안이 더한층 커지는 것을 느끼며 천천히 그 옆까지 걸어갔다.

"여긴 바람이 차군." 나는 앉으면서 말했다.

나는 거기에 앉아 곱은 손에 입김을 불었다. 야시로 바로 뒤였기 때문에 목 아래로는 바람을 맞지 않고 햇살은 따스했다. 옆에서 후지키의 망토가 바람에 부풀어 펄럭펄럭 소리를 냈다. 그리고 후지키가 나를 보았다.

후지키의 눈, —— 늘 내 마음을 붙잡고 떨어지지 않았던 것은 이 검은 두 눈이다. 너무나 맑아, 차가운 수정처럼 빛나는 그것은 늘 내 온몸을 단숨에 관통한다. 그리고 그때마다 나는 내 마음이 죽어가는 것 같은, 그리고 또다시 전보다 더 아름답게 되살아나는 것 같은 기분이 드는 것이다. 그 눈은 분명히 무언가를 말하고 있다. 하지만 나는 안타깝게도 그게 무엇인지, 뭘 말하고 있는지 알 수 없었다. 후지키는 다시 고개를 떨구었다.

"시오미 선배, 저기 저거 미토 아니에요?" 야시로가 물었다.

통통배는 누마즈에서 오세 곶까지 곧장 가지 않고 굳이 연안을 따라서 간다. 이제 막 에노우라 만의 앞바다로 들어서고 있었다.

"미토는 아닐걸. 작년 내 기억으로는 도중에 어디서 한 번 배를 댔던 것도 같은데, 아마 그게 미토였을 거야."

"H만까지는 한 시간쯤인가요?"

"음, 그 정도야."

야시로가 손목시계를 보았다. 유리에 반짝, 햇빛이 반사했다.

"기분 좋다, 안 그래? 후지키." 하고 살피듯이 나는 말을 걸었다.

후지키는 잠자코 대답이 없었다. 배가 세차게 흔들리기 시작했다. 사실 그다지 좋은 기분은 아니었다. 녹색 줄무늬가 겹겹이 뻗은 짙은 쪽빛의 수면으로 뱃머리가 쑤욱 들어가면, 배의 중심이 앞으로 기울며 끌려들어가는 것 같다. 그러면 우리 몸까지 파도 속으로 빨려들어가듯 시야 가득히 바닷물이 밀어닥친다. 하지만 새하얀 파도 마루는 금세 좌우로 벌어지고, 균형을 되찾은 뱃전을 흰색에서 연푸른색, 녹색, 보라색, 군청색까지 온갖 색으로 물들이며 파도가 둘로 갈라지며 흘러간다. 파도의 줄무늬 사이사이를 메우는 수많은 작은 소용돌이무늬들. 그 끝없는 반복. 그것은 죽음의 유혹처럼 가슴을 죄어왔다.

"맛있어 보이는 색깔이야. 아오키도에서 파는 커스터드 푸딩 같아." 하고 모리가 말했다.

"뭐가? 저 파도 색깔이?" 하고 이시이가 묻는다.

"응."

"참 멋없는 말이네."

"멋진 색이지. 뛰어들고 싶어지는 색이야."

"그만해. 그런 로맨틱한 말은 시오미 선배 정도 되지 않으면 어울리지 않아."

모리는 그 말을 듣더니 풀이 죽은 표정이 되었다. 야시로와 이시이가 같이 소리 내어 웃었다. 후지키는 망토 깃을 세우고 여전히 고개를 숙인 채 있었다.

"후지키, 기분 안 좋아?" 하고 내가 물었다.

후지키는 고개를 들고, 물기가 어린 듯한 큰 눈으로 내 얼굴을 보았다. 호소하는 듯한, 쓸쓸한 듯한 눈, 그것은 상대방의 동정과 보호를 기다리고 있는 것만 같다. 하지만 아무런 표정도 없다. 말없이 고개를 옆으로 돌리고는 그대로 고개를 숙였다. 조금 자라서 모자 밑 목덜미로 약간 비어져 나온 머리칼이 바닷바람을 맞고 있다.

나는 일어나서 다시 기관실 옆을 지나 다치바나가 있는 곳으로 돌아갔다.

“이 배, 미토에 머문다고 했었나?” 나는 별 의미도 없이 다치바나에게 물었다.

다치바나는 책에서 눈을 떼더니 무슨 말이냐는 듯한 표정으로 나를 보았다. 글쎄, 내리는 손님이 없으면 굳이 머물진 않겠지, 하고 무뚝뚝하게 대답했다.

나는 그 옆에 가서 앉았다. 그러자 그때까지 목구멍이 바싹바싹 마르는 듯한 긴장이 싹악 사라져갔다. 배는 미토 항구에 다가갈 기색도 없이 먼바다를 쏜살같이 나아간다. 오른쪽을 보니 한가로운 봄 안개가 수평선을 따라 펼쳐져 있고, 그 위로 우뚝 솟은 후지산이 보인다. 드문드문 보이는 얼룩은 갈매기가 분명하다. 뱃고물에서는 장례식의 꽃다발을 흔들어대는 것처럼 새하얀 뱃길이 끊임없이 살아났다가 죽어간다.

그랬다. 이렇게 다치바나 옆에서 함께 책을 읽고 있으면 마음이 늘 평화로웠다. 다치바나와는 벌써 2년 넘게 기숙사의 한방에 살면서 모든 것을 터놓고 지내는 사이였다. 뭐 하러 굳이 이런 안절부절못하는 마음으로 1학년인 후지키에게 다가가 그 마음을 바라려는 건가. 뭐 하러 갑판 위를 비틀비틀 걸어 후지키의 얼굴을 보러 가려는 건가. 그냥 여기 이렇게 있으면 좋았을 것을. 회한의 향기가 희미하게 감도는 바닷바람을 맡으며, 이렇게 다치바나 옆에 앉아 있으면 좋았을 것을……. 그리고 나는 우울한 의식 속에서, 추억과 그 추억을 색칠하는 로맨틱한 공상을 자아내며 멍하니 있었다. 내가 깜빡 잊고 있던 책이, 불어오는 바람에 무릎 위에서 펄럭이며 떨어졌다.

갑판 위가 점점 소란스러워지기 시작했다. 오세 곶을 벌써 지나온 배가, 붉은 흙 사이로 검은 바위가 드러난 절벽 바로 옆을 아슬아슬하게 비껴간다. 나도 웅성웅성 떠들썩한 무리의 목소리에 이끌려 왼쪽 뱃전 난간에 가서 기대어 섰다. 절벽에 부딪히는 파도의 물보라가 여기까지 튀어오는 것 같다. 그때, 배가 갑자기 왼쪽으로 기울었다. 기적 소리가 날카롭게 울리기 시작했다. 파도가 갑자기 잠잠해지고 발동기 소리가 조금씩 차분해지나 싶더니, 배가 H만 안쪽으로 들어가고 있다. 솔숲 그늘에는, 눈에 익은 대학 기숙사의 검은색 지붕, 갈색의 잔교, 칙칙한 집들, 귤나무 산, 다루마 고개가 있고, 우리가 그것들을 하나하나 손가락으로 가리키며 이름 부르는 사이에, 통통배는 항구 안쪽 깊숙이 있는 마을 선착장으로 단숨에 미끄러지듯 나아간다.

*

선착장에서 대학 기숙사까지는 2킬로미터쯤이다. 생선 냄새가 배어 있는 좁은 자갈길이 느슨한 곡선을 그리며 만을 따라서 나 있다. 배에서 내린 순서대로 두세 명씩 조를 지어 이 길을 걷기 시작했다.

나는 다치바나와 나란히 걸었다. 속으로는 좀 더 천천히 걸으며 뒤에 오는 동료들과 함께하고 싶었지만, 다치바나가 늘 그러듯 비꼬는 눈으로 쳐다보는 데는 당해낼 수가 없다. 하지만 누가 내 뒷머리를 잡아당기기라도 하듯 그만 뒤돌아보고 만다.

"작년과 똑같군." 다치바나가 말했다.

"평화롭네." 나도 맞장구를 쳤다.

오른편에 있는 초라한 촌집의 양지바른 툇마루에서, 머리를 온통 붕대로 감은 남자가 신기하다는 듯이 우리를 쳐다보고 있다. 보잘것없는 뜰에는 벚나무가 봉오리를 부풀리고 있다. 하지만 꽃이 피려면 아직 이른 것 같다. 뜰 맞은편 끝에는 바위를 겹겹이 쌓아올린 담이 있고, 그 발치에서부터 곧장 푸른 바다로 이어져 있다.

"올해가 꽤 추웠나 봐. 벚꽃이 늦는 모양이네." 내가 말했다.

"그렇지도 않아. 작년에도 이 정도였어. 1학년 때는 겨울 수련회로 바짝 긴장해 있어서 크게 못 느꼈을 뿐이야. 올해는 마음이 좀 풀린 거지."

"그런가. 늘 추웠는데. 성적 발표 날엔 서리가 내렸잖아."

"뭘, 낙제라도 할까 봐 벌벌 떤 거지."

다치바나가 웃는 바람에 나도 덩달아 기분이 좋아졌다. 다치바나가 이야기를 계속했다.

"넌 문과라서 모르겠지만, 우린 수학 점수가 나빠서 진짜 고생했어. 나, 야나이, 기노시타, 다들 진급할지 못 할지 아슬아슬한 애들끼리 후로 선생님한테 부탁하러 갔잖아. 깜깜한 밤에 얼마나 추웠던지. 야나이가 제일 위험했어. 그 녀석은 1, 2학기 다 주의를 받았거든. 난 1학기에 받았고. 어쩔 수 없어. 내내 시험의 연속이야."

"기노시타는 괜찮지 않았나?"

"기노시타는 그럭저럭 했으니까 옆에서 우릴 돕는 역할이었지. 그렇게 셋이서 가슴 졸이며 찾아갔어. 화로 앞에서, 어려워 말고 말해보라길래 야나이가 먼저 시작했지. 아무튼 얼마나 추웠던지 야나이 녀석이 더듬더듬 변명하는데 목소리가 떨리는 거야. 듣고 있는데 어찌나 웃기던지. 그러다가, 선생님 부탁드립니다, 하면서 화로 쪽으로 고개를 내미는데 콧물이 흘러서 시뻘겋게 달궈진 숯이 피시식 소리를 낸 거야."

"웃었겠네?"

"당연하지. 나도 모르게 웃음이 터졌는데, 너무 웃겨서 웃음이 멈추질 않는 거야. 야나이 녀석은 화를 내고."

"선생님도 웃었어?"

"선생님은 웃고 싶은 걸 참는지 묘한 얼굴이었어. 선생님이 자기는 결코 점수를 짜게 주지 않는다, 실제로 1학년생 중에 만점 준 학생도 있다고 해서 얼마나 진땀을 뺐는지."

"아아, 그거, 후지키 말이군." 나는 나도 모르게 끼어들었다. 그 녀석은 이과에서 수석이었다.

"후지키는 잘하지. 하지만 우리도 어찌어찌 낙제는 안 해서 다행이었어. 야나이가 낙제 안 한 건 기적이야."

"역시 개교기념일 축제가 나빠. 축제 때 술 마시는 버릇이 있으니까 시험 때까지 농땡이를 부리는 거잖아. 내년엔 대학 입시도 있는데, 이과 녀석들, 다들 재수할지도 몰라."

"재수 없는 소리 그만해." 하고 다치바나가 웃었다.

생선 냄새가 나는 자갈길이 오른쪽으로 꺾이며 인가가 사라졌다. 오른쪽 바로 앞은 바다이고 왼쪽은 붉은 흙이 드러난 절벽인데, 공사 중인지 모터 달린 버킷이 흙모래를 담고 위아래로 오르내리고 있다.

"걸음이 느리네요."

뒤에서 부르는 소리가 들려 돌아보니, 모리와 이시이가 절벽 위를 보고 있는 우리를 잽싸게 지나쳐 갔다.

"후지키는 이제 기운을 차렸어요, 시오미 선배. 걱정 안 해도 돼요." 지나가면서 모리가 빠르게 말했다.

여행 가방을 든, 키가 훌쩍 큰 이시이와, 반쯤 달리듯이 발걸음을 서두르는 살집 좋은 모리, 둘의 모습이 점점 멀어져간다. 이시이의 목소리가 한동안 들려왔다.

"…… 그러니까 그리스는 말이야, 인간을 신앙한 거야. 먼저 신들을 신앙하고, 그다음에 신들을 만든 인간을 신앙하고, 마지막에는 인간이 만든 법률이나 예술, 철학 같은 걸 신앙했어. 그리스인은 무엇보다도 인간적이고자 했어. 그들의 신들은 인간이 가진 아름다움의 전형이야. 그 근엄한 플라톤도……."

플라톤인가. 저건 나를 향한 빈정거림이 분명하다. 후지키의 창백한 얼굴이 문득 떠오른다. 배가 선착장의 잔교에 도착해 기운이 있는 학생들부터 차례차례 배에서 내리고 있을 때, 나는 잔교 끝의 로프를 감아놓은 콘크리트 위에 지친 얼굴로 앉아서 후지키가 내리기를 기다렸다. 야시로를 따라 갑판 끝까지 걸어 나온 후지키의 얼굴이 애처로울 만큼 창백해 보인다. 배와 잔교 사이가 1미터 남짓 벌어져 있고, 뱃전 쪽이 조금 더 높다. 뛸 수 있겠어? 하고 야시로가 물었다. 후지키의 얼굴이 살짝 붉어지며 그 몸이 훌쩍 뛰어오르더니, 내가 일어섰을 때는 이미 잔교 위에서 휘청거리고 있었다. 이시이가 감싸듯이 후지키를 부축하며 내 쪽으로 다가온다. 여기 앉아서 좀 쉬어, 하고 내가 말했다. 후지키는 고맙다는 듯이 웃으려 했지만 미소가 도중에 얼어버렸다. 힘이 빠진 듯이 앉는다.

야시로가 양손에 짐을 들고 뒤에서 다가온다. 나는 걷기 시작했다. 후지키가 뱃멀미가 꽤 심하네요, 시오미 선배, 하고 모리가 말했다. 아, 너처럼 튼튼하지는 않은 모양이네, 하고 나는 내뱉듯이 말했다. 나는 뒤돌아보지 않고 잔교를 건너갔다…….

왼쪽의 절벽은 어느새 낮아져 솔숲이 길을 따라 펼쳐지고, 오른쪽의 모래사장도 바다와 길 사이를 서서히 떼놓기 시작한다. 조용한 앞바다에 오전의 햇살이 반짝이고 있다. 우리는 조금씩 발걸음을 서둘러 솔숲을 빠져나가, 덧문을 내려놓은 고요한 건물 옆쪽에 도착했다. 중정에 주장인 야나이가 교통순경처럼 양손을 벌리고 서 있었다.

"올해는 우리 세상이야. 안 그래? 이쪽이야. 이층 남쪽 방에 자리 잡자. 거기부터 들어가."

나는 다치바나와 어두침침한 계단을 밟고 이층으로 올라갔다. 다다미 여덟 장 크기의 넓은 방은 곰팡내가 풍기고, 활짝 열어젖힌 창틀에 핫토리가 걸터앉아 바다를 보고 있었다. 기노시타는 방 한가운데에 장부를 펼쳐놓고 있었다.

"뭐야, 회계 위원은 벌써부터 돈 계산이야?" 다치바나가 물었다.

"아냐, 배가 고파서 주저앉아 꼼짝도 못 하는 거야." 하고 핫토리가 설명했다.

나는 그 옆에 가서 웃옷을 벗고는 소금기가 밴 산들바람을 들이마셨다. 갑자기 무척 행복한 기분이 들었다. 역시 오길 잘했어,

하고 생각했다. 밑에서 야나이가 고함치는 소리가 들려온다.

"곧 식사 시간이니까 짐 풀고 식당으로 모여. 오후부터는 전원 작업을……."

나는 비누갑을 들고 맨 뒤에서 계단을 내려갔다. 옆 동으로 이어지는 콘크리트 복도에는 세면실이 있다. 나는 펌프 손잡이를 눌러 허름한 대야에 물을 받았다. 그때 창밖으로, 솔숲의 오솔길을 야시로보다 두세 걸음 뒤처져 후지키가 걸어오는 것이 보였다. 후지키는 작은 가방을 무거운 듯이 들고 있었지만 뺨은 이제 장밋빛으로 반짝이고 있었다. 나는 가슴이 마구 뛰는 것 같아, 받아놓은 차가운 물에 거칠게 얼굴을 담갔다.

*

H 마을은 이즈 반도의 서해안에 있는 작은 어촌이다. 좁고 긴 곶과 가파른 절벽이 H만의 입구를 좁히고 있고, 잔잔한 파도 위에 떠오른 기름얼룩이 저절로 커졌다 줄었다 하는 나른한 앞바다. 낮에는 항구 안쪽의 선착장을 중심으로, 화재 감시대, 소학교, 마을 관청, 여인숙 두 채, 우체국, 그리고 바닷가의 나지막한 어가들의 지붕이 양쪽으로 펼쳐지고, 적갈색의 절벽 기슭에는 도쿠가와 막부 말기에 지어진 조선소의 잔재인 쓰러져가는 건물과, 용골만 남은 나무배의 선체 따위가 고요히 앞바다에 그림자를 드리우고 있

다. 밤이 되면 배가 지나간 물위에서, 잔교의 기둥에서, 또 바닷가로 떠밀려온 해초들 위에서 야광충이 은빛으로 반짝인다.

나는 지난 10년 남짓 동안 H 마을에 간 적이 없다. 하지만 그 당시의 쓸쓸하던 어촌은 어쩌면 지금도 나른하게, 무위하게, 바닷가 주변에 잠들어 있을 것이다. 누마즈에서 통통배로 불리는 발동기선을 타고 가든, 슈젠지에서 20킬로미터의 산길로 다루마 고개를 넘어서 가든, 교통도 불편하고 딱히 여행객을 끄는 명소나 유적이 있는 것도 아니다. 다만 여름 한 철만큼은 대학 기숙사에 학생들이 모여, 남자들만의 활기 넘치는 수영장으로 변한다. 앞바다의 잔물결 위에는 목조선의 노가 남긴 흔적이 느스한 파문을 그리고, 다이빙대에는 붉은색의 속옷이 줄줄이 너풀거린다. 마을의 유일한 과자 가게인 아키즈키 앞에는 대학생이 맛없다는 표정으로 만주빵을 먹고 있다. 하지만 여름이 지나가면, 더벅머리를 한 어부의 아이들이 차가운 가을바람이 부는 방파제를 맨발로 활개를 치고 다닐 뿐이다. 겨울이라도 되면 마을은 더한층 적막해진다.

H 마을의 봄, ── 우리가 알고 있는 H 마을의 봄은, 곶에 벚꽃이 흐드러지게 피는 3월에서 4월에 걸친 2주 동안이다. 우리 고등학교의 궁술부는 매 학년말, H 마을의 대학 기숙사에서 합숙하는 전통이 있었다. 평소에는 늘 시합에다가, 연습 때마다 자세가 어떠니 명중률이 어떠니 성가시게 야단치는 선배들 때문에 기가 죽어 있지만, 봄철 합숙 때만큼은 벚꽃에 정신이 팔려 화살이 빗나가

도 야단맞을 걱정이 없다. 고등학교의 스포츠는 대개 시합에 쫓기느라 좀처럼 스포츠를 즐길 정도까지는 못 되지만, H 마을의 봄 합숙에서는 주제넘게도 궁술을 즐긴다는 말을 할 수 있었다.

게다가 우리는 다들 젊었다. 그 해, 나는 열여덟 살이었다. 고등학교 2학년생으로, 방해꾼이던 3학년 선배들도 이미 졸업해, 대학 시험을 통과한 사람은 기분이 좋았고 떨어진 사람은 풀이 죽어 있었기 때문에 더 이상 세상에 두려운 게 없었다. 1학년생들은 대체로 다들 온순하고, 개중에는 3년을 재수해 나보다 훨씬 나이가 많은 사람도 있었지만, 상급생의 명령은 잘 따랐다. 대학생 선배들까지 더해 전부 스무 명쯤으로, 오전과 오후에는 활을 당기고, 밤에는 늦게까지 카드나 캐롬 게임을 하며 피곤한 줄도 몰랐다. 우리는 토론을 좋아했다. 온갖 것에 호기심을 가지고, 납득할 때까지 인정하지 않았다. 마음은 늘 싱그러웠고, 기쁨에도 슬픔에도 때가 묻지 않았다.

*

오전과 오후에는 어김없이 궁술 연습이 있다.

곶 한가운데에는, 먼바다에서 불어오는 바람을 방풍림으로 막으며 기숙사 몇 동이 중정을 둘러싸고 띄엄띄엄 서 있다. 우리는 도착한 날 오후, 다 같이 기숙사 뒤의 좁고 길쭉한 공터를 궁술장으로 마련해 연습했다. 궁술장이라고는 하지만 앞쪽에는 명석을 깔고, 맞은편에는 흙을 쌓아올려 그럭저럭 둔덕처럼 만들고, 폭이 두 자쯤 되는 과녁 세 개를 나란히 세워놓았을 뿐인 허술한 시설이다. 둔덕도 아주 낮아서 조금이라도 손을 잘못 놀리면 화살이 훌쩍 둔덕을 넘어 뒤쪽 잡초 사이로 숨어버린다. 우와, 야나이가 홈런을 쳤네, 하고 떠들어대며 서너 명이 화살을 찾으러 가는 데도 한참이 걸린다. 그렇지 않아도 한 번에 세 명씩 하는 연습인데 그러다 보니 좀처럼 자기 차례가 돌아오지 않는다. 먼바다와 접해 있는, 크고 둥근 돌을 쌓아올린 방파제에 기대어 있기도 하고, 그 위를 걷기도 하고, 또 그곳을 건너가 바위 위를 걸어 바닷가까지 산책도 하면서 기다린다. 방파제에 기대어 있는 우리는 마치 동물원에서 물개가 햇볕을 쬐고 있는 모습과 흡사했다. 활 연습 때 우리는 대개 하카마*를 입고 있어 그런지 새처럼 보이기도 했다.

그곳은 바람을 막고 있고 햇살은 부드러워 졸음을 불러일으켰다. 솔숲을 배경으로 벚꽃이 드디어 봉오리를 터뜨리기 시작한다. 가스리 무늬의 겹옷과 검은색 하카마, 한쪽 어깨를 드러낸 하얀 등, 활 따위가 언뜻언뜻 눈에 비친다. 휘익 하는 화살 소리조차 꿀벌의 날갯소리처럼 나른하다.

갑자기 그림자가 어른거렸다.

* 일본의 전통 의복으로 주름이 잡히고 통이 넓은 하의.

"시오미 선배, 혼자 뭘 생각하고 있어요?"

놀리는 듯한 목소리, 살짝 사람을 무시하는 듯한 간드러진 목소리로 다가오는 것은 늘 그렇듯 야시로다. 한 해 재수해서 나보다 나이가 많다. 하지만 내가 상급생이어서 조금은 높임말을 쓰기도 한다.

"아무 생각도 안 해." 나는 귀찮다는 듯이 대답한다.

"시오미 선배는 늘 도망만 치는 것 같아. 이런 구석에만 있지 말고 저기로 가면 좋을 텐데. 후지키도……."

"난 이게 좋아." 하고 재빨리 대답했다.

"선배는 정말 겁쟁이예요. 좀 더 적극적으로 후지키와 얘기도 하고 어울리고 해야지. 먼 데서 얼쩡얼쩡하고 있으니까 오히려 후지키도 신경이 쓰이는 거라고요. 늘 시오미 선배한테 감시당하는 것 같다고, 얼마 전에도 말했는데."

나는 잠자코 고개를 돌린 채, 기대고 있던 크고 둥근 돌의 표면을 쓰다듬었다. 돌은 매끌매끌하고 은은하게 따뜻하다.

"진짜 겁쟁이야." 하고 못마땅하다는 듯이 입을 삐죽거렸다. "거기다 후지키는 더 겁쟁이니까. 내 경험으로는 보통……."

"네 경험 따위는 듣고 싶지 않아."

야시로는 이를 드러내며 웃었다. 웃으니까 어른 같이 참 능글맞아 보인다. 열심히 또 덧붙인다.

"어쨌든 후지키는 아직 어린애예요. 아무것도 모른다고요."

나는 못 들은 척했다. 그러면서도 내 눈은 방파제에서 멀리 떨어진 곳에서 후지키가 고개를 숙이고 걷다가 멈춰 섰다가 하는 작은 움직임까지도 결코 놓치지 않는다. 후지키가 가까이에 있는 한, 보지 않으려고 해도 도저히 딴 데로 눈길을 돌릴 수가 없는 것이다. 후지키의 존재 그 자체가 언제나, 열기를 띤 계절풍처럼 내 마음을 취하게 했다. 야시로가 갑자기 목소리를 낮추는 바람에 나는 정신을 차렸다.

"근데 대체 그 다루마 고개 얘기는 어떻게 된 거예요? 도쿄역에 모였을 때 후지키도 시오미 선배도 같이 와 있길래 어떻게 된 건지 물어보고 싶었거든요."

"그만됐어."

"왜요? 선배가 그렇게 열심히 계획했잖아요? 나한테도 기쁘다는 듯이 얘기해줬으면서."

"후지키가 친구들과 다 같이 배로 가겠다고 해서 그만둔 거야."

"그래도 왜죠? 이해가 안 되네." 야시로가 끈질기게 물었다. "후지키한테 물어도 아무 대답도 없고."

후지키는 야시로에게 그 이유를 말하지 않았구나. 적어도 그것만큼은 후지키의 호의로 여겨졌다. 하지만 생각해보면, 이유라고 할 만한 이유라는 게 뭐가 있을까, 후지키가 나와 함께 다루마 고개를 넘겠다고 하지 않은 이유가 뭘까…….

나는 기대고 있던 방파제에서 쓰윽 몸에 뗐다. 더 이상 야시로가 내 비밀에 대해 지껄이는 걸 참을 수가 없었다. 비밀, —— 하지만 그건 이제 누구나 알고 있는 것인지도 모른다. 그래도 나는 그걸 소중히 하고 싶었다. 후지키에게 다가가는 이 은밀한 마음을, 누구의 참견도 받지 않고 가만히 남겨두고 싶었다. 다루마 고개를 넘으려는 계획을 무심코 야시로에게 털어놓은 건 너무나 경솔했다. 그러니까 나는 혼자 있으면 그걸로 되는 것이다.

"난 혼자 있고 싶어." 뒤따라오는 야시로에게 말했다.

나는 벚나무 사이를 빠져나가, 연습하는 것을 보면서 장부를 적고 있는 기노시타 옆으로 갔다. 야시로는 단념한 듯이 물개 같은 동료들에게 돌아갔다.

나무 둥치마다 활이 서너 개씩 세워져 있고, 가지에는 활 장갑이 매달려 있다. 나는 밖에서 활시위를 당겨보다가 적당한 화살을 골라 겨드랑이에 끼운 채, 내 장갑을 집어 오른손에 꼈다. 이제 곧 내 차례였다. 나는 화살통에서 내 화살을 네 개 집어 들고 준비를 마쳤다. 겉옷을 젖히고 왼쪽 어깨를 드러냈다. 이름이 불린 다른 두 명과 함께 나막신을 벗고, 땅바닥에 깔린 멍석 위로 올라갔다. 기노시타 옆에 대학생 선배가 설렁설렁 다가오더니 담배를 피우며 우리 동작을 지켜보았다.

멍석 위에 한쪽 무릎을 세우고 앉아 과녁을 본다. 마음이 서서히 맑아진다. 내 앞에 나란히 놓인 화살 중에서 하나를 골라 활시위에 걸고 천천히 일어선다. 과녁을 보고, 활 장갑을 낀 엄지를 약

지에 대고 잠시 문질러본다. 정면을 다시 쳐다본 다음, 천천히 활을 들어 올리고 얼굴을 돌려 가만히 과녁을 노려본다. 활을 쥔 손에 힘을 주며 천천히 화살을 당긴다. 사방이 고요하다. 쏜다. 활 소리. …… 화살은 과녁을 조금 빗나갔다.

"시오미는 여전히 급한 마음이 안 고쳐지는구나." 옆에서 보고 있던 대학생인 가스가 선배가 말했다.

나는 아쉬움을 뒤로 한 채 활을 들고 다시 처음처럼 한쪽 무릎을 세우고 앉았다. 선배가 온화한 미소를 지으며 나를 보고 있다.

"안 돼요. 아무리 해도 쏘기 직전까지 가만히 못 있겠어요."

가스가 선배의 담배 연기가 벚나무 가지 사이로 희미하게 빨려 들어간다. 나는 다시 화살을 시위에 건다. 일어선다. 과녁을 본다. 활을 들어 올린다. 빨리 놓으면 안 된다고 스스로에게 타이른다. 이론은 잘 알고 있다, —— 충분히 활을 당기고, 언제든 쏠 수 있을 만큼의 에너지를 유지하면서, 그것이 자연스럽게 고조되어 폭발할 때까지 가만히 기다린다. 그것이 삼매(三昧)*의 경지인 것이다. 하지만 앗, 하는 순간, 귀에는 이미 활 소리가 울리고 있다. 그와 동시에 과녁에 화살이 퍽 하고 꽂히는 소리. 둔덕의 그늘진 곳에서, 맞았습니다, 하는 맥 빠진 목소리…….

"안 되겠다." 선배가 체념한 듯 말했다.

* 잡념을 떠나 단 하나의 대상에만 정신을 집중하는 경지라는 뜻의 불교 용어.

"그래도 맞았잖아요." 내가 말했다.

"넌 활이 거칠어. 맞고 안 맞고의 문제가 아냐. 이제 곧 3학년이니까 책임도 무겁지. 그렇게 맞는 게 언제까지 가겠어?"

"신경쇠약일까요? 마음이 급한 거요."

"그렇지." 선배는 갑자기 의대생답게 그럴 거라는 표정을 지었다. "병이야. 정신의 병."

"그럼 왜 과녁에 맞는 거죠? 차라리 안 맞으면 고칠 텐데."

"활은 맞추기 위해 당기는 게 아냐. 당기는 자체가 즐거움이어야 해. 마음이 급해지면, 활을 들어 화살을 쏠 때까지 즐기기보다, 지금 쏴야 맞을 거라는 의식이 내내 앞서는 거지. 그 의식이 문제인 거야. 다시 말해 네 영혼이 네 손안에 없으니 활을 들어 올릴 때 흔들흔들 앞쪽으로 나가는 거야. 활에 영혼이 담겨 있지 않다는 증거야."

내 차례가 돌아와, 나는 다시 영혼이 담겨 있지 않은 활을 당겼다. 화살은 과녁 한가운데를 맞혔다.

"말하자면," 하고 가스가 선배는 말을 이었다. "신경쇠약이란 건 툭하면 영혼이 놀러 가고 싶어 하는 상태를 말하는 거야. 네 몸은 여기에 있지만 네 영혼은 여기에 없어. 근데 뭐, 그렇게 걱정은 하지 마. 누구나 그럴 때가 있는 법이니까."

나는 네 번째 화살을 의무적으로 쏘았다. 인사를 하고 멍석에서 내려와 옆에 있는 벚나무에 활을 세워두고 장갑 끈을 풀었다.

장갑을 가지에 매달고 동료 두 명과 가스가 선배와 함께 방파제에 있는 친구들 쪽으로 돌아갔다. 내 영혼은 여기에 없다, 하고 나는 마음속으로 중얼거렸다.

*

교외의 전철 역에서 내려 반짝이는 상점가의 불빛을 뒤로 하고 건널목을 건너면, 부쩍 길이 어두워지고 인적도 드문드문해졌다. 나는 읽다 만 책 한 권과 접어놓은 지도를 한 손에 들고 발걸음을 조금 서둘러 길을 걸어갔다. 문득 서향나무 꽃의 달콤하고 풍성한 향이 느껴졌다. 그것은 어디선지도 모르게 풍겨와, 내게 밝은 희망을 떠올리게 했다. 갑자기 모든 게 다 잘될 것 같은 기분이 들면서 넘치는 행복감에 가슴이 부풀어 올랐다. 한 발 한 발 내딛는 걸음마다 발소리가 높이 울려 퍼졌다.

후지키의 집은 역에서 그리 멀지는 않다. 후지키 시노부라고 적힌 그의 명함이 헌등의 어슴푸레한 불빛에 비쳐 문패 대신 현관 옆에 붙여져 있다. 나는 거기까지 가서는 잠시 망설였지만 마음을 다잡고 격자문을 열었다. 늘 그렇듯이 문에 달린 벨이 따르릉 하고 울렸다.

어두운 현관에 서서 부를까 말까 하고 있는데, 옆방의 장지문이 열리며 불빛이 휘익 현관으로 흘러나왔다. 역광을 받으며 세일

러복 위에 빨간 스웨터를 입은 소녀가 춤을 추는 듯한 발걸음으로 뛰어왔다.

"어머, 시오미 오빠!" 하고 반가운 목소리로 외쳤다. "오빠, 시오미 오빠가 왔어요." 하고 돌아보며 큰 소리로 부르더니 이번에는 "어서 올라와요." 하며 재촉했다.

다다미 여덟 장짜리 방 한가운데에 작은 책상이 있고, 그 위에 교과서와 노트가 놓여 있다. 또 다른 방에는 도코노마*를 뒤에 두고 조금 큰 책상이 복도에 접한 살창문과 직각으로 놓여 있는데, 그곳에 후지키가 어렵다는 듯한 얼굴로, 글자가 빽빽한 외국어 책을 펼쳐놓고 있었다. 나를 보고는 살짝 인사를 했지만 더 이상 움직이려는 기색은 없었다.

조금 전부터 가만히 웃음을 짓고 있던 소녀가 벽장에서 방석을 꺼내더니 가운데에 있는 책상 앞에 놓고 나를 거기에 앉게 했다. 그리고 몸을 숙이며, 잘 오셨어요, 하고 인사를 했다.

"어머님은?" 하고 나는 물었다.

"미안하구나, 시오미." 하고 생기 넘치는 목소리가 부엌 쪽에서 들려왔다. "잠깐만, 정리 좀 끝내고……."

"괜찮아요, 엄마는." 하고 소녀가 옆에서 끼어들며, "그건 그렇고 시오미 오빠, 꼭 부탁할 게 있어요."

* 일본식 방에 바닥을 한층 높게 만들어 족자나 꽃 등을 장식해놓은 곳.

"안 돼, 지에코."

"괜찮아요, 엄마는 가만히 계세요. 네? 괜찮죠, 시오미 오빠?"

"뭔지 몰라도 지에코 부탁이라면 들어줘야지."

소녀는 살짝 어리광을 부리듯이 눈을 크게 뜨고 나를 보았다.

"이제 곧 학기말 시험이잖아요. 저, 영어 좀 가르쳐주세요."

"뭐야, 그런 거야? 영어라면 후지키한테 배우면 되잖아."

"오빠는 안 돼요. 전혀 친절하지 않아요. 조금 가르쳐줬다 싶으면 금방 화를 내고."

"지에코 네가 바보니까 그렇지." 후지키가 고개를 들며 말했다. "여학교 영어쯤 누구한테 물어볼 것도 없잖아."

"어차피 난 바보야, 오빠한테는 안 물어볼 거야. 그렇죠 시오미 오빠?"

나는 웃으며 책상 위에 펼쳐진 영어책을 훑어보았다. 그리고 읽고 해석하기 시작했다. 소녀는 내 옆에서 엿보기라도 하듯 교과서 위로 고개를 숙이고, 흘러내리는 단발머리를 이따금 귀찮다는 듯이 쓸어 올렸다. 그 하얀 옆얼굴을 보고 있으니, 지에코가 후지키만큼은 아름답지 않구나, 하고 쓸데없는 생각이 떠오른다. 둘은 남매이지만, 얼굴 생김새가 꽤 달랐다. 후지키의 차갑고 반듯한 이목구비는 아마도 돌아가신 그의 아버지를 닮고, 지에코의 애교스러운 외모는 어머니를 닮은 것이겠지…….

"날이 따뜻해졌지?"

그렇게 말하며 부엌에서 후지키의 어머니가 홍차 잔이 놓인 쟁반을 들고 나타났을 때, 그 얼굴이 지에코와 너무 닮아서 나는 나도 모르게 후훗 하고 웃었다. 나는 무척이나 행복한 기분이 들었다.

"지에코, 이제 그만해. 아무리 시오미 오빠라도 그렇게 괴롭히면 안 돼."

소녀는 입을 삐죽거리며 어머니를 보더니, 그럼 이 정도로 해요, 하고 단념하며 책상 위를 정리하기 시작했다. 어머니는 "잠깐 여기 좀 쓸게." 하며 소녀의 책상 위에 찻잔을 올려놓았다. 그러고는 "시노부, 너도 이리 와." 하고 불렀다.

말없이 책상 옆에 와서 앉은 후지키에게, "뭘 읽고 있었어?" 하고 내가 물었다. 들어도 전혀 모르는 책 이름이었다. 그러고 나서 잠시 다들 지에코의 시험에 대한 이야기를 했다.

"그런데 넌 궁술부 합숙에 가기로 결정했어?" 하고 나는 후지키에게 물었다. 갑자기 가슴이 두근대기 시작했다.

"네, 갈 생각입니다." 그렇게 말하고 후지키는 어머니를 보았다.

"갔다 와. 난 괜찮다. 시오미도 같이 가는 거지?"

"전 물론 갑니다. …… 그리고 얼마 전에 내가 잠깐 말했지? 산을 넘어서 거기로 가는 거 말이야."

나는 가져간 지도를 방바닥에 펼쳤다. 지도는 전등 불빛을 빨아들이며 하얗게 빛났다. 내가 하나하나 지명을 가리키며, 여기는 누마즈, 여기는 슈젠지, 하고 설명하면 그 말을 따라 모두의 시선이 그곳에 집중되었다.

"H 마을로 가는 코스는 두 가지야. 이건 배로 가는 코스. 그리고 이건 내가 말한 슈젠지에서 다루마 고개를 넘어서 가는 코스야."

"그렇군요." 후지키가 말했다.

만약 그럴 마음이 있다면, 내가 말을 꺼냈을 때 바로 그러겠다고 했을 텐데, 하고 나는 생각했다. 후지키는 한번 결정한 것을 다시 번복하는 사람이 아니었다. 생각할 시간은 지금까지 충분히 있었다. 그런데 지금, 무표정하고 반듯한 표정으로 고개를 숙이고 있을 뿐이었다.

"내가 이렇게 고개를 넘는 코스를 권하는 것도 네가 배 타는 걸 힘들어한다고 들어서 그래 …… 그렇지?" 하고 나는 열심히 말을 계속했다.

"맞아요, 정말 힘들어해요." 소녀가 옆에서 소리쳤다. "중학교 수학여행 때 오시마 섬에 갔을 때도 오빠가 정말 힘들어해서……."

"쓸데없는 소리 하는 거 아냐, 지에코."

"어머, 그래도 사실이잖아."

"보지도 않았으면서."

"그건 그렇지만, 그래도 사실은 사실이야." 하더니 갑자기 웃겨서 못 참겠다는 듯이 웃음을 터뜨렸다. "그게 말이에요, 시오미 오빠, 배에서 내리고 나서 오빠가 모토무라에 있는 여관에 두 시간이나 누워 있었대요."

"그땐 운이 나빴어. 폭풍우가 지나간 후여서 배가 심하게 흔들렸단 말이야."

"그러고 겨우 정신을 차리고 미하라야마 산으로 가는 도중에 사막에서 낙타를 탔는데 또 멀미가 도졌대요."

소녀가 깔깔대고 웃고 어머니까지 합세하는 바람에 후지키도 할 수 없다는 듯이 웃었다. 나는 조금 당황해하며 웃었다. 이럴 때의 후지키와 나만 알고 있는 그 차가운 후지키는 어찌 이리도 다른 걸까. 왜 내게는 늘 냉담한 가면을 쓰고 대하는 걸까.

"어떻게 할래?" 하고 나는 물었다.

후지키는 말없이 찻잔의 스푼을 만지작거렸다. 고개를 숙인 채 내게 물었다.

"다른 사람들은 다들 어떻게 갑니까?"

"전에 말했듯이 다들 누마즈에서 배를 타고 갈 거야. 하지만 걸어서 가도 오후엔 도착할 테니까 별로 큰 차이는 없어."

"시오미 선배는 고개를 넘는 코스로 갑니까?"

"나도 혼자서 갈 생각은 없지만."

"전……" 하고는 말이 없었다.

답은 알고 있었다. 나는 그 얼굴을 가만히 바라보았다.

"전 역시 일행과 함께 가겠습니다."

"배로?"

"네, 그렇게 하겠습니다."

침묵이 내려앉았다. 후지키는 스푼을 접시에 내려놓고 방바닥에 한 손을 짚은 채 지도를 보기 시작했다. 그 지도가 내 눈에는 터무니없이 커다란 나방의 날개처럼 보였다.

왜지? 하고 나는 속으로 물었다. 다 같이 행동하겠다, 단순히 그뿐인 걸까, 그게 아니면 내가 싫은 걸까. 하얗게 빛바랜 실의의 기억이 내 의식 속을 재빨리 스쳐갔다. 후지키를 알게 된 지 아직 1년밖에 되지 않았다. 처음에는 시오미 선배, 시오미 선배, 하며 무슨 일만 있어도 친하게 다가와 매달리곤 했다. 그것이 가을이 되고, 내가 후지키네 집에 가끔 놀러오면서 어머니와 지에코와도 어울리게 된 후로 후지키는 조금씩 내게서 멀어졌다. 나와 만나는 걸 피하고, 나와 이야기하는 걸 피한다. 대체 왜일까. 왜 그렇게 내게 차갑게 대하는 걸까.

"그럼 이만 가보겠습니다."

그렇게 말해버리니 그걸로 모든 게 끝이 났다. 깜짝 놀라며 지에코가 눈을 크게 떴다. 후지키는 말없이 펼쳐진 지도를 접어서 주었다. 나는 일어섰다.

"나도 역까지 함께 갈까? 마침 살 것도 있고." 하고 어머니가 말했다. "뒷문으로 나가마."

어두침침한 현관까지 후지키가 언제나처럼 쓸쓸한 표정으로 배웅해주었다. 지에코가 업히기라도 할 것처럼 그 어깨에 매달리며 고개만 쏙 내민 채, 안녕히 가세요, 하고 말했다.

변함없이 어두운 길을 나는 후지키의 어머니와 어깨를 나란히 하고 걸었다. 어머니는 수학여행 때의 이야기를 했다. 그때까지 집 밖에서 묵은 적이 없었던 후지키 때문에 그날 밤은 걱정이 돼서 잠을 못 이루었다고 했다. 나는 그런 이야기를 들으며 흐릿한 슬픔에 빠져 있었다. 어릴 적에 어머니를 여읜 나는 내 어머니를 대하듯 이분에게 어리광을 부리고 싶어 견딜 수가 없었다. 이분이라면 뭐든지 이해해줄 거라는 생각이 들었다. 하지만 나는 지금까지 한 번도 어리광 부리는 말을 한 적이 없었다. 그때 또다시 어둠 속에서 서향나무의 꽃향기가 흘러왔다. 나는 조금 전 여기로 오는 길에, 너무나 행복한 기분이 들었던 나 자신을 떠올렸다. 아, 서향나무 꽃, 하고 나는 그저 그 말만 작은 소리로 중얼거렸다.

눈부시게 환한 역사의 개찰구에서 나는 후지키의 어머니와 헤어졌다. 시노부는 정말 자기밖에 몰라, 아무쪼록 잘 부탁하마, 하고 어머니가 예의를 차려 말했다. 나는 난처해하며 조금 웃었다.

헤어지고 나니 고독했다. 전철은 바로 왔다. 차 안은 텅 비어 있고, 활짝 열린 창으로 아직 쌀쌀한 바람이 불어 들어왔다. 어두운 창밖으로 나는 유성처럼 흘러가는 거리의 불빛을 바라보았다. 굴욕적인 기분이 가슴을 강하게 옥죄어왔다. 그렇게 기대했던 H 마을의 합숙, 하지만 그 공상도 지금은 훌쩍 흘러가버렸다. 후지키가 나를 싫어하는 이상, H 마을에 간다 한들 아무 의미도 없다. 제길, 내가 거길 왜 가, 거길 왜 가. 나는 가만히 눈을 감은 채, 전철의 움직임에 몸을 맡기며 마음속으로 내내 그렇게 생각했다.

*

점심 식사를 알리는 징 소리가 울렸다.

오전 연습이 끝나고 저마다 바둑이나 캐롬 게임, 독서나 수다 떨기에 빠져 있던 학생들이 일제히 벌떡 일어나 식당으로 달려갔다. 한나절에 스무 발의 활쏘기는 적당한 운동이었고, 공기는 짭짤하고 오존이 많았다. 한창 자라는 시기에 식욕을 방해하는 것은 아무것도 없었다.

식당 안에는 선배들과 부원들이 길쭉한 식탁 앞에 뒤섞여 앉아 있었다. 하지만 앞다투어 먹을 만큼 맛있는 요리가 나온 적은 한 번도 없었다. 아침은 어김없이 미역 된장국, 점심은 유부와 톳 조림, 저녁은 대개 생선조림으로, 가끔 방어회가 나오기는 해도 마구 썬 생선토막 옆에는 먹지도 않는 해초가 산더미처럼 쌓여 있었다. 우리는 다들 투덜대며 각자 가져온 통조림을 여기저기 꺼내놓고, 떠들어댄 만큼 열심히 밥그릇을 비웠다.

식당 한구석에는 탁구대가 놓여 있어 빨리 식사를 마친 녀석들이 그곳을 에워쌌다. 식당을 나가면 건너편 오락실의 캐롬 구슬이

튕기는 소리와, 싸구려 축음기에서 흘러나오는 댄스 음악이 묘하게 향수 어린 느낌으로 울려 퍼졌다.

나는 그곳을 빠져나가 앞바다와 접한 모래밭 쪽으로 걸어갔다. 하얀 모래밭은 비스듬히 경사져 있고, 드문드문 자라 있는 소나무가 한낮의 햇살을 받아, 짧은 그림자를 발치에 떨어뜨리고 있었다. 앞바다가 거울처럼 반짝였다. 나는 작은 조개껍질이 흩어진 모래밭을 걸어 물가까지 내려갔다.

잔교에서 조금 떨어진 바다 위에 나무배 두 척이 떠 있었다. 한 척은 물위에 직선으로 자취를 남기며 먼바다로 나가는 것 같았고, 다른 한 척은 같은 곳을 빙빙 돌고 있었는데, 어정쩡한 자세로 위태위태하게 노를 젓고 있는 모리의 모습이 여기서도 훤히 보였다. 먼바다로 나가는 배를 젓고 있는 건 기노시타였는데, 신나게 모리를 놀려대는 그의 목소리에 건너편 배의 누군가가 웃어댔다. 뱃머리에 드러누워 있어 누가 웃고 있는지는 알 수 없었다. 나는 잠시 보고 있다가 물가를 따라 걷기 시작했다. 조금 앞쪽에 대형 어선이 모래밭 위로 끌어올려져 있다. 나는 뱃전에 손을 얹고 하카마 옷자락을 걷어올려 안으로 뛰어올랐다. 축축한 목재와 비릿한 생선 냄새가 났다. 나는 뱃고물 근처의 널빤지 위에 앉아 품속에서 문고본 책을 꺼내 건성건성 페이지를 넘기기 시작했다.

살짝 졸리기 시작했다. 햇살은 따뜻하고 미풍조차 없다. 나는 갑갑한 자세로 드러누워, 솜털처럼 작고 하얀 구름이 떠 있는 하늘을 보았다. 그러다가 펼친 책을 얼굴 위에 얹고 잠깐 설핏 잠이 들었다. 지지직거리는 레코드의 댄스 음악이 파도 위의 웃음소리와 섞여 주변은 더한층 고요했다. 평화로웠고, 행복했고, 번거로운 모든 것들이 아득하게 느껴졌다.

"후지키가……."

문득 귓가에 들려온 기노시타의 목소리에 나도 모르게 신경이 쏠렸다.

"어차피 그 녀석은 늘 똑같아서."

거침없는 목소리로 모리가 대답한다. 노 젓는 소리가 점점 가까워지는 걸 보니 기노시타와 모리가 같은 배를 타고 돌아오고 있는 모양이다. 어느 틈에 같은 배를 탄 거지, 하고 순간 생각했다.

"우울해 보이는 것 같지 않아?" 하고 기노시타의 목소리가 들린다.

"후지키는요, 분명 어려운 수학 문제 같은 걸 생각하고 있는 거예요. 또 후로 선생님을 깜짝 놀래키려는 건가?"

"후로?"

"예. 후지키가 얼마 전에 교실에서 엄청 까다로운 수학 문제를 질문했거든요. 그래서 후로가 교단에서 한 시간을 말 그대로 벼룩처럼 쩔쩔맨 거예요. 후지키도 어쩔 수 없어서, 선생님 됐습니다, 하고 끝내긴 했는데, 후로가 괜히 정색해서는……. 전 문제가 뭔지도 모르겠더라고요."

"하긴 모리 넌 전공이……."

그 뒷말은 모리의 요란한 웃음소리에 지워져버렸다. 노 젓는 소리는 더한층 가까워졌다.

"그런 거라면 다행이지만……."

"왜요? 뭐가 있어요?"

"아니, 시오미가 요즘 너무 지쳐 보여서 상관이 있나 해서."

"그 두 사람……."

목소리가 작아져 들리지 않았다. 하지만 나는 뺨이 달아오르는 걸 느꼈다. 일어나서 내가 여기에 있다는 걸 알리는 게 좋을까.

"그것 때문에 야나이가 걱정이 많아. 시오미가 저렇게 된 게 후지키 때문이라면, 후지키한테 궁술부를 그만두라고 말하겠다는 거야. 근데 이 얘긴 누구한테 말하지 마, 알았지?"

"야나이 선배는 사람 감정의 미묘함을 모른다니까."

"야나이는 주장이니까."

"그냥 내버려두면 돼요."

"난 후지키가 우울해 보이는 게 시오미 때문이라고만 생각했는데. 그럼 그건 아니란 말이지?"

"다 왔어요."

쿵 하고 배가 모래 위로 올라앉는 소리가 났다. 노를 정리하고 모래밭을 걸으며 두 사람은 이야기를 계속한다.

"H에서 합숙하는 것도 나쁘진 않은데, 여자들을 거의 볼 수가 없어요."

"건방진 소리 마. 기숙사도 마찬가지잖아."

"기숙사야 밖에 나가면 되죠. 여기는 마을까지 나가도 여자가 하나도 안 보인다니까요."

"당연하지. 근데 그러고 보면 후지키는 여성적인 느낌이 들어. 남자들밖에 없어서 그런가?"

"그 녀석은 애예요. 아직 젖비린내가 난다고요. 근데 희한해요. 어떻게 그렇게 머리만 발달했는지."

"모리 넌 어떤데? 색정만 발달한 거야?"

그리고 두 사람의 웃음소리가 모래 위에서 멀어져갔다.

나는 한동안 가만히 있었다. 햇살은 더한층 따뜻해지고 생선 비린내는 전보다 더 심해졌다. 얼굴 위에 놓여 있던 책을 내리고 배 안에서 고개를 내미니 두 사람의 모습은 이미 어디에도 보이지 않았고, 앞바다 멀리까지 나간 또 한 척의 배도 행방을 알 수 없었다. 마을 너머로 다루마 산이 희미하게 보였다.

나는 배에서 내려 모래밭을 걸으며 기숙사로 돌아갔다.

*

오후 연습 때, 후지키를 만나 이야기를 하겠다고 내내 생각했다. 이곳에 온 후로 아직 한 번도 후지키와 이야기한 적이 없다. 연습이 끝나고 방에서 하카마를 벗고 바지로 갈아입고 나니, 가만있을 수가 없을 정도로 그 마음이 끓어오르기 시작했다. 그래도 오락실에서 아무렇지도 않은 듯이 다치바나와 바둑을 두 판 두었다. 바둑은 맥없이 지고 말았다. 주변에 캐롬 게임을 하는 무리 속에 후지키는 없었다.

복도를 지나 후지키와 야시로에게 배정된 방문을 열 때는 참을 수 없이 불쾌하고 굴욕적인 기분이 들었다. 그래도 용기를 내서 문을 열어보니, 안에는 가방이며 이불이 어수선하게 어질러져 있을 뿐 사람은 보이지 않았다. 옆방도 들여다보았지만 뒤돌아보는 얼굴들 속에 후지키는 없었다. 야시로도 없는 걸 보니 어쩌면 둘이서 산책이라도 갔는지 모른다. 하지만 둘이 함께 있으면 후지키와 따로 이야기를 할 수 없을 텐데……. 나는 나막신을 신고 중정으로 나갔다.

저녁 식사 전이니까 그리 멀리는 가지 않았을 것이다. 가벼운 산책이라면 네 개의 코스가 있다. 첫 번째는 마을로 가는 길에 있는 작은 공원으로, 거기서는 H만을 사이에 두고 맞은편에 다루마 산이 보인다. 두 번째는 목욕탕 뒤편에 있는 솔숲으로, 그곳을 빠져나가면 바다와 접한 귤나무 산이 나온다. 세 번째는 앞바다를 접한 모래밭으로, 배 타는 연습이나 스모를 할 수 있어서 자주 가는 곳이다. 네 번째는 곶의 맨 끝인데, 방파제를 밟고 가든 잡초를 헤치며 가든 쓸쓸한 곳이어서 가는 사람이 별로 없다.

벚나무 밑에서 생각에 잠겨 있는데, 노랫소리가 가까워지면서 1학년생 세 명이 설렁설렁 걸어왔다. 맨 앞이 기무라로, 몇 년이나 재수를 하고 들어와 벌써부터 통이 큰 척을 한다. 지팡이로 벚나무 가지를 치면서 감상적인 가락으로 노래를 부르고 있다. 나머지 둘은 당나귀처럼 무척 만족스러운 표정으로 뒤따라오고 있다.

"같이 산책할래요?" 하고 기무라가 말했다.

나는 곧바로 그들과 떨어져 걷기 시작했다. 사람 없는 궁술장을 빠져나가 방파제로 가서, 나막신을 신은 채 그 위로 기어 올라갔다. 난 너희들처럼 행복하지 않아, 하고 생각했다. 그런 행복 따위 필요 없어.

해질녘의 비스듬한 햇살을 받으며 바다는 빛바랜 둔탁한 광택을 발하고 있었다. 수평선에는 구름이 가라앉아 있고, 그 구름들이 서로 뭉친 채 조금씩 동쪽으로 흘러간다. 방파제 위에서 바라본 바다 풍경은 H만의 앞바다와는 꽤 달라서 황량하게 쓸쓸하다. 발밑의 깎아지른 돌 제방은 뒹굴뒹굴 흩어진 바위가 이어지며 서서히 낮아지다가, 끝에서는 물가로 밀려오는 파도의 물보라에 끊임없이 씻기고 있다. 방파제 위에 서 있으니 뺨에 닿는 바닷바람이 차갑다. 나는 천천히 돌을 따라 제방 끝으로 걸어갔다. 마음은 후회하고 있었다. 이런 곳에 산책하러 오는 사람이 있을 리가 없다. 조금 전 그 무리의 만족해하는 야비한 표정을 보았다고 해서 내가 도망쳐야 할 이유 따위 전혀 없었는데…….

나막신을 신고 바위 위를 걷는다는 건 처음부터 무리였기에 나는 몇 번이나 발을 멈추고 쉬었다. 그러는 사이, 몇 겹이고 솔로 빗은 듯한 옅은 구름의 주름을 석양이 서서히 붉게 물들이고 있었다. 나는 발밑을 조심하며 한참을 걷다가 지쳐서 제방에서 내려갔다. 어두침침한 그곳은 낭창낭창한 어린 소나무 사이로 관목과 잡초가 빈틈없이 무성했다. 힘겹게 풀을 헤치며 가다가 문득 고개를 드는데, 곶의 맨 끝에 제방에서 떨어져 있는 바위 위에, 등을 돌리고 앉아 있는 후지키의 모습이 보였다.

순간, 나는 숨을 멈췄다. 붉게 타오르는 구름을 배경으로, 그의 등은 어떤 쓸쓸한 표정을 띠고 있었다. 나는 두 손을 입에 모으고 갈라진 목소리로 불렀다. 후지키는 돌아보지 않았다.

어쩌면 착각인지도 모른다. 나는 헐레벌떡 관목 덤불을 헤치며 나아갔다. 땅이 파이고 눈앞이 가려, 나는 이제 나 자신의 초조함밖에 보이지 않았다. 겨우겨우 숲을 빠져나오니 그곳은 곶의 끝 근처로, 발밑에는 커다란 바위가 뒹굴고 있었다. 방파제도 점점 낮아져 해안을 메운 바위들과도 구별이 되지 않았다. 후지키의 모습은 어디에도 없었다.

나는 두리번두리번 주변을 둘러보았다. 바다는 바로 앞이고, 거무스름한 파도가 생각보다 빠른 속도로 만 안쪽으로 밀려들어 왔다. 만조가 분명하다. 바닷가의 바위들에 거칠게 부딪힐 때마다 파도는 침울한 소리와 하얀 물보라를 토해냈다. 만 어귀를 좁히고 있는 건너편 바닷가의 적갈색 절벽 밑에서도, 밀려오는 파도가 천천히 허공으로 흩어졌다. 해는 거의 기울어, 바위마다 불긋불긋 그림자를 새기고 있었다. 파도 소리가 귀에 익자 으스스할 정도로 주변이 고요해졌다.

그때, 퉁퉁 하고 둔탁한 발동기 소리가 서서히 만 안쪽에서 다가왔다. 기적 소리가 꼬리를 물고 메아리쳤다. 누마즈 행 마지막 배구나, 하고 나는 생각했다. 배가 건너편 해안가와의 사이에 있는 좁은 틈을 빠져나갈 때, 나는 잿빛 갑판과 검은 굴뚝, 그리고 갑판 위에 드문드문 서 있는 승객의 모습을 보았다. 먼바다로 나가자 배가 갑자기 흔들리기 시작하며 진로를 오른쪽으로 틀더니 순식간에 멀어져갔다. 나는 다시 한번 주변을 둘러보았지만, 황량한 비린내와 기분 나쁜 고요함, 오직 그뿐이었다. 너무 생각에 잠겨 있다 보니 환영을 봤는지도 모르지, 그렇게 생각하며 안바다 쪽으로 발길을 돌렸다. 이쪽에는 숲속에 오솔길이 나 있었다.

벌써 저녁 시간이겠구나 하고 기숙사 입구에서 잠시 생각했지만, 방에 한번 가보자는 마음이 들어 그리로 들어갔다. 어두침침한 복도로 들어서는데, 아무도 없어야 할 옆쪽 방에서 재미있다는 듯이 웃음소리가 들려온다. 아무래도 장난꾸러기 모리의 목소리 같았다. 나는 호기심에 미닫이문을 열었다.

훅 끼치는 곰팡이 냄새. 덧문이 두 개쯤 열려 있어, 해질녘의 햇빛이 희미하게 어른거리고 있다. 그림자가 꿈틀거렸다. 자세히 보니, 이시이가 드러누워 있고, 모리가 그 위에서 양다리를 벌리고 올라탄 채 웃고 있다. 키가 큰 이시이가 다리를 버둥거리자, 길쭉한 정강이를 감싼 바짓자락이 검은 박쥐처럼 춤을 췄다.

"뭐 하는 거야? 싸우는 것도 아니고……."

이시이도 웃겨서 더는 참을 수가 없다는 듯이 웃음을 터뜨렸다.

"이게 normallage*라는 거예요." 모리가 아무렇지도 않은 얼굴로 잘난 척하듯 말했다. "시오미 선배, normallage에 몇 종류가 있는지 알아요?"

"야, 이제 그만해, 좀 비켜봐." 이시이가 밑에서 말했다.

모리가 일어서자 이시이가 진이 빠졌다는 듯이 주저앉았다. 어느샌가 손에는 검은색 커버를 씌운 책을 들고 있다. 그걸 내게 내밀었다.

"우린요," 하고 킥킥대며 웃었다. "미리 말하지만, 주모자는 모리라고요. 전 조수 역할을 했을 뿐이에요……."

"책을 보면 알 수 있어요." 모리가 말했다. "물론 시오미 선배는 하나도 모르겠지만."

나는 얼굴이 화끈 달아올랐다. 볼 생각도 없이 페이지를 넘겼다. 빽빽한 독일어 글자 사이사이에 여기저기 기묘한 삽화가 실려 있었다.

* 독일어로 정상 체위라는 뜻.

"사전도 찾아야 하고 실기 연습도 해봐야 하니까 진짜 힘들다니까요."

"상대가 이시이니까 아무래도 어설프죠." 하고 모리가 말했다.

나는 또 얼굴이 벌게졌다. 곧바로 이시이에게 책을 건네주고, 이제 저녁 식사 시간이잖아, 하고 얼버무리듯 중얼거리며 방을 나왔다. 둘은 뒤에서 여전히 깔깔대며 웃고 있었다.

2층 방으로 가니 다치바나가 혼자서 창에 기대어 석양빛에 의지하며 책을 읽고 있었다. 나는 그 옆으로 가서 창밖으로 마른침을 뱉었다.

"어디 갔었어?" 하고 다치바나가 물었다.

"어…… 밥은?"

"난 벌써 먹었어. 어서 갔다 와."

나는 건성으로 답하고 다다미 위에 큰대자로 드러누웠다. 아 피곤해, 하고 말했다. 내 의식 속에 조금 전에 본, 남녀의 껴안고 있는 모습이 이미지가 되어 떠올랐다. 그렇게나 후지키를 만나고 싶었는데, 왠지 나 자신이 타락해 딴 세상으로 쫓겨난 듯한 기분이 들었다.

다치바나가 어이없다는 듯이 나를 내려다보았다.

*

언제까지고 잠을 이루지 못하는 밤이었다. 전등을 꺼도 유리문으로 달빛이 희미하게 다다미 위에 비쳐 들었다. 공기는 미지근하고, 벚꽃의 향기가 방안에까지 가득했다. 다치바나는 한참 전에 숨소리를 내며 자고 있지만, 나는 조금 전까지 기노시타와 토론을 벌인 탓에 눈이 말똥말똥해져 잠이 달아나버렸다. 야나이와 핫토리는 내일 떠나는 선배들을 따라 마을로 술을 마시러 간 뒤로 아직 오지 않았다.

오락실 쪽에서 학생가를 부르는 요란한 합창 소리가 들려온 것은 11시가 넘어서였을 것이다. 노랫소리와 함께 유리 깨지는 소리가 미지근한 공기를 뒤흔들었다.

"에잇, 안 되겠군." 기노시타가 혀를 찼다. "또 저 야나이 녀석……."

기노시타는 일어서서 불을 켜고 서둘러 바지로 갈아입고 방을 나갔다. 나는 야나이와 핫토리가 누울 이불을 깔아놓고, 창으로 가서 유리문 너머로 밖을 내다보았다. 희미한 달빛이 옆 건물을 고요히 비추고 있을 뿐 사람 그림자는 보이지 않았다.

계단에서 거친 발소리가 나더니 야나이가 기노시타와 핫토리에게 양쪽 팔을 내맡긴 채 비틀대는 걸음으로 방으로 들어왔다. 두 사람이 손을 떼자, 야나이는 자기 이불 위에 털썩 주저앉았다. 뒤따라서 대학생 선배 한 명이 시뻘건 얼굴에 겸연쩍은 미소를 지으며 들어오더니, 정말 미안하다, 하고는 서둘러 가버렸다.

"미안할 게 뭐가 있어." 야나이가 손등으로 입을 문지르며 말했다.

핫토리는 바로 잠옷으로 갈아입으며, 진짜 혼났네, 하고 투덜거렸다.

"많이 마셨어?" 하고 내가 물었다.

"야나이는 술도 약하면서 무턱대고 마시려고 한다니까."

"나, 나는 아직 술이 모자라!" 하고 야나이가 소리를 질렀다.

"자, 이제 그만 자." 기노시타가 말하며 옷을 벗기려고 했지만, 야나이는 몸을 배배 꼬면서 밀쳐냈다.

"시오미" 하고 느닷없이 야나이가 말했다. "나, 시오미 너한테 할 말이 좀 있어."

야나이가 섬뜩할 정도로 충혈된 눈으로 나를 노려보았다. 그런가, 그래서 취해서 온 건가, 하고 나는 생각했다. 야나이는 평소에는 무척 마음이 약했으니까.

"뭔데?" 나는 물었다.

"나, 나는 말이야" 하고 더듬으며 야나이가 크게 한숨을 쉬었다. 그러고는 조금 차분해지더니 조급하게 말을 시작했다. "…… 난 시오미 네 생각을 잘 모르겠어. 우리도 이제 벌써 3학년이야. 우리 책임이 무거워. 그런데, 그런데 말이야, 우린 고작 일곱 명뿐이잖아, 모레쯤 미야자와와 나카가와가 올 거야. 거기에 시오미, 기노시타, 핫토리, 다치바나는 자고 있고……."

손가락을 꼽으며 이상하다는 표정을 지었다.

"멍청하긴, 널 빼먹었잖아." 하고 핫토리가 웃었다.

"맞다. 이 못난 야나이 시게오, 주장으로 뽑힌 이상, 책임은 져야지."

"이제 됐으니까 그만 자, 내일 연습도 있고." 하고 기노시타가 말했다.

"회계는 가만있어. 어쨌든 우린 일곱 명뿐이야. 그러니까 열 명으로 연습하려면 아무래도 셋이 더 필요해. 이렇게 사람이 적었던 해도 드물지만 이제 와서 불평해도 어쩔 수 없지. 이번 2학년생들을 바짝 훈련시킨다 해도 우리가 제대로 안 하면 여름 시합에서 못 이긴다고. 안 그래? 져도 괜찮아?"

"불평 그만해." 기노시타가 말했다. "야시로나 이시이가 잘하고 있고, 후지키도 기무라도 실력이 쑥쑥 좋아질 거야."

"난 말야, 우리 일곱 명이 중요하다고 생각해. 우리 전부 다 실력을 키워서 이번 2학년들의 모범이 돼야 해. 그런데 시오미, 넌 활이 그게 뭐야. 전혀 집중을 안 하잖아."

"난 지금 슬럼프야." 하고 내가 답했다.

"난 슬럼프다, 그러니까 마, 맘대로 해라, 뭐 그런 말이야?"

핫토리가 웃으며, 정말 그런 거야? 하고 말했다.

"그런 말이 아냐." 하고 나는 변명했다.

"난 말야, 나로서도 말하기 껄끄럽지만, 시오미 네가 후지키 때문에 끙끙대고 있는 게 참을 수가 없어."

"넌 모르니까……."

"알아, 안다고. 우리 다 알고 있어, 안 그래? 시오미 네가 괴로워하고 있는 거 잘 알아. 하지만 그런 괴로움은 시답잖은 거라고 말하고 있는 거야."

나는 내 뺨에서 핏기가 빠져나가는 것을 느꼈다.

"쓸데없는 참견 마." 하고 말했다. 나의 괴로움은 나의 것이다.

야나이가 고개를 들고 충혈된 눈으로 나를 노려보았다.

"어떻게 그렇게 네 멋대로 말하는 거지? 우린 함께 궁술부에 들어왔고 함께 공부했고 함께 선생님한테 부탁하러 가기도 했어. 시합에서 이기든 지든 공동 책임이야. 그런데 너 혼자 그렇게 힘들어하고 있으면 우리도 기분이 안 좋잖아. 빌어먹을 후지키 녀석. 우리한테 중요한 건 시오미 너라고."

나는 아까 배 위에서 기노시타가 모리에게 한 말을 떠올렸다. 후지키에게 궁술부를 그만두게 할 수는 없다, 만약 야나이가 그 말을 입에 올린다면 강하게 나가자, 그렇게 생각하며 나는 기다렸다. 하지만 야나이는 묵묵히 입을 열지 않았다.

"나도," 하고 기노시타가 말했다. "후지키 때문에 네가 괴로워하는 건 어리석다고 생각해. 그건 우정과는 다른 거니까."

"다르지 않아." 하고 나는 강하게 말했다.

"하지만 우정이란 건 상호적인 거야. 야나이가 낙제할 뻔했을 때

네가 걱정한 것처럼, 야나이는 후지키 때문에 널 걱정하는 거야. 그게 우정이겠지, 네 경우는…… 혼자서 맹목적으로 달려가는 것 같은 거야."

"그렇지 않아!" 하고 나는 큰 소리로 외쳤다. "진짜 우정이란 건, 깊은 계곡 밑에 있는 샘물 같은 상대방의 영혼을, 그 사람의 내부에 잠들어 있는 그 샘물을 찾아내는 거야, 그리고 그걸 퍼 올리는 거야. 그건 그저 이해한다는 말로 표현하는 것과는 완전히 다른 거야. 더 신비로운, 영혼의 공명 같은 거야. 내가 후지키한테서 바라는 건 바로 그거야. 그게 진짜 우정이라고 생각해."

"역시, 그게 바로 시오미 시게시의 플라톤적 명상의 산물이지." 하고 핫토리가 놀리듯이 말했다. "그야 후지키는 사랑스러운 소년이지. 그리스어의 에페보스*라는 게 바로 그런 거겠지. 하지만 영혼이니 뭐니, 그건 너무 거창해."

"그러니까 너희들은 모른다는 거야."

"나도 영혼까지 말할 건 아니라고 생각해." 하고 기노시타가 조용히 말했다. "좋아한다는 건 육체적인 요소이니까."

"아냐. 절대 그렇지 않아!" 나는 소리쳤다.

하지만 그걸 어떻게 설명해야 할지, 나는 알 수가 없었다. 야나이는 술이 깼는지 누워서 뒹굴뒹굴하고 있었다. 희미하게 파도 소

* ephebos. 청년기의 남성.

리가 났다.

"늦었으니까 그만 자." 그때, 옆의 이불에서 잠든 줄 알았던 다치바나가 불쑥 말을 걸었다. "야나이 너도 이제 자, 감기 걸려."

야나이가 웃옷을 벗자 기노시타도 자기 이불 안으로 들어갔다. 다치바나가 일어서서 전등을 딸깍하고 껐다.

"시오미도 생각은 하고 있어." 다치바나가 선 채로 말했다. "남의 아픈 데를 그렇게 찌르는 거 아냐."

나는 달빛이 부드럽게 떨어지는 어둠 속에서 가만히 눈을 뜨고 천장을 보고 있었다. 방 안은 어렴풋이 밝고, 꽃향기가 사람을 달래주듯 달콤했다. 파도 소리를 들으면서, 너희들은 몰라, 하고 나는 입속으로 자꾸만 되뇌었다.

*

육체적인 요소란 건 뭘까, 나는 방파제에 기대선 채 하염없이 생각했다.

눈에 보이는 모든 벚꽃이 화사하게 피어 흐드러져 있었다. 따뜻한 햇살을 받으며 꽃은 겹겹으로 꽃잎을 피우고, 활시위 소리에 이끌리듯 꽃잎이 하늘하늘 떨어지고 있었다. 조금 전, 나는 후지키가 활을 당기고 있는 것을 옆에서 보고 있었다. 한쪽 소매를 벗어젖힌 하얀 맨살의 어깨 위에 꽃잎이 떨어져 내리는 것이 아름다웠다. 하지만 나는 왠지 가슴이 답답한 기분이 들어 연습이 끝나기를 기다리지도 않고 여기로 도망쳐와 버렸다.

그곳에는 마을 아이들이 매일같이 놀러왔다. 감색 기모노를 입고 공터를 누비며 굴렁쇠를 굴렸다. 후지키와 모리가 아이들의 좋은 친구가 되어 함께 굴렁쇠를 굴리며 놀았다. 끝이 구부러진 긴 부젓가락처럼 생긴 막대기로 검은 굴렁쇠를 굴리면, 딸랑딸랑 기분 좋은 소리가 났다. 솔숲 너머에서 들려오는 그 희미한 울림이 지금도 귓가에 서늘하다.

후지키는 옷소매를 걷어 올리고 가볍게 달리겠지. 하얀 뺨은 홍조를 띤 채, 쇠 막대기를 쥔 가냘픈 손끝을 동그란 눈으로 쳐다보며, 비탈이 많은 공터를 요령 있게 오르락내리락하겠지. 짧게 깎은 머리 위에는 꽃잎이 떨어져 있겠지. …… 이런 공상은 육체적이지 않은 걸까. 후지키와는 함께 목욕을 할 수 없을 것 같은 나의 이쑥스러움, 그건 육체적이지 않은 걸까.

"시오미 선배, 무슨 생각 하고 있어요?"

장난꾸러기 같은 야시로가 옆에 와 있었다. 비밀스러운 듯한 미소가 뺨을 일그러뜨리고 있었다. 나는 고개를 돌렸다.

"선배, 좀 물어보고 싶은 게 있는데요. 단, 비밀입니다."

어째서 야시로가 옆에 다가오면 이상하게 이런 굴욕적인 기분이 드는 걸까. 내가 아무리 애를 써도 내 속을 꿰뚫어보고 있다는 듯한 저 능청스러운 미소.

"후지키가요," 하고 잠깐 눈치를 보듯 내 옆얼굴을 보았다.

"뭔데?"

"후지키가 어쩌면 궁술부를 그만둘지도 몰라요."

"누가 그런 말을 했는데?"

"물론 후지키죠. 진짜인지 아닌지는 확실치 않지만요."

그렇게만 말하고 휘파람을 불며 저쪽으로 가버렸다. 그럴 리가 없어, 하고 나는 입 속으로 중얼거렸다. 따릉따릉 굴렁쇠 소리가 더 크게 들려온다. 그 소리에 섞여오는 활기찬 웃음소리. 후지키가 궁술부를 그만두다니, 말도 안 되는 소리야. 하지만 나는 H 마을에 온 뒤로 아직 한 번도 후지키를 만나 이야기를 나눈 적이 없다. 설마 야나이가 쓸데없는 참견을 한 건 아닐 텐데.

나는 답답한 마음으로 방파제 위로 기어 올라갔다. 푸르게 펼쳐진 먼바다가 눈 안으로 뛰어들어왔다. 나 혼자서 어디론가 멀리 가고 싶다, 하고 나는 바다를 보며 내내 생각했다.

*

마을 축제 날, 대학생 선배 세 명이 산을 넘어 돌아가기로 했다. 그날은 곶에까지 마을 사람들이 많이 모여들기 때문에, 해마다 연습을 쉬고 놀러 가는 것이 관례로 되어 있었다. 올해는 1학년생들에게 뒷일을 부탁하고 고개까지 선배들을 배웅하러 가자는 기노시타의 제안에, 우리 다섯은 선배들과 함께 아침에 출발했다. 합숙에 늦게 참가하게 된 미야자와와 나카가와도 오늘쯤 산을 넘어서 오기로 되어 있었다.

바닷가를 따라 희미하게 아침 안개가 남아 있는 돌길을 걸어갈 때는 다 같이 무리 지어 걸었지만, 축제 분위기로 떠들썩해지기 시작한 마을 한복판을 지나 과자가게 아키즈키에서 오른쪽으로 빠지면서 어느새 사이가 띄엄띄엄 벌어졌다. 계단식의 밭길을 걸어가니, 빛 가루를 뿌려놓은 듯한 하늘에서 종달새가 울고, 북소리가 따분하게 우리 뒤를 쫓아왔다. 길은 점점 오르막이 되어 뒤돌아볼 때마다 시야 안으로 펼쳐지는 바다가 서서히 커져 갔다.

나는 대학생인 가스가 선배와 둘이서 나란히 걷고 있었다. 가스가 선배는 담배를 문 채 이따금 허리를 굽혀 길가의 제비꽃 따위를 솜씨 좋게 땄다. 마술사처럼 날렵한 손짓으로 꽃잎을 뜯으며 내게 식물학 강의를 들려주었다. 산속은 고요했고 하늘은 서글프리만큼 환히 개어 있었다. 그런데도 어슴푸레한 허무감이 거울에 서린 김처럼 내 의식에 그늘을 드리웠다.

후지키는 지금쯤 야시로, 모리, 이시이와 함께 뭘 하고 있을까. 늘 후지키 옆에서 이야기하고 웃을 수 있는 야시로에게 나는 가슴이 아리는 듯한 질투를 느꼈다. 나는 남의 눈을 신경 쓰며, 가끔 짧은 대화를 나누는 게 전부다. 만약 후지키가 궁술부를 그만두게 되면 그나마 나와 그를 이어주는 끈은 뚝 끊어지겠지. 학년도 다르고 학과도 다르고, 기숙사에서도 교실에서도 얼굴을 마주칠 일은 없으니까. 하지만…… 어쩌면 그편이 나을지도 몰라, 이런 무익한 집착으로 하루하루를 보낸다면, 대체 그게 뭐란 말인가.

"저는요," 하고 나는 결심한 듯이 가스가 선배에게 말을 걸었다. "차라리 궁술부를 그만둘까 합니다."

"그만둔다고?" 선배는 손안에 남아 있는 제비꽃의 꽃받침을 바라보며 천천히 말했다.

"예."

"뜬금없는 소리네. 무슨 일이야? 야나이하고 사이라도 안 좋은 거야? 뭔가 말다툼을 한 것 같던데……."

"그런 건 아무것도 아니에요."

"야나이도 나쁜 뜻은 아냐." 하고 선배는 손에 쥔 제비꽃을 버리며 다그치듯이 내 얼굴을 보았다.

"아무래도 슬럼프이기도 하고," 하고 나는 진지하게 설명했다. "애초에 전 스포츠에 열중하는 성격은 아닙니다. 그래서 동아리 안에서 저만 못 어울리고 도움이 못 된다면……."

"그건 지나친 생각이야. 도움이 못 된다는 건 말도 안 되는 소리야."

"하지만 전 어디에 있어도 제 존재가 쓸데없는 것 같은 기분이 들어요. 제 고독이야 어쩔 수 없지만, 남한테 피해 줄 생각은 없으니까요."

"무슨 말인지 잘 모르겠군."

선배는 담뱃갑을 호주머니에서 꺼내더니 내게도 한 개비를 건넸다. 나는 그해 2월 학교 축제 때 겨우 담배 피우는 법을 익힌 정도로 아직 습관은 들지 않았지만 감사히 하나를 받았다. 선배는 성냥을 그어 불을 붙여주었다. 연기가 천천히 흐르고, 우리는 또 걷기 시작했다.

"네가 고독하다는 건 알겠어." 선배가 말했다. "고독하다는 건 중요한 거야. 하지만 고독하다는 것과 운동부 부원이라는 것 사이에는 아무런 모순도 없어. 운동부 같이 공통의 목적과 훈련을 갖는 공동생활, 그 안에서 견딜 수 있는 고독이 아니라면 진짜 고독이 아니지. 달걀 껍질에 감싸인 것 같은 나약한 고독이라면, 뭐 하나 할 수 있는 게 없어."

"저도 그렇게 생각합니다. 하지만 제 고독이 남에게 상처를 주는 거라면……."

"넌 그렇게 생각해? 네 고독이 남에게 상처 주는 그런 종류라고?"

"아뇨. 상처받고 있는 건 오히려 저예요."

"어째서?"

"그건…… 사랑하기 때문이 아닙니까?"

"사랑하기 때문이라. 난 말이야, 진짜 고독이란 그 무엇에도 상처받지 않는 것, 어떤 괴로운 사랑에도 견딜 수 있는 거라고 생각해. 그건 영혼의 강하고 적극적인 상태라고 생각해. 예를 들면, 기도하고 있는 인간의 상태 같은 거지. 기도는 신 앞에서는 갈대처럼 나약한 모습이지만, 인간들 사이에서는 더 이상 뻿길 게 없는, 한계까지 다다른 강함을 보여주지. 고독이란 그런 게 아닐까?"

"그렇게 강한 걸까요. 전 늘 상처받기만 하는데."

"서로 사랑하는 사이에서, 둘의 사랑이 불균형하고 조화를 이루지 못하면 당연히 한쪽은 상처받겠지."

"그렇겠죠." 나는 말했다.

"하지만 그런 경우, 사랑의 강함과 고독의 강함은 정비례하지 않아. 상대를 더 강하게 사랑하는 쪽은 오히려 자신의 사랑에 만족하지 못하고 상대에게서 상처받을 때가 많거든. 하지만 설령 상처를 받는다 해도, 언제나 상대보다 더 강하게 사랑하는 입장에 서야 하는 거야. 남에게 사랑받는다는 건, 햇볕에 미지근해진 물속에 몸을 담그고 있는 것과 같아서, 거기엔 어떤 고독도 없어. 남을 강하게 사랑한다는 건 자신의 고독을 거는 거야. 설령 상처받는 두려움이 있다 해도 그게 진짜 삶이 아닐까? 고독이란 그런 식으로 단련되어 성장해가는 게 아닐까?"

듣고 있으니 왠지 나 자신에 대한 말인 것 같은 기분이 들었다. 가스가 선배는 잠시 가만히 있다가 부드럽게 미소 지으며 말을 이었다.

"네가 괴로워하고 있는 거, 1학년 후지키 때문 아냐?"

나는 뺨이 화끈거리는 것을 느꼈다. 당황하며 손에 쥔 담배를 내던졌다.

"넌 지금 빠져 있어서 모르겠지만, 누구나 그런 시기를 한 번은 겪어. 말하자면 홍역 같은 거라고 난 생각해. 인간은 대체로 어릴 때는 무성애였다가 좀 자라면 양성애가 되지. 다시 말해 남녀 양성적인 거야. 그 후에 동성애인 시기가 와. 그리고 어른이 되는 거야. 그러니까 지금의 네 상태는 과도기적인 거고, 홍역처럼 좀 있으면 낫게 돼."

"전 그런 일시적인 거라고는 생각하지 않습니다." 하고 나는 조금 목소리를 높여 말했다. "전 이게 진짜 사랑, 결코 두 번 다시 반복되지 않는 사랑이라고 생각해요. 그렇기 때문에 저는 괴로운 겁니다. 그런 과도기적인 거라고는……."

"그래, 말이 지나쳤다면 사과하지. 그럼 넌 후지키에 대한 감정 중에, 마음에 거리끼는 게 아무것도 없다는 거지?"

마음에 거리끼는 것, 육체적인 요소, …… 내 마음 깊은 곳에서, 이질적인 현(絃)이 울려 퍼지고 뭔가가 미묘하게 반발했다.

"마음에 거리끼는 것 없습니다."

"그런가." 하고 선배는 고개를 끄덕였다. "우정이라는 거지?"

"그렇습니다. 이게 진짜 우정이라고 생각합니다."

"음, 내 생각엔 말이야, 동성애인 사람끼리는 둘만의 공통된 고독을 찾고, 그 공통된 고독의 둘레에 비밀이라는 벽을 만들어. 그

벽이 있느냐 없느냐에 따라 비정상적인지 아닌지가 결정되는 거야. 그들은 당연히 자신들을 꺼림칙하다고 여기고, 기꺼이 스스로를 격리시키지. 그들은 벽 바깥의 건전한 사회로 나가려고 하지는 않으니까. 우정이란 건 벽을 갖지 않는 거야. 그건 동포애, 이웃애로서 한없이 펼쳐갈 수 있는 거야."

"맞습니다. 저도 그렇게 생각해요. 아름다운 영혼이 있고, 그런 영혼이 세상을 인식하는 방식이 있어요. 그런데도 정작 본인은 자신이 아름다운 영혼의 소유자라는 생각조차 하지 않아요. 전 후지키의 그런 겸허함이 참을 수 없이 좋습니다. 후지키의 영혼을 이해하는 건 저뿐이에요. 인간 속에 있는 그런 아름다운 것, 순수한 것을 한 번 발견한 이상, 저 자신의 영혼, 이 더러운 영혼까지도 아름답게 만들고, 또 타인까지도 아름다운 눈으로 볼 수 있다고 생각합니다. 아름다운 영혼의 연금술, 저는 그렇게 이름을 붙였지만, 저 자신이 이 영혼을 발견했다는 것에서 출발해, 모두가 더 아름답게, 더 행복하게 살아갈 수 있을 거라고 생각합니다……."

말을 하는 동안, 거친 파도 같은 환희가 내 안에서 차올랐다. 나만이 알고 있는 것이다, 순수한 영혼에 이끌리는 이 그리움과, 사랑한다는 것의 이 도취와, 의식의 모든 영역을 비추는 이 지혜와, 천사에게로 나를 끌어올리는 이 비상감(飛翔感)은…….

"그래서 후지키는 뭐래?" 하고 부드럽게 선배가 물었다.

어떤 악의도 없는 그 말, 하지만 그 말은 마치 주문(呪文)처럼 마법을 풀었다. 미칠 듯한 흥분이 순식간에 썰물처럼 빠지며, 바위 뒤에 달라붙어 쓸려가는 해초의 후회와, 흐느적거리는 해파리의 무력감이 뒤에 남았다. 한낮의 환한 산길에서 나는 눈앞이 가려지기라도 한 듯이, 양손으로 앞을 더듬었다.

"후지키는 모르겠어요." 하고 나는 말했다.

선배는 새 담배에 불을 붙였다. 우리는 벌써 꽤 높이 올라와 있었다.

"사랑하는 게 어떻게 상대에게 상처를 주는 거죠?" 하고 나는 물었다.

"상처받고 있는 건 너겠지." 하고 선배가 대답했다. "오로지 사랑받기만 할 뿐이라면 후지키는 상처를 받고 말고 할 것도 없어. 하지만 시오미, 넌 스스로 너 자신을 상처 입혀선 안 돼. 네가 정말로 성장하고 네 고독이 진정으로 강해진다면, 너 자신에게도 타인에게도 상처 주지 않게 되는 거야. 자신이 상처받는 사랑이라면 아직 어린 거야."

"선배는 그럴 때가 없어요?"

"나? 나도 상처받지. 그렇게 안 보여?"

가스가 선배는 순간 어두운 표정을 지었지만, 금세 괜찮아진 듯 내게 말했다.

"말이 딴 데로 샜는데, 어쨌든 동아리는 그만두지 마. 궁술부에 들어와 벌써 2년이나 함께 지냈으니까 네 존재가 주는 책임이란 것도 있는 거야. 주어진 곳에서 살 수 없는 인간은 어디에 간다 해도 살 수 없어."

그리고 우리는 말없이 걸었다. 이윽고 식림된 삼나무 숲이 끝나고, 전망이 탁 트인 고개에는 먼저 도착한 무리가 앉아서 우리를 기다리고 있었다. 곧이어 전원이 모이고, 우리는 도시락을 펼쳐놓고 즐겁게 이야기를 시작했다. 연둣빛 풀밭으로 불어오는 산꼭대기의 바람이 땀이 맺힌 뺨에 스쳐 기분이 좋았다. H만은 푸른색의 물웅덩이처럼 보이고, 먼바다는 햇빛에 반짝이며 희부연 강처럼 보였다. 만을 둘러싼 마을도 곶도 온통 꽃의 구름이고, 고개를 드니 맞은편의 후지산이 봄 안개 위로 둥실 떠올라 있었다. 그 모습이 그림엽서와 너무나 똑같아서 우리는 진부하다고 너도나도 험담을 해댔다. 기다리고 있던 미야자와와 나카가와가 선배들이 출발하기 직전에 도착해 우리의 흥분은 더한층 거세졌다. 우리는 헤어지기 전에 사진을 찍고, 떠나는 선배들에게 내내 손을 흔들며 헤어짐을 아쉬워했다. 맨 뒤에서 느긋하게 따라가는 가스가 선배의 뒷모습이 산길이 굽어지면서 마침내 사라졌다.

산을 내려가기에는 시간이 일러 우리는 강가에 있는 다이교지 절에 들러보기로 했다. 강기슭에는 벚나무 가로수가 이어지고, 다리를 건너 오래된 산문으로 들어가자 경내도 벚꽃으로 뒤덮여 있었다. 우리는 차가운 우물물로 얼굴을 씻고 사다리를 타고 종루로 올라가 난간에 걸터앉았다. 우물 옆의 나이 든 벚나무는 두 개의 가지에만 묘하게 핏빛처럼 붉은 꽃을 피우고 있었다.

새로 온 두 사람까지 가세해 우리는 다들 신나게 떠들기 시작했다. 미야자와가 보고 온 영화의 줄거리를 이야기하며 부러움을 사고, 핫토리가 그를 놀려대고, 기노시타는 자신이 영화에 조예가 깊다고 으스대고, 야나이는 영화 따위는 시시하다고 말했다. 다들 저마다의 생각을 이야기하며 이따금 나를 대화로 불러들였다. 그런 친구들의 친절이 내게는 마음이 아플 정도로 느껴졌다. 작년에 함께 이곳에 놀러와 이런저런 사정으로 궁술부를 그만둔 동료가 떠올랐다. 그리고 지금 남은 일곱 명 중에서 내가 가장 나이가 어리고 또 그저께 밤의 일이 있었던 만큼, 내가 동료들 속에서 차지하고 있는 자리를 느끼지 않을 수가 없었다. 나는 궁술부를 그만둘 수 없겠지. 나는 친구들과 함께 있으면서 혼자 괴로워하고 그 괴로움을 겉으로 드러내지 않도록 해야겠지. H 마을 합숙에 가지 않겠다고 다짐했던 나, 그런 내게 합숙 일정은 이미 반 이상이 지나갔고, 벚꽃은 이제 절정을 지나고 있다. 나는 후지키와 말 한마디 나누지 못하고 나 스스로 기꺼이 내 주변에 몽상과 고독의 벽을 세우고 있다. 내게 중요한 것은 생각하는 것이 아니라 행동하는 것, 침묵하는 것이 아니라 설득하는 것, 기다리는 것이 아니라 나서서 사랑하는 것이다. 나라는 사람을 후지키가 알게 하고, 사랑으로 풍요롭게 결실을 맺게 하는 것이다. 후지키는 아직 어릴지도 모른다. 하지만 그가 뭘 생각하고 무슨 이유로 침묵하고 있는

지도 모른 채, 멀리서 나 혼자 괴로워한다고 해서 무슨 소용이 있단 말인가. 내가 사랑하는 건 우상이 아니라 인간이고, 꿈이 아니라 현실이고, 미래가 아니라 지금이다. 만약 후지키에 대한 나의 사랑이 잘못된 것이라면 나는 나 자신에게 더한층 혹독한 고독을 줄 뿐이다. 하지만 더 이상 고독해진다 해도 나 자신을 속이고 허무하게 기다리는 것보다는 나을 것이다…….

우리는 다 같이 기숙사 노래를 부르며, 봄 축제로 떠들썩한 마을을 빠져나가 곶으로 돌아갔다. 기세등등한 마을 청년들은 흰색 띠로 머리를 싸매고 가마를 메고 있었다. 우리는 이따금 멈춰 서서 진귀한 구경이라도 하듯 쳐다보았는데, 북소리는 기숙사에 도착할 때까지도 그치지 않고 들려왔다.

*

그날 밤, 나는 후지키를 만나서 이야기를 했다.

결의라는 것은 계속 흔들리고 머뭇대다가 조금씩 굳어지며 그것이 마침내 결의로 정착될 때까지는 의식의 모든 영역에서 본인을 짓누르듯이 괴롭히지만, 일단 마음을 먹으면 오히려 의식 속에서 가볍게 뛰쳐나갈 때가 있다. 지금까지 내가 후지키를 만나지 못한 것은 굳게 결의를 다지지 못해서이다. 만나려고 마음만 먹으면 언제든 만날 수 있다 (이 좁은 곶의 대학 기숙사에서 함께 지내고 있으니까), 더 이상 망설이지 않겠다, 이제는 겁쟁이로 있지 않겠다, 하고 생각해 그 각오를 굳히자마자, 이번에는 오히려 그것을 깨끗이 잊어버렸다. 그러니까 내가 그날 밤 오락실에서 술을 마셨다고 해서 그리 이상한 일은 아니었을 것이다.

다이교 절에서 돌아오는 길에 야나이가 빈 맥주병에 청주를 채워왔다. 미야자와와 나카가와의 환영회도 열 겸 여기서 몰래 한잔하자는 것이다. 합숙 중이라 1학년들 앞에서 대놓고 마실 수는 없고, 선배들을 부르기에는 술이 많지 않아 곤란했다. 그래서 2학년들끼리 알전구 아래 둘러앉아 찻잔을 돌리며 술잔치를 시작했다.

"어이, 이걸로는 전혀 안 취해." 하고 핫토리가 말하며 웃음을 터뜨렸다. "초상집에서 밤새는 거 같잖아."

"누구 좋은 생각 없어?" 기노시타가 물었다.

"이렇게 술이 적어서야." 미야자와가 한숨을 내쉬었다. "이건 어때? 마신 양만큼 물을 타는 거야."

"물 탄 술이라니, 딱 질색이야." 야나이가 단번에 거절했다. "기숙사 노래나 부르면서 빙빙 돌까? 한 바퀴 돌고 한잔씩 마시는 거야. 어때?"

"시끄러우면 들킬 텐데."

"상관없어. 하자."

그래서 다들 일어서서 손을 잡고 합창을 시작했다. 노래가 끝나면 찻잔이 신나게 돌았다. 이거 좋은데! 하고 미야자와가 우스꽝

스럽게 소리를 질렀다. 그 뒤로 우리는 감상적인 노래, 거친 노래를 뒤섞어가며 몇 곡을 부르고, 그 사이사이에 비틀비틀하며 한잔씩 마셨다. 나는 술이 그다지 세지 않아 조금 있으니 머리가 아파왔다. 이봐, 도망치면 안 돼, 하고 말리는 핫토리의 손을 뿌리치고 나는 밖으로 나갔다.

밤이슬에 촉촉해진 모래를 밟으며 나는 앞바다 쪽으로 걸어갔다. 달은 아직 뜨지 않았고, 다루마 산은 검은색의 윤곽을 별이 총총한 밤하늘에 새기고 있었다. 만 건너편에는 고깃배의 불빛이 드문드문 보이고, 북소리는 여전히 따분하게 울려 퍼지고 있었다. 나는 물가까지 가서 모래 위에 웅크리고 앉아, 파도가 밀려올 때마다 야광충이 푸르스름하게 빛나는 것을 바라보았다. 그러자 잊고 있던 결의와 씁쓸한 후회가 되살아났다. 내게 중요한 것은 결코 술에 취해 들떠 있는 게 아니었다.

내가 후지키를 만난 것은 그때였다.

"시오미 선배, 기분이 안 좋아요?"

나는 그 목소리에 반사적으로 일어났다. 몸이 휘청한 것은 아직 술기운이 남아서인지, 아니면 이런 우연에 대한 감동인지, 나 자신도 알 수 없었다.

"후지키," 하고는 목이 잠겨버렸다. 그리고 바닷가를 따라 바로 옆에 와 있는 검은 그림자를 확인하려는 듯이 응시했다. 후지키는 망토 깃을 풀고 내 얼굴을 들여다보려고 했다.

"시오미 선배, 술 마셨죠?" 후지키가 말했다.

"후지키, 너한테 하고 싶은 말이 있어."

"술 같은 건 왜 마셔요?" 하고 부드러운 목소리로 꾸짖듯이 말했다.

오락실 쪽에서 노랫소리가 계속해서 들려왔다. 소나무 우듬지에서 똑똑 물방울이 떨어졌다.

"너하고 얘기를 하고 싶었어. 네가 오해하고 있나 싶어서……."

"오해 같은 거 안 합니다."

나는 살짝 몸을 떨었다. 바람이 차갑게 느껴졌다. 좀 걸을까, 하고 후지키의 얼굴을 보았다. 주변이 어두워 그 표정은 알 수 없었지만, 후지키는 말없이 나와 나란히 걷기 시작했다. 무슨 얘기부터 하면 좋을까, 제일 중요한 게 뭘까. 머릿속이 아직 쿡쿡 쑤셨다.

"난 괴로워서 못 견디겠어."

"그렇게 마셨어요, 선배?"

후지키는 나와 어깨를 나란히 하고, 우리가 처음 알게 되었을 적에 어리광을 피우던 것처럼 말하며 나를 보았다. 나는 고개를 저었다.

"내가 어떻게 해야 좋을까. 너 궁술부를 그만둔다고 하던데?"

"제가요?"

"내 존재가 그렇게 너한테……."

"잠깐만요. 제가 궁술부를 그만둔다니요. 어쩌면 기숙사를 나가서 통학하게 될지도 모르는 것뿐이에요."

"그래? 야나이가 아무 말도 안 했어?"

"야나이 선배요?"

후지키가 놀란 듯이 되물었다.

"됐어. 난 그저 야시로한테 그렇게 들었어. 쓸데없는 걱정을 했네."

나는 살짝 한숨을 내쉬었다. 우리는 솔숲 안을 걸었다. 주변은 어두워서 바다 위 고깃배의 불빛이 물 위에 반짝거렸다. 나는 후지키와 함께 있는 이 순간을 영원처럼 사랑했다. 이렇게 둘이서만 마주하고 있으면, 그것으로 나의 행복은 전부 채워지는 것이다. 나는 또 한숨을 내쉬었다. 하지만 후지키는 그걸 다른 의미로 받아들인 것 같았다.

"맞아요. 다들 쓸데없는 걱정이에요. 전 이렇게 시오미 선배가 괴로워하는 게 싫어요."

"어쩔 수 없어, 후지키. 난 괴로워하도록 태어났으니까."

"그래도 저 때문에 괴로워하는 건 바라지 않습니다."

"사랑하면 괴로워지기도 하는 거야." 하고 내가 말했다.

사랑한다라는 말, 그것이 후지키의 마음에 걸리지는 않았을까. 나는 순간 말이 지나쳤다는 생각에 입을 닫았지만, 후지키는 침묵 속에서 움직이지 않았다.

"왜 괴로워하는 거죠?" 하고 잠시 후 낮은 목소리로 중얼거렸다.

"선배는 그저 괴로워하는 걸 제게 보여주려는 것뿐 아닙니까?"
"그렇지 않아."
"그렇게 술을 마시고 이렇게 괴롭다며 저를 위협하고, 그렇게 선배는 만족하죠. 전 그게 싫습니다."
"그건 네 오해야. 넌 사물의 표면만 보고 있는 거야."
"그럴지도 모르죠. 하지만 선배가 정말로 괴로워하는지 어떤지 표면이 아니고 어떻게 알 수 있죠? 저 같은 건 아무 가치도 없는 인간인데도, 선배 눈에는 제가 다르게 보이는 거겠죠. 우리는 그런 표면뿐인, 눈에 보이는 것들 속에서 살고 있어요. 거기서 빠져나올 수는 없어요."
"그렇지 않아, 후지키. 그런 눈에 보이는 세계에서 보이지 않는 세계로 들어가는 것, 그게 사랑이야. 사랑한다는 건 세계를 만들고 바꿔버리는 거야. 만약 네가 사랑을 한다면, …… 알겠어? 그때는 인간의 경험을 넘어선 이데아의 세계로 우리의 영혼이 날아오르는 거야. 시간도 없고 공간도 없고, 그곳에는 영원의 기쁨이 있는 거야. ……"
"선배가 좋아하는 플라톤은……."
"모르겠어?"
"모르겠어요."
우리는 입을 다물었다. 바람이 조금 불어와, 별이 총총한 밤하늘에 소나무 우듬지가 움직이고, 바닷물의 촉촉함이 짙어졌다. 눈이 어둠에 익자, 후지키의 옆얼굴이 희부옇게 윤곽을 그렸다. 빨리 말해야 해, 뭐든지 다 후지키에게 알려줘야 해, —— 의식의 목소리가 그렇게 열광적으로 외치고 있었다.

"왜 모르는 거지? 사랑에 의해서만 우리는 지상의 고독에서 이데아의 세계로 날아오를 수 있어. 그 안에서야말로 진실로 살 수 있는 거야. 그런데도 넌……."

"하지만 전 이대로 좋아요." 후지키가 나지막이 말했다. "선배가 말하는 건 그저 말뿐인, 허무한 말뿐인……."

"후지키, 난 진지해. 불순한 마음 같은 건 전혀 없어."

"불순이란 게 어떤 겁니까?"

"음," 하고 나는 말문이 막혔다.

더 이상 어떻게 표현해야 할지 나는 알 수 없었다. 나는 한숨을 내쉬고, "내가 얼마나 널 사랑하는데." 하고 혼잣말처럼 중얼거렸다.

"전 사랑 같은 건 바라지 않습니다." 하고 후지키가 단호히 말했다.

"뭐? 어째서? 나한테 그런 자격이 없다는 말이야?"

"아니요. 저한테 자격이 없는 겁니다."

"그런…… 네 영혼이 얼마나 순결하고 아름다운지……."

"전 하찮고 평범한 인간입니다. 나 자신에 대해선 제가 잘 알고 있습니다. 그리고……."

"그리고 뭐?"

"사랑한다는 건……."

후지키는 그러고서 잠깐 망설였다. 나는 후지키의 얼굴이 붉어진 것 같은 느낌이 들었다.

"말해봐, 뭐야?"

"사랑한다는 건, 다시 말해 사랑받기를 바란다는 것 아닙니까? 시오미 선배가 절 사랑해주는 것도 제가 선배를 좋아해주기를 기다리기 때문 아닌가요?"

"난 그저 사랑하는 것만으로 충분해."

"아니에요. 그렇다면 선배가 이렇게 괴로워할 일은 아무것도 없지 않습니까?"

"내가 괴로워하는 건……."

나는 머뭇거렸다. 후지키가 이렇게 날카롭게 몰아세우리라고는 생각지도 못했다. 과연 상대방의 사랑을 기대하지 않는 사랑이란 게 있을까. 나 역시 결국은 후지키가 나를 사랑하게 되고, 둘의 사랑이 맺어진 데서 이데아의 세계를 꿈꾸고 있었던 건 아닐까. 나는 후지키에게 거짓말을 하고 싶지는 않았다. 하지만 그렇게 말하면 후지키에게 경멸당할 뿐이라는 생각이 들었다. 달이 떴는지, 후지키의 얼굴이 창백하게 소나무 그늘에 떠올랐다.

"시오미 선배." 후지키가 불렀다. "저는 선배가 괴로워하는 걸 보고 싶지 않습니다. 이해해주세요. 아무리 선배가 괴로워한다고 해도, 전 사랑할 수 없습니다."

"그렇게 내가 싫은 건가?" 하고 갈라진 목소리로 물었다.

"그런 게 아닙니다. …… 전 누구도 사랑할 수 없어요. 전 사랑하지 못하는 인간입니다."

"그런 바보 같은……."

"전 무서워요."

그 목소리가 영혼을 쥐어짜는 듯이 나왔기 때문에, 나는 나도 모르게 후지키 쪽으로 팔을 뻗었다. 나는 망토 밑에 가려진 그의 손을 잡았다. 그 손은 소름이 끼칠 정도로 차가웠다.

"그건 네가 아직 어리기 때문이야." 하고 나는 말했다.

"아니요. 그런 게 아니라, 사랑한다는 건 스스로 책임을 진다는 것이겠죠. 전 그 책임을 질 수가 없습니다."

"책임……인가."

"사랑한다는 건 선택한다는 거고, 선택한 이상 평생을 걸고 책임을 져야만 하는 게 아닌가요?"

"그건 당연하지."

"전 너무 두려워서……. 그게 아니라도 우리에겐 선천적으로 사랑해야 할 사람이 주어져 있어요. 부모나 형제 같은…… 전 어릴 때 아버지를 여의고, 홀어머니 밑에서 자랐어요. 그런 어머니의 애정을 느끼면 느낄수록, 그걸 어머니께 돌려드려야 한다는 무거운 책임에, 전 숨이 막힐 것 같은 기분이 들어요. 제가 좋은 성적을 얻으려고 미친 듯이 공부하는 것도 오로지 어머니를 기쁘게 해드리고 싶은 마음에서예요. 지에코도 있고. 보세요, 전 주어진 것만으로도 너무 힘에 겨워요. 더 이상 저 스스로 누군가를 선택할 수도 없어요……."

"하지만 그건, 네가 너무 어렵게 생각하는 게 아닐까. 책임을 진다고 해도……"

"절 그냥 내버려둬 주세요."

후지키는 내게 잡힌 손을 부드럽게 뿌리치더니, 지쳤다는 듯이 그 자리에 옹크리고 앉았다. 나는 그 앞에 가만히 서 있었지만, 이윽고 현기증 같은 도취가 내 의식 구석구석에까지 퍼져갔다. 가엾은 후지키, 소심하고, 겁쟁이고, 아직 어린애인 후지키, 넌 아무것도 모르는 거야, 사랑한다는 것의 이 열정도, 신비도, 책임을 지기 때문에 더더욱 느껴지는 이 기쁨도, 넌 아무것도 모르는 거야…….

"난, 너한테 사랑받고 싶다느니, 그런 것까지 바라진 않아. 난 그저 이렇게 사랑하고 있으면 돼."

"그래도 역시 전 싫습니다." 달그림자조차 떨어지지 않는 소나무 둥치에 옹크린 채, 후지키가 희미하게 말했다.

"왜? 너한텐 아무 책임도 없어."

"하지만 선배한테는 책임이 있겠죠?"

"그건 그렇지. 내가 널 친구로 선택한 이상은……."

“하지만 전 그게 부담스럽습니다. 선배가 늘 그렇게 진지한 감정으로 절 생각하고 있다는 마음이 들면, 전 정말 답답해져요. 절 그냥 혼자 놔두면 좋겠어요.”

“넌 우정을 믿지 못하는 거야?”

“뭘 위해서 믿는 거죠?”

“후지키, 우리는 남을 믿음으로써 세상을 아름답게 느끼는 게 아닐까? 사랑이 없다면 인간은 얼마나 비참해질까, 그렇게 생각하지 않아?”

“시오미 선배가 하는 말은 관념의 세계죠.”

“어째서? 고등학교의 기숙사 생활 따위, 거기에 우정이 없다면 뭐가 있다는 거지?”

“전 모르겠어요. 고등학교의 우정 같은 건 관례적인 게 아닐까요? 서로 존중하고, 서로 상처 주지 않고, 그저 그게 전부인…….”

“그렇다면 아무 의미도 없겠지. 정신적인 기쁨 같은 건 전혀 느낄 수 없지 않을까.”

“전 그걸로 충분해요. 야시로나 이시이 같은 친구가 있으면 그걸로 족해요. 저한텐 특별한 우정 따위 필요 없어요. 시오미 선배가 말하는 그런 아름다운 사랑 같은 것, 저한텐 불필요한 겁니다. 우리가 뭘 할 수 있죠? 우리는 이렇게 태어난 이상 그저 정해진 길을 걷는 거예요. 우리가 할 수 있는 건 발밑을 보면서 길을 잃지 않도록 하는 것뿐이에요.”

"그런 슬픈 말을……. 넌 왜 별을 보지 않는 거지?"

"전 못 해요."

후지키는 일어섰다. 어렴풋이 소나무 가지 사이로 흘러내린 달빛이 그의 얼굴을 비췄다. "그만 갈까요." 하고 말했다.

우리는 모래밭으로 나갔다. 북소리는 아직도 둔탁하게 물 위를 건너왔지만, 노랫소리는 이제 들리지 않았다. 후지키는 망토 깃을 세우고 고개를 숙인 채 내 옆에서 걸어간다. 그 한 발 한 발에, 기회는 여지없이 사라져가는 것이다. 후지키는 나를 사랑하기를 거절한 게 아니다, 내게 사랑받기를 거절한 것이다. 그렇다면 나에게, 도대체 뭐가 남는 걸까.

"후지키." 침묵을 견디지 못한 내가 말을 걸었다. "그럼 넌 혼자서 누구의 도움도 받지 않고 걸어가겠다는 말이야?"

"예." 후지키가 조그맣게 말했다.

"하지만 인간이란 무력한 거야. 그렇게 너처럼 말해도……."

"그야 무력하죠. 저 같은 사람은 거기다 겁쟁이기까지 하니까요. 하지만 제 고독과 선배의 고독이 합쳐진다 한들 뭘 할 수 있을까요? 제로에 제로를 더하는 것 아닙니까?"

"고독하기 때문에 더 사랑이 필요한 게 아닐까?"

"전 그냥 혼자 있고 싶습니다." 하고 가냘프게 되뇌었다.

나는 걸음을 멈췄다. 모래밭 위로 끌어올려진 어선이 달빛에 비쳐 기괴한 모습으로 누워 있다. 나는 악몽이라도 꾸는 듯이 멀어져가는 후지키의 뒷모습을 바라보았다. 사라져간다, 사라져간다. 집착과 절망, 밀려왔다가 물러가는 파도처럼, 집착과 절망…….

"안 돼."

나는 후지키를 부르며 뛰어갔다. 후지키가 창백한 얼굴로 돌아보았다.

"안 돼. 후지키, 난 멀리서 널 사랑할게, 넌 그냥 너대로 있으면 돼. 내가 괴로워하든 어쩌든 너한텐 아무 책임도 없어. 나도 괴로워하지 않도록 할게. 네 마음에 부담 주지 않도록 할게, 응? 그러니까 이 사랑을 비난하지는 마, 응, 후지키?"

"아무 의미도 없는데, 아무 의미도 없는데." 후지키는 슬픈 듯이 되뇌었다.

"부탁이야. 내가, 내가 살아 있는 건, 이 사랑 때문이야. 관념적이어도 괜찮아. 꿈을 꾸는 거라 해도 괜찮아. 그냥 비난하지만 마라. 응? 한번만 다시 생각해주지 않을래?"

후지키는 여리게, 마치 불어오는 바람에 꽃이 꽃부리를 떨구듯이 고개를 숙였다.

"괜찮지? 그럼…… 그래, 내일 밤 아키즈키에서 친목회가 열려. 그때 같이 가자. 그때 한 번 더 천천히 얘기할까?"

후지키는 고개를 끄덕이고 걷기 시작했다. 나는 그곳에 멈춰 서서 후지키의 뒷모습이 보이지 않을 때까지 있다가 바다 쪽으로 내려갔다. 투박한 통나무를 짜 맞춘 잔교가 물 위로 튀어나와 있다.

나는 비틀대는 발걸음으로 그 끝까지 가서 거기에 앉아, 발밑으로 밀려오는 파도의 움직임을 멍하니 바라보았다.

잔교의 기둥이 파도에 씻길 때마다 야광충이 파도를 은빛으로 물들였다. 달빛 아래서는 그 빛이 맑지 않았지만, 잔교 밑 그늘진 곳에서는 묘하게 푸른 인광이 꿈틀꿈틀 흔들렸다. 그 창백한 빛이 내 마음에도 비쳤다. 사랑은 무익하고, 허무하고, 허풍일 뿐인 걸까, 이런 괴로움보다는 눈 딱 감고 죽음을 선택하는 편이 나은 걸까, 하고 나는 생각했다.

나는 밤이슬에 젖으며 언제까지고 움직이지 않았다. 이 바다에, 육안으로는 보이지 않는 수백만의 원생동물이 떠다니며 창백한 빛을 뿌리듯이, 끝내 단념할 수 없는 마음과 죽음의 유혹이 온갖 모양을 그리며 내 머릿속에서 빛을 발했다. 나는 억지로 생각했다. 내일 밤까지는 후지키도 생각을 바꿀 것이다, 아직 모든 희망이 사라진 건 아닐 것이다, 라고. 하지만 또 하나의 목소리가, 파도가 파도의 뒤를 따르듯, 내 마음속에서 내내 속삭였다. —— 모든 게 끝이야, 오늘 밤 후지키를 만나, 이제 안 된다는 걸 안 이상, 내일 밤에 희망이 생길 리도 없어, 설령 어떤 기적이 일어난다 해도…….

그런데 내일 밤, 그러니까 그날 밤에 뜻밖의 일이 일어났다.

나는 여기까지 썼다. 매일 조금씩 써 나가는 동안, 시간은 잃어버린 과거로 돌아가고, 나는 열여덟 살의 내 괴로움을 생생히 떠올렸다. 하지만 현재의 괴로움과 과거의 괴로움 사이에 무슨 차이가 있을까. 오래전, 나는 몇 번이고 스스로 목숨을 끊고 싶다는 유혹을 느꼈고, 죽음의 심연의 매력 앞에서 전율하고는 했다. 하지만 죽음은 내게서 멀리 떨어져 있고, 어떤 유혹도 마지막 한순간을 결심하게 하지는 못했다. 나는 맹목적으로, 본능적으로, 무의지적으로 살았다. 사는 건 쉬웠고, 생의 향기는 향기로웠다. 그 어떤 사랑의 괴로움도 끝내 나를 죽이지는 않았다.

지금, 나는 죽음의 냄새에 감싸여 살고 있다. 사는 것이 노력이고 의무인 곳에서, 자신의 태내에 죽음을 잉태하며 많은 사람들이 차례차례 죽어가는 것을 이 눈으로 지켜보면서 살고 있다. 이 요양원에서 죽어가는 환자들은 전부 젊은이다. 그들이 경험한 것은 전쟁과 가난과 질병뿐이었다. 그들은 전부 비참한 죽음을 맞이했다. 어떤 청춘을, 그들은 즐길 수 있었을까. 어떤 삶의 기쁨을, 그들이 알았다고 말할 수 있을까.

그들은 —— 아니, 우리는, 이라고 해야겠지, 우리는 늘 죽음과 함께 살고 있지만, 나는 그것을 딱히 영웅적이라고 생각하고 싶지는 않다. 단 한 명의 예외도 없이, 사람은 전부 죽음의 그림자의 골짜기를 걷고 있는 것이다. 오래전 나의 청춘이 H 마을의 봄 햇살을 받으며 벚꽃 향기에 둘러싸여 있을 때조차도, 생각해보면 죽음은 우리를 지켜보고 있었고 우리 앞에서 벼르며 기다리고 있었던 것이다. 하지만 사람들은 그것을 모른다. 죽음의 날개는 언제나, 어제도 오늘도, 끊임없이 날갯짓을 하고 있는데도, 사람은 그것을 모른 채, 하루하루를 행복하게 살아가고 있는 것이다. 전쟁이 끝나고 죽음의 불길한 그림자가 일상에서 사라지고, 이제는 평화롭게 살아갈 수 있겠다고 생각한 그 순간에도, 죽음은 변함없이 우리를 기다리고 있다. 그리고 한센병도, 결핵도, 암도, 수많은 질병이 의학의 손이 닿지 않는 곳에서 여전히 흉악한 발톱을 갈고 있는 동안, 인간은 문명이라는 이름으로 여전히 질리지도 않고 새로운 무기를 만들어낸다. 단 하나의 잃어버린 생명조차 비할 데 없이 소중한데도, 인간의 대량 학살이 앞으로 또다시 허용된다면, 그런 저주받은 문명이 무슨 도움이 될까. 인간의 지혜가 새로운 전쟁과 새로운 무기를 고안해내기 위한 것이라면, 그런 지혜가 무슨 소용이 있단 말인가.

나는 전장에서 많은 전우들이 물 한 잔을 다투며 죽는 것을 보았다. 요양원에 들어와 많은 환자들이 스트렙토마이신 주사 한 대를 맞지 못해 죽는 것을 보았다. 나는 그들의 얼굴을 떠올리고, 또 오래전 H 마을에서 함께 놀던 친구들 중에 이미 이 세상에 없는 몇 명의 얼굴을 떠올린다. 회계 담당이던 기노시타는 대학에 다니던 중 결핵에 걸려 얼마쯤 요양하다가 죽었다. 그 무렵은 외과 치료법도 없어 그저 안정하며 누워 있을 수밖에 없었다. 전쟁에서는 모리가 죽었다. 그 쾌활하고 장난치기 좋아하던 모리는 구축함을 타고 필리핀 부근에서 배와 운명을 함께했다. 가스가 선배도 죽었다. 선배는 군의관으로 소집되어 남방의 전장에서 병사했다. 다루마 고개를 오르면서, 나도 상처받지, 하고 말하던 가스가 선배의 마음속에 어떤 괴로움이 있었는지 나는 모른다. 하지만 사람은 다들 괴로워하면서 살아가고, 괴로워하면서 죽어가는 것이다. 나는 지금 옛 친구들과 전혀 교류가 없기 때문에, 전쟁의 희생으로, 또는 병이나 재해로 죽은 사람들도 많이 있을지 모른다. 그들은 전부 저마다의 죽음을 맞았을 것이다.

그러나 내가 지금도 종종 잠 못 이루는 밤에 떠올리는 것은 누구보다도 후지키의 죽음이다. 후지키 시노부는 고등학교 3학년 겨울방학 때 패혈증으로 죽었다. 내내 우수한 성적으로 대학에서는 물리학을 전공하기로 결정한 후, 그해 겨울방학 동안 도쿄에서 한 시간 반쯤 떨어진 K 마을에 사는 큰아버지 집에 공부도 할 겸 묵으러 갔다. 큰아버지네는 마을에서 대대로 의사 집안으로 이웃들의 인망이 두터웠지만, 후지키 시노부는 그곳에서 편도선염과 패혈증이 발병하여 사흘을 고통스러워하다가 끝내는 죽었다. 의사의 집에 있으면서 손 하나 쓰지 못했다. 지금은 술파제가 있어서 목숨을 잃지는 않았을 테지만, 그 당시의 패혈증은 죽음의 병이었다. 분명 의학은 하루하루 진보하고 있겠지만, 그 하루하루에 얼마만큼의 귀중한 생명이 사라져가는 걸까.

후지키 시노부는 열아홉 살에 죽었다. 그 죽음에 대한 어찌할 수 없는 분노는 지금도 내 마음속에 불꽃처럼 타오르고 있다. 어째서 사람은 그렇게 젊어서 죽는 것일까. 신도 그 재능을 질투한다는 말이 있지만, 신은 그 아름다운 영혼을, 오로지 그 기억을 순수한 아름다움으로 유지하기 위해 지상에서 앗아간 것일까. 아름다운 영혼, 그건 어쩌면 가공의 것이고, 지금의 나는 그것을 믿지 않는다. 하지만 그 당시, 후지키를 향한 나의 사모는 거울처럼 그의 아름다움을 비추고 있었다. 생각해보면, 모든 후회는 되돌릴 수가 없다, —— 그도 고독했고, 나도 고독했고, 게다가 우리는 서로 사랑할 수 없었다. 그건 왜였을까. 내게 남은 건 허무한 의문뿐이다.

그해 4월, H 마을에서 돌아온 후 새 학기가 시작되었다. 하지만 후지키는 통학을 하고 나는 기숙사에 있었기 때문에 우리 둘 사이는 점점 멀어졌다. 나는 가끔 그의 집을 찾아가 그의 어머니와 지에코와 함께 놀았다. 하지만 후지키와 터놓고 이야기하는 일은 더 이상 없었다. 나는 혼자서 꿈을 그렸다가 지웠다. 이듬해 봄, 후지키는 H 마을 합숙에 오지 않았다. 나는 곶의 모래밭을 산책하고, 담배만 피워댔다. 나는 졸업한 후 대학의 언어학과에 진학하고, 후지키와의 사이는 더 소원해졌다. 그리고 그다음 해 겨울에는, 모든 가능성이 사라져버렸다.

내가 후지키를 알고 지낸 것은 고작 3년이 채 안 되었고, 게다가 친하게 지낸 것은 처음 한 해뿐이다. 그가 죽은 지 벌써 10년이 넘는 세월이 흘러버렸다. 하지만 우리 자신이 살아 있음으로써 타자에게 영향을 미치는 것처럼, 예전에 살았던 이들도 여전히 살아 있는 자에게 영향을 미치는 것이다. 한 사람의 인간은 그가 재가 되고 티끌로 돌아간 후에도, 누군가가 그의 동작, 그의 말투, 그의 버릇, 그의 감정, 그의 생각, 그런 것들을 또렷이 기억하는 한, 여전히 살아 있다. 그리고 그를 아는 사람들이 하나하나 죽어가면서, 그가 살고 있는 유명계(幽明界)는 차츰차츰 좁아지다가, 마지막 한 사람의 죽음과 동시에 그는 마침내 두 번째의, 결정적인 죽음을 맞이한다. 이 죽음과 함께 그는 더 이상 산 자들 사이에서 되살아날 수는 없다.

하지만 그런 사자의 생명은 그것이 생자의 기억에 속해 있는 만큼, 언제나 미약하고 불안한 것이다. 그래서 산 자는 반드시 죽은 자의 기억을 늘 새롭게 하고, 죽은 자와 함께 살아가야 한다. 죽은 자를 슬퍼하고 애통해하는 것뿐만 아니라 사그라진 생명을 되돌리려고 하는 것은 산 자의 당연한 의무여야만 한다. 뱀에게 물려 죽은 아내 에우리디케를 쫓아서 저승으로 떨어진 악사 오르페우스처럼.

그렇지만 젊어서 죽는 것의 의미는 무엇일까. 이런 불행한 우연의 손실은 무엇으로 보상받을 수 있을까. 나는 후지키 시노부가 죽은 후, 종종 이런 의문 앞에서 허무한 초조함과 돌이킬 수 없는 회한을 느꼈다. 만약 그가 인생에 조금의 발자취라도 남겼다면, 하다못해 그가 이룬 것들을 생각하며 조금은 슬픔을 덜 수도 있을 것이다. 하지만 그는 아무것도 이룬 것이 없었다. 그는 살았다고 말할 수도 없는 정도였다. 하지만 그렇기 때문에 오히려 그의 영혼은 영원히 무구한 채로 기억 속에 머물러 있다. 그는 아름다운 영혼을 가진 소년이고, 그 기억을 새롭게 할 때마다 내 마음까지 상쾌하게 씻기는 느낌이 든다. 내 마음이 아르카디아로 돌아갈 때마다 나는 후지키가 순수한 아름다운 음악처럼 내 안에 지금도 살아 있는 것을 느낀다.

사자는 끝내 돌아오지 않는다. 그리고 나 역시 머지않아 죽을 것이다. 나는 사후에 생명이 있다고도 믿지 않고, 사후에 후지키의 영혼과 재회할 거라고도 생각하지 않는다. 나의 죽음은 나에게 세계의 끝인 동시에, 내 안의 기억과 함께 후지키도 죽일 것이다. 나의 죽음과 함께 후지키는 두 번째의 죽음을 맞게 될 것이다. 하지만 그때까지는, 내가 죽을 때까지는, —— 후지키는 나와 함께 있고, 즐거운 음악처럼 나의 영혼 안에 울려 퍼질 것이다. 음악의 인상으로 남게 되는 인생, 비록 짧지만 그것은 비할 수 없는 가치를 가진 게 아닐까.

*

그날은 소나무 장식*을 뗀 지 얼마 안 되었을 무렵, 북풍이 거칠게 불어대는 날이었다. 한없이 먼 하늘 속에서 윙윙 연줄 소리를 흩뿌리며 연이 춤을 추고 있었다. 나는 아침 일찍 우에노 역에서 기차를 탔다. 전날 밤늦게 후지키가 위독하다는 전보를 받았지만 짧은 전보문으로는 자세한 사정을 알 수 없었다. 기차는 메마른 들판을 천천히 달리고, 나의 불안은 서서히 커졌다.

그 혼미했던 하루의 인상을 나는 정확히 떠올릴 수가 없다. 내가 K 마을에 있는 그의 큰아버지 집으로 달려갔을 때는, 이미 모든 게 끝나 있었다. 넓은 부지의 구옥으로 건물 몇 채가 띄엄띄엄 서 있었는데, 내가 안내받은 곳은 은신처처럼 보이는 별채의 이층

* 새해에 대문 앞에 장식하는 소나무.

으로, 계단을 끝까지 올라가니 선향 냄새가 코를 찔렀다.

다다미 여섯 장 크기의 방 전체에 이불이 깔려 있고, 얼굴 위에 흰 천이 덮여 있었다. 이불 너머에 후지키의 어머니가 울며 쓰러져 있는 것을 나는 보았다. 나는 방 입구에 꿇어앉아 두 손을 바닥에 대고, 어머니, 하고 한마디 말을 했다.

바로 그때 죽음이 모든 물체를 그때까지와는 다른 모습으로 바꿔버렸을 것이다. 후지키의 어머니는 내가 전혀 알지 못하는 사람으로만 보였다. 단념할 수 없는 본능적인 집착과 공포에 가까운 슬픔이 그 입술을 와들와들 떨게 했다. 그리고 나는 그 어떤 말도 이해하지 못하고, 그저 백치처럼 그 이야기를 듣고 있었다. 사흘 동안 고통스러워한 끝에 간신히, 어머니 하고 부른 것이 전부였다는 후지키. 목구멍에서 피를 토했다는 그 고통. 도대체가, 그렇게 쉽게 사람이 (그것도 후지키가) 죽는다는 게 있을 수 있는 걸까. 나는 모든 게 혼돈스러웠다. 나도 같이 죽고 싶다, 라며 체면이고 뭐고 없이 통곡하는 어머니를 위로하면서 (그런 때도 인간은 어쨌든 뭔가 말을 할 수 있는 것이다), 나는 대체 뭘 생각하고 있었을까. 모습이 너무나 변했다는 말을 듣고, 덮여 있는 흰 천을 걷고 그 얼굴을 보려고조차 하지 않았던 나. (나는 사려 깊었던 것일까, 겁쟁이였던 것일까, 그것도 아니면 너무나 큰 충격에 손발이 움직이지 않았던 것일까. 후지키에게 작별의 말 한마디 하지 못했다는 후회가 오래도록 내 마음을 괴롭혔다.) 그리고 이불의 꽃무늬와 그 위에 놓인 단도(短刀)*에 달린 보라색 술을 꼼짝도 하지 않고 바라보았다.

그날 오후의 인상은 더 희미하다. 시신은 안채로 옮겨지고, 거기서 독경을 했다. 하지만 나는 아무것도 기억나지 않는다. 그곳에 누가 있었는지도 모른다. 슬픔 같은 것도 느껴지지 않았다.

저녁이 되어 시신이 든 관은 수레에 실리고, 사람들이 그것을 끌고 마을 변두리의 화장터로 향했다. 하늘은 석양빛에 되비치고, 타오르는 불길은 구름을 태웠다. 몸에 스미는 찬 바람이 부는 들판의 자갈길에서, 수레는 덜커덩덜커덩 끌려갔다. 수레라고는 하지만 평소에는 야채 따위를 운반하는 짐수레다. 그 위에 관을 싣고 천천히 끌고 가는 것이다. 길은 멀었고, 행렬의 그림자가 잔물결이 이는 논 위로 거뭇거뭇하게 떨어졌다. 수레를 따라 어머니와 지에코가 걸었다. 둘 다 여느 때보다 훨씬 작아 보였다.

나무숲에 둘러싸여 있는 화장터는 숯 굽는 오두막처럼 보였다. 나는 조금 떨어진 곳에서 온보**가 관을 옮기는 것을 보고 있었다. 그리고 멍하니 있는 사이에 시간이 흘렀던 모양이다. 낮은 굴뚝에서 연기가 피어오르더니, 어느새 저녁별이 드문드문 떠 있는 하늘로 올라갔다. 그 연기는 인간의 덧없음 같은 것이리라. 하지만

---

* 사람이 죽으면 시신을 북쪽으로 눕히고 가슴 위에 단도를 얹어놓는 풍습이 있었다. 마귀를 쫓는다는 의미로 '호신 칼'이라고도 불렸다.

** 화장터에서 화장하는 일을 직업으로 하는 사람.

내 신경에는 찌릿찌릿한 생리적인 불안밖에 주지 않았다.

행렬은 그 연기를 뒤로 한 채 빈 수레를 끌고 원래의 길을 걸어 돌아갔다. 시신을 태우는 연기는 밤새도록 멈추지 않고 피어오를 것이다. 뒤돌아보니 연기는 서서히 짙어가는 밤하늘로 흩어지고, 오리온성좌가 당장에라도 바람에 불려 날아갈 듯이 하늘에 걸려 있었다. 벌써 살얼음이 낀 논물에 별빛이 비치며 반짝반짝 아른거렸다.

그때였다. 나는 문득 떠올렸다. H 마을 곶의 잔교에서 묘하게 반짝이던 야광충의 창백한 빛을. 그것을 가만히 바라보던 나와, 아무 의미도 없는데, 아무 의미도 없는데, 하고 되뇌던 후지키의 말을. 그 기억이 불쑥 덮치며 내 마음을 꿰뚫고 내 다리를 비틀거리게 했다.

아무 의미도 없는데, —— 후지키를 향한 나의 사랑이 아무리 컸다 해도 그것은 아무 의미도 없었고, 사랑을 거부한 후지키도 허무하게 죽어버렸다. 사랑도, 고독도, 집착도, 거절도, 끝내는 아무 의미도 없게 되었다. 사랑하는 것도, 살아가는 것도, 모든 게 다 허무할 뿐이었다. 누구도 사랑할 수 없었던 후지키, 정해진 길밖에 걸을 수 없었던 후지키, 그리고 그런 후지키를 그토록 사랑했던 나.

그때, 오리온성좌가 물에 녹은 듯, 내 눈꺼풀에서 똑 떨어졌다.

아키즈키에서 밤에 회식을 하기로 한 날, 아침부터 미지근한 남풍이 소나무들을 쉴 새 없이 울렸다. 다들 활 연습을 하면서 올해 벚꽃도 이걸로 끝이라는 둥 수다를 떨었다. 나는 마음이 어수선해 활이 하나도 맞지 않았다. 흩날리는 꽃잎들이 내 마음속에까지 떨어져 어지럽히는 것만 같았다.

아키즈키의 회식은 7시였고 그때까지는 각자 자유 시간이었기 때문에, 친한 사람끼리 저녁도 대충 끝내고 봄밤의 한때를 아쉬워하며 일찍부터 슬렁슬렁 나가는 사람도 있었다. 나는 함께 가려는 다치바나를 떼놓으려고 중정에 나가 시간을 재고 있었다. 후지키와 만날 약속을 따로 하지도 않았는데 별일 없이 함께 갈 수 있을지 불안했다. 벚나무 둥치에 기대어 서 있으니 불안이 점점 가슴을 죄어왔다. 기숙사 현관에서 그림자가 언뜻언뜻 비쳤지만 후지키의 모습은 보이지 않았다. 큰맘 먹고 기숙사로 돌아와 후지키의 방을 들여다보니, 방 안은 텅 비어 아무도 없다. 다른 방에도 인기척은 없었다. 나는 허둥지둥 현관을 뛰쳐나가 멀리까지 보이는 바닷가 쪽으로 서둘러 뛰어갔다. 땅거미가 지기 시작하고 있었다.

솔숲으로 들어가자 물가 쪽에서 말소리가 들렸다. 잔교에서 조금 떨어진 곳에 고기잡이배 한 척이 저녁놀을 받으며 반짝이고 있었다. 솔숲을 빠져나가려고 하는데, 조금 앞의 나무 그늘 아래서 후지키가 같은 방향으로 걷고 있는 것이 보였다. 내가 후지키의 이름을 부르자, 잔교 위에서 역시 후지키를 부르고 있는 야시로의 목소리가 메아리처럼 겹쳐왔다.

"어떻게 된 거야, 후지키?" 나는 달려가서 한숨 돌리며 물었다.

"선배야말로 어떻게 된 거예요? 어디 갔었어요? 어떡해야 할지 몰랐어요."

"중정에서 기다리고 있었어. 자, 가자."

"모리와 친구들이 배로 가자고 해서요. 그래서……."

"상관없어. 둘이서 걸어가자."

하지만 후지키의 발은 바닷가 쪽으로 내려가고 있었다. 나도 할 수 없이 함께 걸었지만 점점 실망스러운 기분이 더해지는 건 어쩔 수 없었다. 다른 사람들과 함께 배를 타고 간다면 둘이서 이야기를 할 수가 없다…….

"꼭 배로 갈 거야?"

"조금 전에 모리와 이시이한테 약속했으니까요."

"나하고도 약속했잖아?" 나는 조금 화난 듯한 목소리로 말했다. 후지키는 기가 죽은 듯이 나를 보았다.

"선배가 계속 안 오니까 저도 어쩔 수 없이……."

그러는 사이에 우리는 어느새 잔교 가까이 와 있었다. 후지키, 빨리 와, 하고 이번에는 모리가 불렀다. 잔교 가운데쯤에서 기둥에 매어둔 밧줄을 풀고 있는 야시로, 그리고 나룻배 안에 우뚝 서서 흔들흔들하고 있는 모리, 두 사람의 모습이 저녁놀에 물든 구름을 배경으로 떠올랐다.

"후지키, 꼭 배를 타야겠어? 너, 뱃멀미하잖아? 이렇게 바람까지 부는데."

"괜찮아요." 하며 잔교를 성큼성큼 걸어간다.

그 뒷모습이 보여주는 의지가 무엇인지, 나는 충분히 알고 있었다. 설령 마을까지 둘이서 걸어간다 한들, 후지키의 대답이 어제와 다를 리는 없는 것이다.

"뭐야, 시오미 선배 찾으러 간 거야?" 하고 야시로가 비꼬듯이 말했다.

"시오미 선배?" 하고 모리가 배 안에서 잔교 위에 서 있는 나를 눈이 부신다는 듯이 올려다보며 "이거 다행이네." 하고 덧붙였다.

"왜?" 하고 내가 물었다.

모리가 잔교를 붙잡고 배를 가까이 대고 있는 사이에, 후지키와 나, 야시로는 차례대로 배에 올라탔다. 야시로가 뱃고물에 자리를 잡고 노를 내리자, 모리가 엉거주춤한 자세로 잔교의 기둥을 툭 하고 밀었다. 배는 한차례 흔들리더니 잔교를 떠났다.

"약한 소리 하는 건 아니지만요," 하고 뱃머리에 선 채로 모리가 말했다. "야시로가 아무래도 우리 둘만으로는 좀 불안하다고 해서요. 어쨌든 후지키는 노를 아예 못 저으니까."

"나도 조금은 저을 수 있어." 망토 깃을 세우며 후지키가 말했다.

모리가 우습다는 듯이 웃었다.

"모리, 너 그렇게 웃지 마. 너하고 야시로라면 곧바로 마을까지 갈 수 있을지 분명 걱정스럽긴 해. 오늘은 바람도 꽤 부는데."

"무슨 말이에요? 무쇠 팔뚝에다가 배짱도 넘치죠."

"그럴까? 얼마 전에 보니까 빙빙 똑같은 곳만 돌고 있던데?"

"설마요! 그건 한참 전이죠. 하루하루 실력이 늘어서 스승님도 깜짝 놀랄 정도인데."

"누군데, 그 스승이?"

"기노시타 선배요."

"기노시타가 가르치나? 뭐, 어쨌든 잘 부탁한다."

"시오미 선배는 얼마나 잘 저어요?" 하고 후지키가 물었다.

"뭐, 기노시타 정도는 하지. 하지만 이런 바람이라면 어떨지. 파도치는 날은 손에 느껴지는 게 완전히 다르거든."

야시로는 묵묵히 노를 젓고 있었다. 잠시 동안은 곶의 방풍림이 먼바다에서 세차게 불어오는 서풍을 막아준 덕분에 배는 가볍게 미끄러져 갔지만, 어느새 파도가 뱃전을 철썩철썩 때리고 있었다. 곶의 솔숲이 우수수 소리를 내면서 불길한 신호처럼 흔들리며 웅성대고 있다. 하늘은 잔뜩 흐리고, 석양빛이 차츰 사라지면서 생각보다 빨리 육지가 어둠 속으로 빨려 들어갔다.

"안 보이는데." 하고 모리가 말했다.

"뭐가?"

"먼저 간 배 말이야."

모리는 뱃머리에서 파도 위를 뚫어지게 쳐다보았다. 마을이 있는 쪽에 불빛이 점점이 반짝이고 있었지만, 온 항구에 배는 한 척도 보이지 않았다. 주변의 파도 위에만은 아직 희미하게 밝아, 거품이 인 파도가 연거푸 뱃전을 아슬아슬하게 넘어올 듯하다가, 배의 밑바닥으로 빨려 들어갔다.

"이시이 녀석, 뻔뻔한 놈." 모리가 혼잣말로 중얼거렸다.

"뭘 중얼대고 있어?" 하고 내가 물었다.

"우릴 내버려두고 갔잖아요. 기노시타 선배도 함께요. 사실은 그 배에 전부 다 탈 생각이었어요. 그런데 후지키가 사라지고 야시로도 안 보이는 바람에."

"난 후지키를 찾으러 간 거야." 야시로가 처음으로 입을 열었다.

"난……," 후지키가 나를 보며 슬픈 표정을 지었다.

그 순간, 야시로가 젓고 있던 노가 고리에서 빠졌다. 당황한 야시로가 노를 끌어안고 있는 사이에 배는 순식간에 방향을 틀었다.

"이봐, 제대로 저어." 하고 내가 말했다.

"힘이 다 빠졌어요, 시오미 선배. 죽겠어요."

"약한 소리 그만해." 하고 모리가 벌떡 일어섰다. "좋아, 나랑 교대하자."

노를 젓지 않고 아주 잠깐이 흘렀을 뿐인데도 벌써 꽤 바람에 떠내려갔다. 배는 곶과 목적지인 마을 선착장을 잇는 직선을 벗어나 만의 중심부 쪽으로 훨씬 들어가 있었다. 서풍이라고만 생각했는데 (그랬다면 순풍이었을 것이다) 아무래도 남쪽으로 방향이 바뀐 모양이다. 나도 일어서려고 했다.

배는 출렁출렁 흔들렸다. 야시로에게서 노를 건네받은 모리가 내 쪽을 돌아보았다.

"시오미 선배는 그냥 있어요. 나중에 진짜 필요할 때 도와줘요."

앉아 있는 내 뺨을, 뱃전에 부딪치며 부서진 파도의 물보라가 철썩 때렸다. 내 앞에 지쳐 녹초가 된 야시로가 앉았다. 나는 허리에 매어둔 수건을 풀어 얼굴의 물방울을 닦았다. 바람이 이상하게 미지근하게 느껴졌다.

"후지키, 어때?" 나는 물었다.

"어떻다니요?"

후지키는 고개를 들고 가만히 내 눈을 보았다.

야시로가 오히려 걱정스러운 듯, 바람이 굉장하네, 하고 중얼거렸다. 그도 수건으로 얼굴을 닦았지만, 그게 물방울인지 땀인지 알 수 없었다.

노가 고리에서 두 번 세 번 빠졌다. 배는 그때마다 기우뚱하며 방향을 틀었다.

"허리에 힘을 좀 더 주고," 하고 내가 말했다. "우물쭈물하지 말고 상반신을 충분히 앞으로 내밀면서 저어야 해."

"이제 됐다."

모리는 난폭하다 싶을 정도로 힘차게 노를 저었다. 하지만 배는 조금도 나아가지 않았다. 오히려 마을의 불빛이 보이는 곳에서 점점 멀어지는 느낌이 들었다. 불안이 어둠과 함께 짙어졌다. 적의를 품은 바람이 휘잉 휘잉 하늘에서 울고, 배는 짓눌리는 듯한 비명을 질렀다.

말이 많은 모리조차도 묵묵히 집중하여 노를 저었다. 무척 힘들어 보였다. 그럴 수밖에 없었다. 원래 이 주변은 만 입구에서 흘러들어 오는 바닷물과, 남풍이 일으키는 삼각파도가 맞부딪히며 바닷길을 복잡하게 만든다. 그래서 썰물 때가 되면 바람에 떠밀려 먼바다까지 배가 떠내려가기도 했다. 불길한 예감이 몇 번이고 덮쳐왔다.

"좋아, 교대하자. 힘들지?"

"아직 괜찮아요. 조금만 더……."

내가 일어서려고 하는데, 모리가 엇! 하고 날카롭게 소리쳤다. 흔들리는 내 눈앞에 마치 커다란 새가 날개를 퍼덕이듯 모리의 바짓자락이 허공에 날아오르더니, 뒤이어 물소리와 물보라, 그리고 출렁 하고 흔들린 배 위에는 모리가 외친 비명만이 무의미하게 남았다.

"뭐야?"

셋이 거의 동시에 뱃전으로 몸을 기울인 바람에 배가 더한층 출렁거렸다. 물보라가 쏴아 하고 들이쳤다.

"안 돼, 안 돼, 엎드려! 일어서면 안 돼!" 내가 정신없이 외쳤다.

모리는 바로 떠올랐다. 나는 기다시피 하여 뱃고물 쪽으로 가서 손을 뻗었다. 그 손을 파도가 단숨에 씻었다.

"이쪽으로 돌아! 옆쪽에서는 못 올라와."

흠뻑 젖은 손이 뱃고물의 널빤지를 붙잡았다. 야시로와 후지키가 한쪽 뱃전에 기대어 내려다보는 바람에 배가 파도 위까지 아슬아슬하게 기울었다. 나는 모리의 한쪽 손을 잡고 끌어올렸지만, 젖은 몸은 무거워서 좀처럼 올라오지 않았다. 야시로가 와서 가세했다.

"정말 혼났네."

그래도 모리는 쾌활하게, 시커먼 물귀신처럼 기어 올라왔다. 흠뻑 젖은 옷에서 물이 뚝뚝 떨어졌다.

"어서 벗어. 감기 걸려."

"어떡하지. 놋줄이 끊어졌어."

"빨리 벗어."

"죄송합니다."

몸을 웅크리며 모리가 잽싸게 옷을 벗었다. 우리는 수건으로 몸을 열심히 문질러주었다. 그때, 야시로가 비명을 지르듯 외쳤다.

"노는 어떻게 됐어!"

주변은 이제 완전히 깜깜해지고 하늘에서 희미한 빛이 떠돌고 있을 뿐이었다. 분명 우리는 전부 얼굴이 새파랗게 질려 있었을 것이다. 모리의 이가 딱딱 소리를 내고 있었다. 그 순간, 다들 뚫어질 듯이 파도를 쳐다보았지만 노 같은 건 어디에도 없었다.

"난 정말 멍청이야."

모리가 손에 쥔 수건을 발밑에 내팽개쳤다. 그러고는 우리가 말릴 새도 없이 속바지 차림만으로 뱃전에서 풍덩 물속으로 가라앉았다. 능숙하게 몸을 비틀며 한 번 두 번 팔을 휘저으며 헤엄을 치더니 그 모습은 어느새 어둠 속으로 섞여 들어갔다.

"큰일 났어! 이렇게 있으면 안 돼!"

뒤돌아보니 야시로가 허겁지겁 옷을 벗고 있었다. 그리고 내게 말했다.

"시오미 선배, 후지키하고 같이 망 좀 잘 봐주세요. 가끔 말을 걸어주지 않으면 배가 어딨는지 모르니까요."

"무슨 소리야. 내가 갈게."

"아뇨, 제가 가는 게 나아요. 제가 헤엄을 잘 쳐요. 이건 정말이에요."

야시로는 다짜고짜 잽싸게 옷을 벗고, 그래도 침착하게 손목시계를 내게 주더니 새끼손가락으로 귀를 적신 다음, 뱃고물에서 단숨에 물속으로 뛰어들었다. 모리와는 반대 방향으로, 순식간에 시야에서 멀어졌다. 배를 중심으로 어둠이 앞에서 한 치 한 치 서서히 짙어지며 파도 위로 드리워지고 있다. 어금니 같은 파도 끝만이 간헐적으로 희부옇게 어둠속에서 나타났다 사라졌다 했다. 배는 거침없이 떠내려가는 것 같았다.

"달이 안 뜨나."

나는 모리가 맡긴 시계를 가까이 들여다보았지만, 바늘 각도는 알 수 없었다. 시간은 벌써 꽤 흘렀을 것이다. 후지키가 내 손을 더듬더듬 찾으며 옆으로 왔다.

"달요? 달은 어제보다 늦게 뜰 테니까 8시가 넘어야겠죠."

"음. 게다가 이렇게 흐려서야. 큰일이네. 잘 찾을 수 있을까."

"이시이하고 친구들이 탄 배는 벌써 도착했을까요?"

"한참 전에 도착했을 거야."

그래도 나는 손을 입에 모아, 어—이 어—이, 하고 두 번쯤 소리를 질렀다. 그쪽에 마을의 등불이 점점이 반짝이고, 배가 흔들릴 때마다 불빛이 파도 사이로 떠올랐다 가라앉았다 했다. 목소리는 어둠속으로 빨려들어가 금세 사라져버렸다. 바람 소리가 강해, 계속 부를 마음이 들지 않았다. 나는 다른 쪽을 향해 모리와 야시로의 이름을 번갈아 불렀다. 이렇게 먼바다로 나오니 야광충은 전혀 반짝이지 않고 파도는 배 주변을 까맣게 묻어버렸다.

"혹시라도 못 찾으면……."

후지키의 차가운 손이 내 손을 꽉 잡았다. 나는, 괜찮아, 하고 힘내라는 듯이 중얼거렸지만, 어떻게 해야 좋을지 나도 몰랐다. 냉정하게, 냉정하게, 하고 스스로에게 말을 걸었다. 바람이 허공에서 울려 퍼지고 있는지, 아니면 내 의식 속에서 웅성대고 있는지, 이제는 분간도 되지 않았다. 하다못해 달이라도 떴으면, 하고 기도하듯이 내내 생각했다.

물소리가 나더니 바로 눈앞의 뱃전을 손이 붙잡았다.

"어떻게 됐어?"

"없어요." 모리의 목소리였다.

"잠깐 올라와서 쉬어. 야시로도 찾고 있으니까. 이번엔 내가 갈게."

"그런데 선배," 하고 모리가 파도 사이로 고개만 내밀며 말을 이었다. "이렇게 찾아서 있으면 다행이지만, 못 찾으면 아무 소용도 없어요. 차라리 헤엄쳐서 돌아가는 편이 낫지 않을까요?"

"돌아간다고?"

"잔교에 아직 배가 남아 있었고, 요리해주시는 할아버지도 있어요. 그 배를 가져 오는 편이 빠르지 않을까요?"

"그래도 그건 안 돼. 잔교까지는……."

나는 어두운 파도 위를 따라 곶 쪽을 바라보았다. 구름이 갈기갈기 찢겨 서쪽 하늘이 아주 조금 밝아져 있어, 곶의 솔숲이 어렴풋이 보였다. 기숙사 방향에 불빛이 하나 깜빡이고 있다.

"꽤 멀어. 게다가 파도까지……."

"아뇨, 헤엄쳐보니 별것 아니에요. 무엇보다 빨리 안 가면 떠내려갈 거예요. 거기다 이건 제 책임이니까요."

"바보같이. 무슨 소리야."

그때, 야시로의 목소리가 뱃고물 쪽에서 들렸다.

"돌아간다고? 그게 나을까? 그럼 내가 갈게."

"나한테 맡겨." 모리가 거칠게 말했다.

"모리 넌 불안해. 이래 봬도 내가 중학교 때 수영부에 있었어. 그것보다 모리 너라면 돌아갔다가 그길로 안 올지도 모르니까."

"너 맞을래?"

그러더니 모리는 내 얼굴을 올려다보며, 시오미 선배 기다려주세요, 하고 한마디 하더니 뱃전을 붙잡고 있던 손을 툭 떼어버렸다. 그러고는 그대로 곶을 향해 재빠르게 자취를 감췄다.

"기다려, 기다려!" 하고 야시로가 외쳤다. "에잇! 가버렸잖아! 시오미 선배, 저도 갈게요. 그게 마음이 놓여요. 배까지 간다 해도 모리 혼자서는 노를 못 저어요. 그때까지 기다릴 수 있죠? 후지키도 괜찮지? 선배, 후지키 잘 부탁해요."

그러고는 내가 한마디 할 틈도 주지 않고 감쪽같이 어둠 속으로 사라졌다. 나는 그쪽을 향해 외쳤다.

"기숙사 불빛이 보이니까, 왼쪽, 왼쪽으로 가! 절대 만 쪽으로 떠내려가지 않게 조심하고! 둘이 같이 헤엄쳐서 가!"

대답은 오지 않았다. 정신을 차리니 후지키가 내 팔을 붙잡고 있었다.

"가버렸네." 하고 나는 중얼거렸다.

바람의 기세가 서서히 가라앉는 듯했다. 파도는 여전히 거칠게 날뛰었지만 전만큼은 아니었다. 하지만 우리 둘을 태운 작은 배는 기분 나쁘게 계속해서 꿈틀댔다. 하늘은 조금씩 개기 시작했다. 동쪽 하늘 전체에 희미한 빛이 흘러넘치는 것을 보니, 달도 곧 떠오를 게 분명하다.

나와 후지키는 서로 손을 붙잡고 뱃고물에 움츠리고 앉아 있었다. 불길한 예감이 몇 가지나 소용돌이치며 마음속을 오갔다. 이렇게 서서히 흘러가다가 배가 만 입구에서 먼바다로 떠내려간다면 이렇게 작은 고깃배 같은 건 잠시도 못 버틸 것이다. 모리와 야시로가 무사히 헤엄쳐서 간다 해도 제때 되돌아올 수 있을까. 나는 그 두 사람을 무작정 보내버린 것이 후회스러워 견딜 수가 없었다. 내가 먼저 갔어야 했다.

"괜찮을까, 두 사람."

밤바다에는 둘이 남긴 흔적조차 없었다. 설마 상어한테 잡아먹

히진 않겠지, 하고 나는 중얼거렸다. 하지만 생각해보면, 그 두 사람은 어쨌든 육지에 도착하기만 하면 살 수는 있다. 그런데 우리, 남겨진 우리는 그저 기다리는 수밖에 달리 어찌할 도리가 없었다. 살 수 있을지 없을지는, 타인의 힘에 달려 있었다.

"후지키, 내가 한번 노를 찾아볼게. 이렇게 기다리고만 있을 순 없으니까."

"아니, 가지 마세요."

의외로 강한, 절박한 목소리로 후지키가 내 팔을 꽉 붙잡았다.

"왜? 어쩌면 찾을 수 있을지도 몰라."

"그래도…… 그냥 이렇게 있어요. 예?"

후지키는 더 가까이 다가왔고, 나는 그의 체온을 느꼈다. 그의 손은 어느새 땀이 배어 있었다.

"걱정돼?" 하고 내가 다정하게 물었다.

"저 때문이 아니에요. 선배가 걱정돼요."

후지키가 얼굴을 내 얼굴 가까이로 가져왔다. 희미하게 달콤한 냄새가 났다.

"죄송해요, 선배."

"뭐가? 왜?"

"제가 가자고 했으니까. 제가 가자고 하지 않았으면……."

"괜찮아, 그런 건. 신경 쓰지 마. 난 오히려……."

난 오히려 행복해, —— 그런 생각이 오케스트라의 포르티시모 연주처럼 내 안에서 울렸다. 불안이 깨끗이 사라지고, 후지키와 단둘이서, 이렇게 하염없이 떠돌고 있는 것이, 오히려 꿈에서도 보지 못한 행복의 실현 같은 기분이 들었다.

"선배한테 미안해요." 하고 후지키가 또 말했다.

"일단 한번 노를 찾아보자. 그게……."

"괜찮아요. 이제 소용없어요. 그것보다 이렇게 있어요. 이렇게 기다리고 있어요."

"네가 그게 좋다면……."

이것은 후지키가 나를 사랑하고 있다는 게 아닐까. 이렇게 있고 싶다는 것, 노를 잃어버린 배 위에서, 뭘 어떻게 할 수도 없이, 둘이서 손을 잡고 기다리고 싶다는 것, 이것이 후지키가 나를 사랑하고 있다는 증거는 아닐까. 언제까지나 이렇게 불안의 무게를 헤아리며 함께 있고 싶다는 것이. 나는 후지키의 가냘픈 몸을 껴안듯이 끌어당겼다.

그러자 내 의식의 모든 영역을, 언제나처럼 느끼던 그 현기증, 머릿속이 아득해지는 그 황홀감이 가득 채웠다. 이제는 모리도 야시로도 생각하지 않았다. 이제 아무도 없었다, 후지키와 나, 우리 두 사람뿐. 우리를 둘러싸고, 하늘도 없고 바다도 없고, 장소도 없고 시간도 없었다. 바람이 불어치든 파도가 날뛰든, 이 밤은 영원했고 이 사랑은 영원했다. 이제는 불안도 절망도 없었다. 내 팔 안에 안겨 있는 이 육체를 사랑하고 있다는, 살갗이 찌릿찌릿해지는 긴장과, 사랑받고 있다는 일찍이 알지 못했던 이상한 감각, 정신이 아득해지는 듯한 비상감, 후지키를 안고 있으면서 그 어떤 불결함도 느껴지지 않는 이 정신과 육체의 통일, 그저 이 도취가 영원히 끝나지 않기를…….

"아, 달이 떴어요."

후지키의 목소리가 내 몸 안을 상쾌하게 뚫고 지나간다. 나는 눈을 뜬다. 그러자 마을 쪽의 점점이 반짝이는 불빛들 뒤로 거무스름한 산마루에서 이제 막 만월이 지난 달이 떠오르고 있다. 하늘의 구름은 거의 걷히고, 갈기갈기 찢긴 가는 구름이 하얗게 달에 비치며 산기슭을 흐르고 있다.

그리고 우리는 또다시 꿈의 경계를 떠돌아다녔다. 달빛에 비춰 보니, 우리의 배는 거품이 이는 파도에 감싸여, 만 한가운데서 마을과는 반대쪽으로 조금씩 떠내려가 덩그러니 고립되어 있었다. 만 주변의 마을과 곶, 절벽, 그 먼 곳의 풍경이 눈에 스미듯 들어오고, 전부 바람 속에 고요히 잠들어 있었다. 그것은 이제 어디에도 없고, 어느 때도 아닌 풍경이었다. 달빛 아래의 바다 위에서 우리는 영혼 그 자체로 변해 있었다.

이게 사랑한다는 거야, —— 나는 그렇게 후지키에게 말하고 싶었다. 지금이라면 후지키도 분명 이해해줄 것이다. 나는 그렇게 확신했다. 그런데도 말은 내 입에까지 올라오지 않고, 나는 넋을 잃은 듯 후지키의 얼굴을 바라볼 뿐이었다, —— 달빛에 창백해 보이는 그 얼굴, 긴 속눈썹의 숲 아래에 호수처럼 찰랑이는 검은 눈, 진주처럼 빛나는 눈동자, 그리스 조각상처럼 가늘게 뻗은 콧날, 살짝 튀어나와 벌려진 가느다란 입술, 그리고 그 모두를 하나로 품은 조물주의 미묘한 조화를.

그러나 사랑이라는 이 말이 늘 내게 안겨주는 일종의 불안이, 지금 조금씩 나의 도취를 쓸어 가버리고, 귀에 익지 않은 현을 울린다. 너무나 아름다운 것, 너무나 순결한 것, 그것과 함께 있는다는 것의 애절한 괴로움. 문득 정신을 차려보니, 뱃전을 때리는 파도 소리에 섞여, 발 바로 밑에서 철썩철썩 물소리가 난다. 바닥에 고인 물이 배와 함께 흔들리고 있는 것이다. 설마 침수가 시작됐을 리는 없을 텐데. 내 눈은 보지 않아도 될 것을 본다. 모리와 야시로가 벗어 던지고 간, 거무스름하게 뭉쳐진 옷들. 그리고 조금 전 야시로가 한 말이 되돌아온다. 선배, 후지키 잘 부탁해요……, 그 의미.

어느새 배가 방향을 틀어 달빛이 지금까지와 다른 쪽에서 비쳐왔다. 후지키가 부르르 몸을 떨었다.

"왜 그래? 무서워?"

후지키가 순순히 내 얼굴을 보았다. 달빛이 세로로 그의 얼굴을 명과 암, 둘로 나누고 있다.

"왜요?"

살짝 웃었다. 입술 사이로 하얀 이가 반짝반짝 빛났다. 내 불안

따위와는 아예 거리가 먼, 완전히 믿고 있는, 꿈을 꾸는 듯한 표정. 온갖 감정의 악기가 이질적인 현을 없애고 전원이 합주하며 울려 퍼진다. 사랑한다는 것은 믿는 것이다, 이 순간을 후회 없이 사는 것이다. 불안이 뭐란 말인가, 죽음이 뭐란 말인가, 이 영혼의 고요함, 이 맑은 행복, 이 음악, 이 달빛……. 나는 지금 죽어도 좋다, 이렇게, 널 사랑하면서, 지금, —— 그렇게 생각하며, 이제 오로지 그것을 입 밖에 꺼내어 말하는 것만이 남았다.

"선배, 저게 뭐죠?"

그 들뜬 목소리가 나를 현실로 불러들인다. 후지키의 손이 파도 사이를 가리키고 있다. 달은 벌써 꽤 높이 떴다.

"어, 저거 조금 전의 그 노 아냐?"

나는 뚫어지게 쳐다보았다. 그것은 분명 노처럼 보였다. 나는 바로 윗옷을 벗기 시작했다.

"선배, 갈 거예요?"

"가야지, 물론. 다행이야, 정말 운이 좋았어."

"괜찮을까요?"

"괜찮아. 바로 저기잖아."

후지키는 걱정스러운 듯 미간을 찡그렸다. 나는 단숨에 물속으로 들어갔다.

차가움이 순식간에 충격을 주며 지나가자, 물속은 오히려 따뜻했다. 이렇게 뛰어들어보니 파도도 그다지 거칠지 않았다. 나는 대충 방향을 헤아리며 헤엄치기 시작했다. 후지키가, 오른쪽, 더 오른쪽이요, 하고 소리쳤다.

나는 노를 밀듯이 헤엄치며 배로 돌아왔다. 후지키가 몸을 내밀어 노를 끌어올렸다.

"물에 젖어. 내가 좀 있다 올릴게."

"상관없어요." 하고 진지한 얼굴로 말했다. 망토는 어느샌가 벗고 있었다.

나는 뱃전에서 기어 올라가 나도 모르게 부르르 몸을 떨었다. 추워요? 하고 물으며 후지키가 수건으로 등을 닦기 시작했다. 정성 들여 언제까지고 닦아주었다.

"다행이에요, 걱정했는데."

"뭔 호들갑이야. 바로 저기잖아."

"그래도 상어가 오면 어쩌나 했어요."

"설마. 이런 곳에 상어가 있다고 생각하는 거야?"

"그래도 조금 전에 선배가 상어한테 잡아먹히지 않아야 할 텐데라고 했잖아요?"

"내가 설마 그랬을까."

우리는 기분이 유쾌해졌다. 하지만 매혹의 시간은 지나가버렸다는 것을 나는 깨닫지 않을 수 없었다. 나 혼자 멋대로 아쉬움을 느꼈다.

다시 옷을 입고 수건을 찢어 놋줄을 대신했다. 노를 물속에 넣고 발판을 확인하며 힘차게 노를 저었다. 배는 갑자기 되살아난 것처럼 소리를 내며 반쯤 빙 돌았다. 나는 짧게 끊어가며 노를 젓기 시작했다.

지금까지 물속에 빠져 있었던 탓에 노가 묵직했다. 나는 금세 이마에 땀이 솟는 것을 느꼈지만, 그 대신 배는 의외로 순조롭게 파도 위를 나아갔다. 달빛이 밝아지고, 하얀 갈래 구름이 북쪽 하늘을 향해 날아가듯 지나갔다. 팔이 점점 무거워지면서 헤엄쳐 돌아간 모리와 야시로가 불길한 예감이 되어 마음속을 메웠다. 불쾌한 상상이 떠오를 때마다 나는 지친 팔에 더한층 힘을 주었다. 후지키가 곶을 향해 소리쳤다. 몇 개의 목소리가 메아리쳤다.

잔교 위에 사람 그림자가 얼핏얼핏 보였을 때, 나도 손을 멈추고 불렀다.

"모리와 야시로, 거기 있어?"

바로 옆에서 소리가 들렸다.

"안심해, 다들 무사해……."

지금까지 보이지 않았던 고깃배 한 척이 바로 옆에까지 와 있었다. 기노시타의 목소리구나, 하고 생각한 순간, 쿵 하고 뱃전이 서로 부딪혔다. 다행이다, 다행이야, 하고 말을 조금 더듬으며 야나이가 우리 배 안으로 뛰어들어왔다.

"자, 내가 저을게." 하고 야나이가 말했다.

"걱정하게 해서 미안해."

"아, 아냐, 좀 더 일찍 배를 띄웠어야 했는데."

배는 금세 잔교에 닿았다. 1학년생들이 후지키를 모리와 야시로가 기다리고 있는 모닥불 쪽으로 데려가고, 나는 배 뒤처리를 기노시타에게 맡기고 친구들과 함께 오늘 밤의 자초지종을 이야기하면서 바닷가를 걸었다. 근데 넌 왠지 기분 좋아 보이는데, 하고 핫토리가 놀리듯이 내게 말했다.

*

합숙 마지막 날을 하루 앞둔 우리는 오후 연습을 마친 뒤 짐을 쌌다. 그리고 저녁 식사 때까지 남은 몇 시간 동안 다 같이 귤나무 산에서 놀았다.

귤나무 산은 기숙사 뒤편, 먼바다와 접한 양지바른 남쪽 경사지에 있다. 좁은 산길을 구불구불 올라가면, 금색의 여름귤이 초록 잎들 사이에 숨어서 가지가 휘어지게 매달려 있다. 먹고 싶은 만큼 실컷 먹을 수 있다고 해도 그것이 여름귤이라면 그렇게 식욕이 솟지는 않는다. 입 안이 금방 시큼해져 얼굴이 갖가지 표정을 짓게 된다. 하지만 커다란 나무에 달린 열매를 가지에서 비틀어 따면, 온 나무의 잎들이 사각사각 울린다. 그리고 노랗게 익은 껍질에 손톱을 박으면 물기가 안개를 흩뿌리며 얼굴을 덮친다. ——그런 신선한 감각은 봄날의 햇살과 상쾌한 바다의 미풍 속에서 언제까지나 우리를 질리게 하지 않았다.

나는 후지키와 둘이서, 앞이 환히 트인 나무 그늘에 앉아 있었다. 머리 위로는 귤나무가 가지를 드리우고 졸린 듯한 사람 목소리가 멀리서 들려올 뿐, 해는 꽤 서쪽으로 기울어 수평선에 머문 구름이 역광을 받아 하얀 커튼처럼 보인다. 발 아래쪽은 절벽으로 거기서부터 바다가 쫙 펼쳐지고, 납작한 파도는 거북등무늬를 만들며 햇살을 받아 반짝이고 있다. 후지키가, 벤젠 고리를 차례차례 이어 붙인 구조식 같네, 하고 혼잣말을 한다. 우리는 천천히 여름귤 껍질을 까서 알맹이를 입에 넣었다.

"며칠 전 밤에" 하고 내가 물었다. "너, 무섭지 않았어?"

"글쎄요." 하고 생각하더니 "그렇게 무섭진 않았어요."

"너, 헤엄은 얼마나 칠 수 있는데?"

"수영 못 해요." 하며 웃었다.

"뭐? 수영을 못 해? 어이가 없군, 배짱 좋은데."

"전혀 못 해요."

"그럼 무서웠을 텐데. 죽을지도 모른다는 생각 안 했어?"

"그야 생각했죠. 하지만 무섭진 않았어요."

"그래도" 하고 나는 친밀감이 담긴 비꼬는 투로 물었다. "내가 노를 찾으러 간다고 했을 때, 날 말렸잖아?"

"그때는 같이 있고 싶었어요."

"왜?"

"그때는 왠지, 죽는 게 아닌가 하는 생각이 들었어요. 만약 그렇게 죽어간다면 시오미 선배를 사랑할 수 있을 것 같다는 생각이 들었어요."

"그럼 지금은 아니란 말이야?"

"지금요? 지금은 살아 있으니까 사랑하는 사람 같은 건 필요 없어요."

"그럼 그날 밤에만?"

"네. 분명 죽을 것 같은 기분이 들었기 때문이겠죠? 아무래도 혼자 죽는 건 너무 외롭잖아요."

그리고 후지키는 타고난 따스한 표정으로 눈 아래의 바다를 가만히 바라보았다.

아마도 그때는 이미 큐피드의 작은 날개는 날아가버렸을 것이다. 하지만 나는 그걸 알아차리지 못했다. 나는 그의 옆얼굴을 바라보며 그것이 아름답다고 느꼈고, 이런 아름다움의 감각이 육체적인 것이 아닌 영적인 요소라는 것을 믿었다. 달빛 아래의 바다를 떠돌았을 때처럼, 죽음을 초월한 사랑은 이제 그 어떤 이질적인 현도 울리지 않는다. 이 영혼을 사랑한다는 것은, 이 옆얼굴을, 이 자그마한 육체를 사랑하는 것이다. 거기에는 어떠한 모순도 없다. 내가 후지키를 사랑하고 있듯이, 후지키가, 후지키도 역시 나를 사랑해준다, —— 오로지 거기에 이 한없는 행복감이 있는 것이다.

내일 우리 일행은 도이 마을에서 고개를 넘어 유가시마까지 걸어가, 거기서 하룻밤을 묵고 돌아갈 예정이었다. 나는 후지키와 함께 산을 넘어가는 상상을 즐겼다. 나는 그 여정을 후지키에게 설명했고, 후지키는 이따금 고개를 끄덕이면서 내 말에 귀를 기울였다.

*

우리가 기숙사에 도착했을 때 식당 안에는 사람들이 꽤 줄어 있었고 특별 요리라고 나온 고기 된장국도 차갑게 식어 있었다. 나는 알전구의 흐릿한 불빛 아래서 후지키와 마주 보며 밥을 먹기 시작했다. 그때 야시로가 헐레벌떡 식당으로 뛰어 들어왔다.

"후지키, 전보야. 지금 도착했어."

후지키는 살짝 안색을 흐리며 야시로가 건넨 전보용지를 펼쳤다. 숨을 헐떡이며 야시로가 옆에서 들여다보았다.

"뭐야?" 하고 나는 젓가락을 쥔 채 물었다.

"어머니가 아프시다고 돌아오라네요, 지에코가."

"무슨 일이지? 급한 병이신가?"

"그냥 감기 정도일 거예요." 후지키는 그다지 동요하는 기색도 보이지 않았다. "지에코가 쓸쓸하니까 부른 거예요."

"그럼 다행이지만."

"지에코 녀석, 툭하면 오빠, 오빠 한다니까." 하고 살짝 지에코의 흉을 보았다. 하지만 안색은 어두웠다.

"그래도 바로 돌아갈 거지?" 하고 야시로가 물었다.

"응."

"시간 안에 갈 수 있을까?"

야시로가 손목시계를 보았지만, 누마즈 행 마지막 배는 이미 떠난 뒤였다. 내일 첫 배겠네, 하고 내가 말했다. 후지키는 아무렇지도 않은 듯이 대답하고 다시 밥을 먹기 시작했다.

"첫 배면 6시 반이지? 어떡할래? 걸어서 갈래, 마을까지?"

"네. 짐도 하나뿐이니까."

"배로 바래다줄 수도 있는데."

"배는 사양할게요." 하며 살짝 웃었다. "그리고 바래다주지 않아도 돼요. 내일은 많이 걸을 텐데. 피곤할 거예요."

"알았어."

"같이 산을 넘기로 했는데 이렇게 됐네요. 죄송해요."

"괜찮아, 그런 건. 그보다 정말 괜찮으신 걸까. 모레 밤이면 돌아간다고 알고 계실 텐데."

"지에코는 겁쟁이예요. 어머닌 늘 건강하시니까 걱정할 필요 없어요."

식사가 끝나고 나서도 우리 둘은 조금 더 이야기를 했다. 마을까지 가서 바래다주지 않는 대신 곶 끝에서 배웅하기로 했다. 그러지 않아도 되는데, 하며 후지키는 정말로 필요 없다는 듯한 표정을 지었다.

"그건 그런데, 거기 곶 끝에 말이야, 너 거기 간 적 없어?"

"곶 끝에요?" 후지키는 이상하다는 듯이 나를 보았다. "거긴 자주 갔어요."

"자주? 아무도 안 가는 거기에?"

"생각할 게 있으면 종종 그곳에 갔어요. 그런데 선배는 어떻게 알았어요?"

"내가 거기 한 번 산책 간 적이 있거든. 널 보고 불렀는데 안 들렸나 보네. 왠지 너무 황량해서 우울해질 것 같은 곳이야."

"그런가요? 그렇지도 않은 것 같은데."

"왜?"

"왜긴요. 어디에 있든 똑같아요. 어디에 있어도 외로워요."

그렇게 말하며 후지키는 눈에 보이지 않는 먼 곳을 쫓는 듯한, 텅 빈 눈으로 나를 바라보았다.

*

꿈속에서 물방울이 떨어지는 소리를 들었는데, 눈을 떠보니 유리창이 비에 젖어 뿌옇게 흐려 있었다. 곰팡내가 나는 방 안에서 야나이와 기노시타가 드러누워 연신 뭔가를 소곤소곤하고 있었다.

“하필이면 오늘 비가 내릴 게 뭐야.”

“야나이 넌 풍류를 모른다니까. 불쌍한 녀석. 봄비로구나 / 바닷가 작은 조개 / 적셔질 만큼. 이거 누구 하이쿠인지 알아?”

“알 게 뭐야. 그래도 비 맞으면서 걷는 건 힘들어.”

“금방 갤 거야. 데루데루 보즈 인형*이라도 만들었어야 했는데.”

나는 시계를 보면서 일어섰다. 서둘러 옷을 입기 시작했다. 이불을 개고 나서 모자를 들고 방문을 여는데, 자고 있는 줄만 알았던 다치바나가 불쑥 말을 걸었다.

“시오미, 망토 가져가. 비에 젖는다.”

나는 말없이 벽에 걸린 망토를 집어 들고 등 뒤에 있는 세 사람의 무거운 시선을 느끼며 방을 나갔다. 다치바나가 쓸데없는 말을 하는 바람에 야나이와 기노시타까지 내가 후지키를 배웅하러 간다는 것을 알아버렸다. 여느 때의 다치바나의 친절이 오히려 내 화를 돋우며 목적지까지 가는 동안 내내 내 마음을 무겁게 짓눌렀다.

곶 끝 쪽에 가서 젖은 바위 위에 앉았다. 비는 쉬지 않고 내렸지만, 빗줄기는 그다지 세지 않았다. 바다는 잔잔하고 온통 안개가 끼어 있었다. 주변은 고요하고 어디선가 새가 울었다.

* 날이 개기를 바라며 집 앞에 매달아두는 인형 .

그리고 나는 기다렸다. 귀를 기울이고 있으니 반복되는 파도 소리에 섞여 발동기의 활발한 울림이 서서히 다가왔다. 기적 소리가 잔잔한 아침 바다를 찢는가 싶더니 배가 시야 안으로 미끄러져 들어왔다. 파도를 가르며 나아가는 검은 배의 갑판 난간에 기대어 있는 후지키. 그 뒤로는 뱃짐이 내던져져 있고, 고무 비옷을 입은 남자 두 명이 웅크리고 있다. 기관실 옆의 연통에서 흰 수증기가 치솟더니 기적 소리가 또 한 번 울려 퍼졌다.

후지키는 가만히 나를 보고 있었다. 언제나 그렇듯, 지나치게 반듯하고 쓸쓸해 보이는 눈빛, 그 눈동자에 희미한 빛이 움직였다고 생각하는 사이에, 배는 눈앞의 해협을 달리며 지나갔다. 곧장 오른쪽으로 키를 틀자, 후지키가 입고 있는 검은 망토가 순식간에 작아졌다.

그것뿐이었다. 이토록 빠르고 짧은 이별이 나에게 남겨준 것은 후지키의 눈빛, 한순간의 눈동자의 반짝임, 그것뿐이었다. 나는 비에 젖은 손을 내렸다. 그러자 넘칠 듯한 행복감으로 가슴이 한껏 부풀어 올랐다. 바다 냄새와 새싹의 향기, 그리고 무수한 물방울 사이로 느릿하게 불어오는 바닷바람, 그런 것들이 나의 행복감을 점점 더 커지게 했다. 후지키는 가버렸다, 그러나 후지키는 여기에 있다, 내 안에 있다, 언제까지나 나와 함께 있다…….

나는 바위에서 훌쩍 뛰어내렸다. 배는 수평선 너머로 이제는 작은 점이 되어 그마저도 서서히 사라져간다. 나는 다시 한번 뚫어지게 쳐다보다가 망토 깃을 세우고 신나게 빗속을 걷기 시작했다.

H 만의 실제 배경인 이즈 반도의 헤다 만.
다루마 고개 위에서 바라본 전경이다.

3장

두 번째 노트

후지키 지에코, —— 내가 청춘 시절에 사랑한 것은 이 소녀였다.

나는 지금 눈을 감고, 나와 가장 친했던 시절의, 다시 말해 스무 살의 후지키 지에코의 초상을 떠올리려고 한다. 하지만 그 모습이 선명하게 하나의 상을 이루지 못하고 걸핏하면 몇 가지들이 흐릿하게 겹쳐지는 것은 내 기억력이 나빠졌기 때문일까. 나는 지금까지 이 단 한 명의 소녀 외에는 사랑한 여자가 없다. 그런데도 그녀의 얼굴을 정확히 떠올릴 수 없다는 것, 거기에는 뭔가 이유가 있을 것이다.

후지키 지에코는 결코 눈에 띄게 아름다운 소녀는 아니었다. 나는 그녀의 오빠와 친하게 지내던 무렵, 지에코가 후지키 시노부를 좀 더 닮았다면, 하고 종종 생각하곤 했다. 그녀는 주변에서 흔히 볼 수 있는 평범한 여학생이었다. 다만, 그 눈동자는 늘 맑고 지적인 빛을 띠고 있었다. 하지만 그녀의 표정은 늘 감정에 따라 변했고, 정지되고 정착된 단 하나의 정서만을 나타내는 경우는 거의 없었다. 성격은 밝고 천진해 쾌활하다고 해도 좋을 정도로, 내가 지적인 눈동자라고 한 것도 어쩌면 그녀가 여대의 수학과 학생이어서 그렇게 느꼈는지도 모른다. 하지만 사랑하는 데 꼭 아름다운 사람을 선택할 필요는 없다. 나처럼 늘 우울하고, 친구도 많지 않고, 가정환경이 좋지도 않은 인간에게, 이렇게 건강하고 잘 웃는 소녀는 그 당시의 내 꿈을 만들어주었다. 나는 늘 공상 속에서, 그녀를 어떨 때는 베아트리체라고, 어떨 때는 라우라라고 생각했다. 그녀의 표정이 시시각각 변해 종잡을 수 없었던 것처럼, 나는 그녀를 공상 속의 아름다운 한 사람 한 사람으로 생각하며, 클로에인 것처럼 이졸데인 것처럼 사랑했다. 말하자면 그녀는 나에게 하나의 얼굴이 아니라 그때그때의 예술적인 동경을 구현한, 몇몇 대표적인 여성으로 인상 지어졌다. 하지만 안나 드 노아이유 부인*의 얼굴을 떠올린다면, 거기서 닮은 부분을 찾을 수도 있을 것이다. 동그란 얼굴에 귀여운 눈동자, 부드러운 얇은 입술과 통통한 뺨, ── 어쩌면 후지키 지에코가 내게 주었던 인상은 내가 그 무렵 마음속에 품고 있던 여성상과 미묘하게 교류하고 있었을 것이다.

* 프랑스의 시인, 소설가. 사랑과 청춘을 노래한 시가 많으며, 프랑스 낭만파 최후의 시인으로 불렸다.

내가 그녀의 얼굴을 정확히 떠올릴 수 없는 또 하나의 이유는 그녀의 성장이 빨랐던 것, 그리고 과거에 살았던 시간이 빨랐던 것과도 분명 관계가 있을 것이다. 내가 처음으로 후지키 시노부의 집을 찾아가서 지에코를 소개받았을 때, 오빠는 이제 막 고등학교에 들어가고 여동생은 여학교에 들어갔을 무렵이었다. 그래서 후지키 시노부가 뜻밖의 병으로 세상을 떠났을 때, 그녀는 겨우 여학교 3학년이었다. 어머니와 딸 둘뿐인 쓸쓸한 집을 내가 자주 찾아간 것도 세상을 떠난 오빠 대신 이 어린 여동생을 돌봐야 한다는 의무감이 내 마음속에 있었기 때문인지도 모른다. 후지키 시노부의 동급생들, 야시로나 모리, 이시이도 번갈아 가며 이 집을 찾아왔지만, 나는 그중에서도 가장 발걸음이 잦았던 한 사람이었다. 나처럼 고독한 대학생에게, 이 집이 품은 따스함이 무엇보다 위로가 되었던 것도 하나의 원인이었을 것이다. 후지키의 어머니는 명랑한 성격으로, 누구보다도 사랑했던 아들을 잃은 마음의 상처는 쉽게 아물지 않았지만 언제나 다정하게 손님들을 맞아주었다. 지에코도 어머니를 닮아, 수줍어하거나 묵묵히 있기만 하는 법이 절대 없었다. 우리는 셋이서 유쾌하게 지냈다. 나는 어릴 때 어머니를 여의었고 고향에는 나이 차가 많은 형이 하나 있었지만, 여형제가 없었기 때문에 이런 어머니와 여동생은 내게 가장 친한 존재가 될 수 있었다.

그러는 사이에 후지키 지에코는 조금씩 성장했다. 여자대학 입

학시험을 치를 때는 내가 따라갔는데, 그즈음부터 그저 어린애처럼 천진하기만 하던 소녀에게 여성으로서의 자아가 서서히 눈을 뜨기 시작했다. 인정사정없이 의견을 주고받다가 내게 반박할 말을 찾지 못한 그녀가 울먹이기 시작할 때, 그 떨리는 입술은 이제 어린아이의 입술이 아니었다. 하지만 우리 둘 사이가 늘 좋은 건 아니었다. 그녀는 기독교를 믿고 있었다. 그 무렵 무교회주의 기독교*의 사와다 선생을 찾아가게 된 야시로와 이시이의 권유로 조금씩 흥미를 보이게 된 것도 있겠지만, 예술가를 지망하며 고대 언어 같은 것을 연구하는 나 같은 인간과는 의견이 맞지 않는 점이 많았다. 내게는 믿는 신앙도 없었고 신도 없었다. 나는 수학을 전공하면서 신을 믿는다는 게 우습다며 악담을 했지만, 그녀는 과학의 궁극은 신의 세계를 인정하는 데에 있어요, 라며 입을 삐쭉거렸다. 그렇게 말할 때 그녀의 모습은 진지함 그 자체였고 눈동자는 반짝반짝 빛이 났다. 내가 졌다, 하고 말하면, 그 눈동자는 금세 아이 같은 장난기를 띠고, 에헴 하고 헛기침을 하며 어머니와 둘이서 깔깔대며 웃었다.

나는 대학을 졸업하고 마음에 드는 직장도 없어서 이탈리아어를 조금 할 수 있다는 장점을 살려 이탈리아 관련의 어느 문화 단체에서 일하기 시작했다. 고향에 내려가서 받은 징병 검사에서 제

* 20세기 초 일본에서 시작된 기독교 신앙의 한 형태로, 가시적인 조직 교회에 대한 반대 또는 저항하는 신학 사상.

2을종 제1보충병으로 선고받았다. 1년 후 전쟁이 시작되고 내 친구들 중에도 하나둘 징병되는 사람이 많아졌다. 붉은색 소집영장이 언제 날아올지 모른다는 불안이 후지키 지에코에 대한 내 마음을 조금씩 한 방향으로 고정시켜갔다.

*

나는 정류장의 안전지대 위에서 코트 호주머니에 양손을 찔러 넣은 채, 혼고 쪽으로 가는 전철을 벌써 세 대나 떠나보냈다. 여기서서 주변을 둘러보고 있으니, 사람들은 전쟁 같은 건 어디 딴 나라의 일이라는 듯한 표정으로 긴자 거리를 천천히 걷고 있다. 전등불은 상점들의 유리창에서 눈부시게 빛을 발하고, 자동차의 헤드라이트가 내 몸을 씻어 내듯 줄줄이 달려간다. 핫토리 시계탑이 9시를 가리키는 것을 올려다보며 아무래도 마음을 정하지 못한 채, 어슬렁어슬렁 다시 혼잡함 속에 섞여 들어 유라쿠초 쪽으로 걸어갔다.

조금 전까지 뮌헨 맥줏집에서 친구들과 함께 술을 마시고 있었지만, 그만 가겠다고 하고 나 혼자 먼저 나왔다. 긴자 4초메 모퉁이에서 전철을 기다리는 동안, 하숙집 책상 위에 펼쳐놓은 페트라르카*의 시집 따위를 떠올렸다. 매일 일과처럼 정해진, 오늘 분량의 소네트를 읽어야 한다. 그리고 써야지, 써야지 생각하고 있는 소설도 빨리 시작해야 한다. 하지만 그런 의지의 명령과는 달리, 지에코를 만나러 가야겠다는 생각이 마음속에서 점점 뿌리 깊이 싹트고 있었다. 늦봄의 공기는 조금 쌀쌀했고, 적당히 오른 술기운이 작용했는지도 모른다. 유라쿠초에서 막차를 타면서, 이미 죽어버린 라우라에게 더 이상 무슨 볼일이 있겠어, 하고 나는 중얼거렸다.

후지키 시노부가 죽은 후, 모녀는 오모리 역 근처의, 바다가 내려다보이는 고지대에 있는 아파트에 방을 빌려 살고 있었다. 전철 선로를 따라 내려가 넓은 대로에서 야마노테 쪽으로 올라가는 언덕길을 걷고 있으니, 마음은 언제나처럼 기대로 부풀어 올랐다. 길은 어둡고 주변은 고요히 잠들어 있고, 나무들이 콘크리트 담을 넘어 길 쪽으로 가지를 뻗고 있다. 나는 천천히 걸으며 가로등의 은은한 불빛에 손목시계의 시간을 확인했다. 너무 늦었나, 하고 생각하면서도, 이런 밤늦은 시간에 그 얼굴을 보러 가려는 내 마음을 억지로 술기운 탓으로 돌렸다.

아파트 이층으로 올라가, 문 앞에 달린 초인종을 짧게 두 번 울렸다. 문은 바로 열렸다.

* 프란체스코 페트라르카. 14세기 르네상스 시대의 이탈리아 시인으로 소네트의 대가이다.

"뭐야, 시오미 오빠잖아. 엄마는 아닐 텐데, 누군가 했네."

"어머닌 안 계셔?" 하고 물었다.

"어서 들어와요. 엄마는 이웃집에 수다 떨러 갔어요. 이제 곧 올 거예요."

나는 신발을 벗고, 물 한 잔만 줄래, 하고 부탁한 다음, 두 개의 방 중에서 남쪽 방으로 들어갔다.

"지금 차 끓일게요."

"아냐, 물이면 돼."

"뭐야, 이상한데?" 하며 입을 다문 채 웃었다.

"뭐가? 늘 이렇잖아."

"늘 안 그래요."

지에코는 일어서서 부엌으로 갔다. 방 한구석 선반 위에는 유골함이 놓여 있고, 액자 안에는 교복차림의 후지키 시노부 사진이 들어 있다. 나는 코트를 벗어 방바닥에 내려놓고 그 앞에 앉아 절을 한 번 했다.

"여기 있어요."

지에코가 유리컵에 담아 가져온 찬물을 단숨에 들이켰다.

"그렇게 사람 얼굴 쳐다보는 거 아냐."

"얼마나 마신 거예요? 많이 마셨어요?"

"조금 마셨어. 벌써 다 깼어."

"그래서 뭐, 좋은 영감이라도 떠올랐어요?"

"그럼, 지에코를 만나고 싶다는."

"못 말려."

지에코는 토라진 듯 책상 앞에 앉았지만, 펼쳐놓은 책은 읽지도 않고 또 물었다.

"대체 왜 그래요? 술을 마시면 일이 잘되는 거예요?"

"난 그렇게 많이 안 마셔. 일하고는 상관없어."

"하지만 소설가는 다들 술꾼이잖아요? 얼마 전에 시오미 오빠가 읽어보라고 한 책 말이에요, 정말 타락한 인간이 나오던데요?"

"그거?" 하고 나는 웃었다. "그건 그때 마침 그 소설가가 그런 케이스에 흥미가 생겨서 쓴 것일 뿐이야. 난 그 사람을 흉내 낼 생각은 전혀 없어."

"그래도 존경하는 작가라고 했잖아요?"

"그랬지. 그 사람은 타협하지 않아. 자신을 소중히 하는 독창적인 작가야. 그렇다고 내가 그런 생활을 흉내 내며 다마노이* 거리를 걸으려는 마음은 없어. 게다가 난 애초에 내 사생활을 작품에 쓸 생각은 전혀 없어. 하지만 그 사람의 글에는 자신의 존재를 이방인처럼 보는 문명 비평과, 가장 일본적인 계절감이 느껴지는 서정적인 문장이 기묘하게 뒤섞여 있는데, 어쨌든 모든 점에서 아주 뛰어난 작품이야. 유행하는 글 따위를 쓰는 무리와는 전혀 달라."

---

* 전쟁 전부터 1958년 매춘방지법이 시행되기 전까지 있었던 도쿄의 사창가.

"그야 나도 유행하는 작가보다는 뛰어나다고 생각해요. 하지만 생활이 있으니까 작품이 있는 거 아니에요?"

"그건 그렇지."

"생활이 그렇게 타락해야 좋은 작품이 나온다면……."

"그렇진 않아."

"왜요? 시오미 오빠는 그런 생활까지도 존경해요?"

"내 말의 의미는 좋은 작품을 쓰기 위해서 그런 생활이 필요했던 게 아니라, 어떤 생활에서도 진짜 뛰어난 작품을 쓸 수 있다는 말이야."

"그럴까요? 내가 보기엔 좋아서 그런 생활을 하고 있다고밖에 생각되지 않아요. 할아버지가 돼도 아직 독신에, 아무렇지도 않게 그런 곳에 놀러 가잖아요? 오빠도 독신에……, 어머 물이 끓네."

지에코는 폴짝 일어서더니 부엌으로 뛰어갔다. 나는 씁쓸한 얼굴로 어떤 식으로 논증해야 할지 고개를 갸우뚱하고 있었다. 지에코는 소설가라는 사람을 신용하지 않는다, 소설가가 되는 것은 타락하는 거라고 생각하고 있다.

지에코가 홍차를 준비해서 가져왔다.

"시오미 오빠는 언제쯤 걸작을 쓰게 되는 거예요?" 하고 이번에는 다른 질문을 했다.

"나? 조만간에." 하며 웃었다.

"오빠는 어떤 소설을 쓰게 될까요? 연애소설?"

"글쎄, 분명 지에코 같은 소녀가 나오겠지."

"어머, 방금 전엔 사생활을 쓸 생각은 없다고 말했으면서."

"그건…… 그건 달라. 난 지에코를 모델로 해서 그대로 똑같이 쓸 마음은 없어. 하지만 나한텐 지에코가 바탕이 된 나만의 이미지가 있어. 그건 보편적인 것에 이른, 청춘의 아름다움 같은 거야. 난 그런 이미지를 쓰고 싶은 거야."

"그런 말을 해도, …… 그건 마치 꿈같네요."

"꿈이라도 좋잖아. 난 그런 식으로 살아 있는 거야. 난 매일 직장에 나가서 속된 이탈리아어로 편지 따위를 쓰고는 있지만, 그보다는 하숙방에서 페트라르카를 읽고 있는 쪽이 훨씬 더 진짜 내 모습이야. 난 페트라르카 안에서 내 꿈을 보고 있는 거야. 테오크리토스*나 카툴루스**를 읽고 있으면 훨씬 더 삶의 보람을 느껴. 난 현실이라는 걸 모르겠어. 지금 벌어지고 있는 전쟁 같은 거에는 눈곱만큼의 감격도 없어. 언제 군대에 끌려갈까만 생각하면 두려워서 견딜 수가 없어. 하지만 나한텐 이 전쟁을 반대할 힘도, 그만두게 할 힘도 없어. 그렇다면 내 쪽에서 도망치는 수밖에 없지 않을까. 적어도 내 안에서만큼은 전쟁에 구속받지 않고 자유로운 것 말고는 달리 어쩔 수가 없지 않을까. 그러니까 꿈만큼은 내 것이야. 난 고전의 세계로 들어가 시인들이 꾼 꿈을 내 눈으로 다시 한

* 기원전 3세기 그리스의 목가 시인.
** 고대 로마 시대의 서정 시인.

번 보고 싶은 거야."

"하지만 그건 비겁한 게 아닐까요?" 지에코가 찻잔 안을 스푼으로 천천히 저으면서 고개 숙인 채 말했다.

"비겁해? 어째서?"

"왜냐하면 우린 고전 속에 살고 있는 게 아니잖아요."

"그건 그렇지. 그렇기 때문에 난 고전학자가 될 생각으로 퀴퀴한 냄새 나는 책과 씨름하고 있는 거야. 난 소설을 쓰고 싶은 거야."

"그럼 그 소설도 결국 꿈같은 거겠죠?"

"난 나 한 사람을 위해서 쓰는 거야. 문학의 유파니 시대 경향이니, 그런 것과는 전혀 무관한 거야. 물론 발표할 생각도 없지만, 나 스스로 만족하는 글을 쓸 수만 있으면 되는 거야."

"전쟁은요?"

"나한테 외부의 현실 따위는 문제가 아냐. 내부의 현실만이 문제야. 물론 나도 징집되면 이런 소리는 할 수 없겠지. 게다가 언제 갈지도 모르고. 그러니까 그때까지만이라도 가장 나답게, 후회 없이 내 시간을 쓰고 싶은 거야."

"그건 알고 있지만……."

지에코는 스푼을 장난감처럼 만지작대다가 (그 동작이 얼마나 그녀의 오빠를 닮았는지, 조금 전부터 나는 멍하니 느끼고 있었다), 불쑥 일어서더니 창 쪽으로 갔다. 그리고 유리창을 열고 창틀에 걸터앉아 밖을 바라보았다.

나는 그 곁으로 갔다. 하늘은 어두워 멀리 바다 쪽은 보이지 않았지만 철도 선로 주변에는 번화가의 불빛이 눈부시게 반짝이고 있었다. 공기는 맑았고 나무들의 냄새가 자욱했다.

"왜 그래?" 하고 내가 물었다.

지에코는 입속말로, 아무것도 아니에요, 하고 말했다. 그리고 잠시 동안 말이 없었다. 나는 그 어깨에 살짝 손을 얹었다.

"오빠는 결국 태평한 사람이네요." 하고 지에코가 말했다.

"왜 그런 말을 하는 거지?"

"오빠 머릿속에 있는 건 그런 고전이니 문학이니, 우리와는 거리가 먼 것들뿐이잖아요."

"맨 앞에 있는 건 지에코 너야."

"하지만 오빠가 말하는 지에코는 오빠 머릿속에만 살고 있는 사람이에요. 여기 있는 내가 아니에요."

"바보같이."

하행 열차가 창마다 불빛을 반짝이면서 굉음을 울리며 선로를 달려갔다.

"시오미 오빠, 오빠는 분명 훌륭한 소설가든 뭐든 될 거라고 생각해요. 하지만 난 아니에요."

"아니라니, 무슨 말이야?"

지에코는 천천히 얼굴을 내 쪽으로 돌렸다. 그 얼굴은 가라앉아, 늘 쾌활한 만큼 더한층 슬퍼 보였다.

"난 오빠가 말하는 것처럼 될 수는 없어요."

"왜? 난 지에코에게 아무것도 바라지 않아. 넌 지금 그대로가 좋아. 난 그런 네가 좋은 거야."

"오빠는 꿈을 꾸고 있는 사람이에요. 네, 그래요. 옛날에 시노부 오빠를 좋아했을 때도 오빠는 꿈을 꾸고 있었어요. 난 시노부 오빠가 한 말을 잊을 수가 없어요. 시오미 선배는 꿈을 꾸고 있어, 하지만 난 그걸 볼 수가 없어, 라고요. 나도 그래요. 형제는 그런 건가 봐요."

"지에코, 난 내 꿈을 봐달라느니 그런 부탁은 안 해. 모르겠어?"

"하지만 꿈은 언젠가는 깨겠죠. 난 비참해지고 싶지 않아요."

지에코는 얇은 입술을 떨면서 어두운 밤을 바라보았다. 나는 문득, 그 옆얼굴이 이상하리만큼 후지키 시노부를 닮았다고 느꼈다. 그렇게 나는 꿈만 꾸고 있는 인간일까, 꿈을 꾸는 건 나쁜 것일까.

"지금은 옛날과 달라." 하고 나는 천천히 그 어깨에 손을 얹은 채 말하기 시작했다. "옛날엔 나도 어렸고, 세상에 대해서는 아무것도 몰랐어. 난 열심히 살았고, 세상이란 증오도 잔혹도 무자비도 없이 사랑만 있으면 충분하다고, 그런 거라고 생각했어. 지금은 아냐. 지금 나는 내 세계와 외부의 현실이 전혀 별개라는 걸 확실히 알고 있어. 우리는 전쟁에 내몰렸지만, 우리 중에 누가 전쟁 같은 걸 하고 싶어 했겠어. 이런 야만적이고 무지하고 비인간적인 전쟁 따위, 누가 기꺼이 참가하겠어. 하지만 우린 너무나 비참할 정도로 무력해서 붉은색 영장이 오면 어쩔 도리가 없어. 난 그게 참을 수가 없어. 그래서 하다못해 지금만큼은, 나는 나로서 있고 싶어. 내 꿈을 그리고 싶어. 지금 내가 꿈을 꾸는 건 말하자면 작위적으로 꾸는 거야. 꿈꾸는 것 말고는 살아가는 법을 몰랐던 옛날과는 다른 거야. 온갖 삶의 방식이 있다는 건 나도 알고 있어. 다만 이런 삶의 방식을 나 스스로 선택한 것뿐이야. 알겠어?"

"알겠어요." 하고 낮은 목소리로 말했다. "하지만……."

"뭐? …… 말해봐."

"하지만 그건 불행해지기만 할 뿐 아닐까요?"

"불행? 그렇지 않아도 불행해. 도대체 어디에 행복 따위가 있지? 대학을 나오니 기다리고 있는 건 전쟁이야. 전쟁이 끝나면 죽음이 기다리고 있을지도 모르지. 매일매일 오들오들 떨면서 진짜 나 자신은 어딘가에 내팽개쳐버리고 허세로 살아간들 그게 뭐가 되지? 넌 그렇게 생각하지 않아?"

"하지만 나한텐 신앙이 있어요." 하고 아주 희미한 목소리로 말했다.

상행선 전철, 그리고 바로 뒤따라 하행선 전철이, 붉은 스파크와 유리창의 불빛을 쏟아내듯 양옆으로 흘려보내며 지나갔다. 우리는 말없이 그것을 보고 있었다. 갑자기 어깨를 움찔하듯 움직이며 지에코가 일어섰다. "엄마 왔다." 하는 목소리가 현관에서 났다.

"왔어? 엄마, 시오미 오빠가 왔어요."

"한참 수다를 떨었네. 아유, 시오미 왔구나. 잘 지냈니?"

나는 지에코가 앉았던 창틀에 걸터앉아 시무룩한 표정으로, 모녀가 생글생글 웃으며 방으로 들어오는 것을 보았다. 지에코의 얼굴에 조금 전의 그 우수의 그림자는 보이지 않았다.

"이쪽으로 와. 창문을 열면 춥잖아?"

"아니에요." 하고 나는 창에 기대어 방바닥에 책상다리를 하고 앉았다. "어머니, 몸은 괜찮으세요?" 하고 물었다.

"응, 덕분에. 지에코하고 늘 싸우기만 하는걸."

"난 물 끓이고 올게." 하고 지에코가 일어섰다.

"아냐, 난 이제 늦었으니까 가야지."

"아직 괜찮잖아." 하며 어머니는 지에코에게 "뭐 내올 거 없니?" 하고 물었다.

"전 정말 괜찮습니다. 근데 무슨 일로 싸움을요?"

어머니는 부드럽게 미소를 지었다.

"지에코가 나한테 성경을 읽으라느니 교회에 같이 가자느니 귀찮게 하잖아. 근데, 이제 와서 괜찮을까?"

"아, 그 일이에요?" 하고 나는 웃었다.

방문을 열고 지에코가 접시에 오렌지 하나를 담아서 들어왔다. "이거 하나밖에 없네." 하고 말했다. 그러면서 나에게 "뭘 그렇게 웃었어요?" 하고 물었다.

"지에코, 너 어머니를 개종시키려고 했다며?"

"어머, 그건 웃을 일이 아니에요."

"어머니는 종교가 뭡니까?"

"난 믿는 게 없어. 우리 집안은 정토진종이긴 하지만. 시노부가 갔을 때는 나도 마음이 꽤 어지러웠지. 요즘은 덕분에……."

"엄마, 신앙이란 건 괴로울 때만 찾는 거여서는 안 돼. 늘 변함없는 게 중요한 거야."

"예에, 알겠어요. 지에코가 말하는 대로 할게요."

나는 웃으며 지에코가 잘라준 오렌지 한 조각을 베어 물었다. 화가 난 듯 지에코가 내 입가를 보고 있다.

"시오미 오빠는 진지하지 못해서 싫어요." 하고 말했다.

"그렇지 않아. 나도 생각하고 있어."

"생각만 해선 안 돼요, 믿지 않으면."

"그렇게 간단한 게 아니야. 지에코 넌 안 먹어?"

"거 봐요, 그런 식으로 얼버무리니까 싫은 거예요."

지에코는 그렇게 말하면서, 그래도 재빨리 한 조각을 집었다. 오렌지 한 개는 금세 없어졌다. 다음번엔 선물 가져올게, 하고 나는 말했다.

어머니는 생글생글 웃으며 우리를 쳐다보더니, 물이 끓었나, 하며 일어섰다.

"저, 정말 갈게요."

"급하긴." 하고 지에코가 흘겨보았다.

"그건 그렇고, 지에코, 이번 토요일 밤에 음악회 안 갈래?"

"어머" 하고 눈동자를 동그랗게 떴다. "정말요? 시오미 오빠는 이상한 사람이라니까."

"이상한 것 하나도 없어, 여태 깜빡 잊고 있었던 거야."

"무슨 연주예요?"

"신교향악단인데, 쇼팽의 피아노 협주곡 1번이야. 같이 가자. 그 곡 좋아."

"엄마!" 지에코는 통통 튀는 목소리로 부엌을 향해 불렀다.

어머니가 찻잔을 가져올 때까지 기다리지도 않고 "가도 돼?" 하고 물었다.

"뭐라고?" 하고 어머니가 천천히 앉으며 차를 우리기 시작했다.

"토요일 밤에, 음악회, 가도 되지?"

"시오미가 바쁠 텐데."

"괜찮습니다. 제가 꼭 가고 싶어서요. 지에코만 괜찮으면……."

"응? 엄마, 나도 가고 싶어."

어머니는 차를 다 따르고, "네가 억지로 조른 거 아냐?" 하고 살짝 엄한 얼굴로 물었다.

*

공회당의 돌계단을 내려가자, 사람들이 삼삼오오 무리 지어 조용히 그림자처럼 어둠 속으로 흩어지기 시작했다. 거기까지 음악의 여운이 아직도 감돌고 있는 듯, 공기는 미지근하게 무거웠다. 우리는 서서히 옅어지는 음악의 뒷맛을 쫓으며 천천히 길을 걸었다.

"지에코, 차라도 마실까?"

지에코는 내 얼굴을 보며 고개를 가로저었다.

"아쉬워서 말도 안 나오는 모양이네." 하고 나는 놀렸다.

"정말 너무 좋았잖아요. 오빠는 안 그래요?"

"그야 나도 좋았지. 음악회 가는 게 내 유일한 즐거움이야."

"나는요?" 하고 장난꾸러기처럼 물었다.

"어이구, 엉뚱한 데서 말꼬리를 잡네. 지에코를 만나는 것도 당연히 즐거움이지. 하지만 네 얼굴을 보면 괴로운 것도 동시에 많이 떠올라. 기독교라든가 전쟁이라든가, 아무튼 우리 둘과 관계있는 여러 가지 것들이. 하지만 음악을 듣고 있을 때는 괴로운 게 아무것도 없어. 마음은 충만해지고 마음껏 꿈을 꿀 수 있고 정말로 살아 있다는 생각이 들어. 넌 안 그래?"

"난 그렇게 음악을 많이 듣지는 않으니까요. 하지만 오늘은 정말로 좋았어요. 너무 멋졌어요."

"너, 오늘 밤 리사이틀은 왜 바로 가겠다고 한 거야? 평소엔 늘 망설이면서 잘 받아주지도 않으면서."

"그건 쇼팽을 듣고 싶었거든요. 난 쇼팽이 너무 좋아요. 시오미 오빠 같은 전문가는 이런 말 들으면 우습죠?"

"설마, 난 전혀 전문가가 아냐."

"같이 수업 듣는 친구 중에 음악을 정말 좋아하는 애가 있어요. 쇼팽 같은 건 너무 말랑하다면서 바로 경멸하는데, 그래요?"

"말랑하든 아니든, 그런 건 문제가 아냐. 듣는 사람의 영혼 깊은 곳에 호소하는 음악이 그 사람에게 가장 좋은 음악이야. 쇼팽이 아무리 말랑하다 해도, 쇼팽은 목숨을 걸고 작곡했어. 겨우겨우 해낸 거야. 쇼팽은 결핵이었지. 분명 자신이 그렇게 오래 살지 못한다는 걸 알고 있었을 거야. 자신의 죽음을 안다는 건 얼마나 끔찍할까."

"그만해요, 그런 생각 하는 거."

"음, 난 그저 편안하게 살고 있는 인간이 쇼팽은 말랑하다는 둥 그렇게 가볍게 말하면 안 된다고 생각해. 그렇지 않아도 예술가는 누구나 괴로운 짐을 짊어지고, 언제 쓰러질지도 모른 채 걸어가는 거야."

"그런 슬픈 말은 그만해요."

"난 아직 예술가가 되고 싶다고 생각할 뿐, 작품다운 작품은 전부 앞으로의 일이지만, 이렇게 전쟁으로 언제 죽을지도 모른다고 생각하면……. 쇼팽이 남긴 예술이 얼마나 훌륭했는지, 어느 누구도 그 흉내를 낼 수 없다는 건 정말로 대단한 거야. 나도 그런 일을 하고 싶어. 전쟁터라고 해서 꼭 죽는 건 아닐 테니까 쇼팽보다는 훨씬 복이 많다고 생각해야겠지."

"그래요. 죽는 건 싫어요. 이제 그런 불길한 말은 그만해요."

나는 입속으로 응, 하고 말하고는 호주머니에 양손을 넣은 채 발걸음을 확인하듯 한 걸음 한 걸음 걸어갔다. 지에코는 내 옆에서 작은 몸집을 내게 스치듯 하며 걸었다. 우리는 어스름한 골목길을 골라 걸었고, 이렇게 둘이서만 어디까지고 걸어갈 수 있다면 얼마나 좋을까 하고 나는 생각했다. 하지만 정차장은 바로 근처였다.

신바시에서 전철을 탄 우리는 손잡이를 잡은 몸이 차체의 진동으로 조금씩 흔들릴 때마다 이따금 어깨와 어깨가 서로 부딪혔다. 그러면 조금 전에 들었던 협주곡의 선율이 반짝이는 피아노의 건반 소리와 함께 행복의 예감처럼 내 가슴을 가득 채웠다. 전철을 가득 메운 승객도, 웅성거리는 말소리도, 지저분한 전철도, 한순간에 전부 사라지고, 나와 지에코 둘만이 무한히 반복되는 음악의 물결에 흔들리며 행복으로 이끌려가는 듯한 기분이 들었다. 나는 마치 그 선율을 희미하게 음미하듯이 휘파람을 불었다. 지에코가 공감으로 가득한 눈동자로 재빨리 나를 보았다.

전철을 내리고 나서도 그 기분은 계속되었다. 어두운 언덕길을 오를 때, 나는 호주머니에서 손을 꺼내 지에코의 어깨를 감싸 안았다. 가냘픈 어깨는 순순히 내게 기대어왔다.

"시오미 오빠," 하고 지에코가 말했다. "얼마 전에 오빠는 행복 따위가 어디에 있냐며 화를 냈죠?"

"그랬었나?" 하고 나는 말했다.

"그래요. 도대체 어디에 행복 따위가 있어, 라고 했어요. …… 하지만 지금은 행복하지 않아요?"

"아아, 행복하지. 넌?"

"나도요."

지에코는 낮은 목소리로 그렇게 중얼거렸지만, 고개를 숙이고 있어서 그 표정은 보이지 않았다. 나는 발을 멈추고 어깨를 껴안은 손에 힘을 주며 가만히 내 쪽을 향하게 했다. 희미한 가로등 불빛이 그녀의 얼굴을 아주 조금 밝게 비췄다. 그 얼굴은 영원 속에서 얼어붙은 것처럼 보였고, 살얼음을 닮은 부끄러움이 은은하게 떠올라 있었다. 피아노의 화음이 사르르 반짝이며 내 의식 속을 지나갔다.

내가 얼굴을 가까이 가져가자, 지에코는 살며시 두 손을 내 가슴에 갖다 댔다.

"안 돼요."

"왜?"

지에코는 고개를 옆으로 돌리고 조금 전보다 더 부끄러워하는 듯한 표정을 지었다. "걸어요." 하고 작은 목소리로 말했다.

나도 갑자기 무안해졌다. 지에코는 지금까지 한 번도 내게 키스를 허락한 적이 없다. 그런 건 싫어요, 하면서, 내가 조금이라도 강요하면, 사랑하니까 됐잖아요, 하고 어린애 같은 목소리로 대답했다. 그런 기억들이 한꺼번에 되살아났다. 걷기 시작하면서 나는 갑자기 떠들기 시작했다.

"쇼팽은 어떤 프레이즈도 전부 쇼팽적이지. 그야 어떤 음악이든 모차르트는 모차르트적이고 슈만은 슈만적인 건 당연하지만, 특히 쇼팽의 경우는 꿈꾸는 듯한 선율이 너무나 개성적인 아름다움으로 구석구석에까지 박혀 있어. 정말로 독창적인 건 그게 반복해서 나타나는 것처럼 보일 때도 결코 똑같은 게 아냐. 세부 하나하나가 미묘하게 다르고 어떤 곳엔 대담한 수법도 쓰이는데, 그게 또 너무나 쇼팽적이거든. 그래서 프레이즈 단 하나만 들어도, 그게 쇼팽이라면 다른 음악가로 착각할 수 없어."

"꽤 전문가네요." 하고 조금 비꼬듯이 말했다.

"아냐. 난 한참 멀었어."

"그래도 시오미 오빠는 정말 음악을 좋아하는군요. 문학과 음악, 어느 쪽이에요?"

"난 말야, 음악 같은 문학을 쓰고 싶어. 좀 모순된 말 같지만, 음악이 갖고 있는 요소를 문학 속에 자유롭게 들여올 수 있다면 얼마나 멋질까 하고 생각해."

"그 문학이라는 건 시예요?"

"응. 시는 문학 장르 중에서 가장 음악에 가깝지. 하지만 일본어는 잘 모르겠어. 난 여러 나라의 시를 원어로 읽어봤지만, 일본어는 단카나 하이쿠의 세계에서 아무래도 벗어나기 어려울 것 같다는 생각이 들어. 이를테면 영혼의 내부를 표현하는데 현대 일본어를 쓰면 왠지 김빠진 자유시밖에 안 돼. 그렇다고 해서 '주군의 방패가 되어'라는 둥 '되어버렸도다' 같은 말도 좀 웃기잖아. 그래서 난 일본어로 시를 쓸 생각은 지금으로선 없어. 난 소설을 쓰고 싶어. 그것도 음악적인 소설, 다시 말해 불가능한 장르를 가능하게 해보이고 싶은 거야."

"어려워서 잘 모르겠어요." 하고 지에코가 말했다.

우리는 언덕을 다 올라 지에코의 아파트 근처까지 왔다. 길은 인적도 없이 고요하고, 밤하늘에 우거진 나뭇잎들 너머로 이층 그녀의 방에 불빛이 보였다. 나는 발을 멈췄다.

"여기서 돌아갈게." 하고 말했다.

"안 돼요. 집으로 가요."

"왜? 여기까지 왔으니 됐잖아?"

"하지만 여기서 오빠를 돌려보내면 엄마한테 야단맞아요. 괜찮죠? 다 왔잖아요."

나는 어물어물하며 그곳에 서 있었다. 지에코는 천진한 표정으로 내 얼굴을 가만히 올려다보고 있었다. 나는 그녀의 두 손을 따뜻하게 데우듯이 내 손 안에 감싸 쥐었다.

"오늘 음악회 즐거웠지?" 나는 말했다.

"네," 하고 지에코는 끄덕이며, 상기되어 외쳤다. "오늘 정말 즐거웠어요. 오늘은 절대로 안 잊을 거예요."

"쇼팽이 좋았으니까."

"어머, 우리가 좋았기 때문이에요. 쇼팽은 그다음이에요."

"어이구, 말은 잘하네! 조금 전엔 그렇게 쇼팽한테 감탄한 주제에."

"그건 그래요." 하고 정색하며 말했다. "쇼팽은 좋죠. 그 피아노 협주곡은 정말 멋져요. 하지만 우리가 그 곡을 오늘 밤 같이 들었기 때문에 그 곡이 훨씬 더 멋진 거예요."

"그건 음악을 정말로 사랑한다는 건 아닌데."

"그래도 괜찮아요. 난 앞으로 늘 쇼팽의 그 곡을 들으면, 아, 저건 시오미 오빠와 함께 들었던 곡이네, 하고 생각할 거예요. 그리고 오늘 밤을 떠올리는 한, 그 곡은 내게는 더 가깝고 소중한, 둘도 없는 음악이 될 거예요. 그렇지 않을까요?"

나는 그녀의 손을 살며시 내 가슴 쪽으로 끌어당겼다.

"괜찮아?" 하고 물었다.

지에코는 난처한 듯이 살짝 울 것 같은 표정을 지었다.

"꼭 해야 해요?" 하고 토라진 듯이 작은 목소리로 물었다.

"싫으면 됐어." 하고 나는 조금 화난 듯 퉁명스럽게 말했다.

지에코는 너무 부끄럽다는 듯이 고개를 갸웃하며 나를 쳐다보았다. 그리고 작은 입술을 희미하게 떨며 어색하게 얼굴을 내게 가까이 댔다.

나는 몸을 숙여 그 입술에 입술을 댔다. 차가움, 동시에 희미하게 따스한 숨결…… 이라고 느낄 새도 없었다. 잡힌 손을 뿌리치듯 하며 지에코는 몸을 돌렸다. 안녕, 그렇게 말하고는 달콤한 향을 내 주변에 감돌게 하고 어둠 속으로 사라져버렸다.

*

나는 그다지 부지런한 직장인이라고는 할 수 없었다. 종종 책상 위에 편지지를 펼쳐놓고 한 손에 사전을 든 채, 공허하게 똑같은 단어를 두 번 세 번 반복해 찾고 있었다. 창에 기댄 채 등 뒤로 타이프라이터의 빠른 타자 소리를 들으며 오다이바 쪽의 거무스름한 하늘을 바라보기도 했다. 사무소는 긴자 근처 빌딩의 5층이었기 때문에 창에서 내려다보면, 전철이나 자동차, 행인들을 개미처럼 헤아릴 수도 있었다. 4월 18일, 미국의 비행기 한 대가 도쿄를 공습했을 때도 나는 창에 기댄 채 회색의 낯선 비행기가 아주 낮은 고도로 쓰키지 쪽 하늘을 빌딩 옥상을 스치듯 날아가는 것을 신기한 구경거리처럼 바라보고 있었다. 고사포가 불꽃이 작열하는 듯한 소리를 내자, 비행기 뒤로 뭉게뭉게 피어나는 연기가 작은 방울양배추처럼 줄지어 따랐다. 나는 동료를 불러, 저게 정말로 적군의 비행기일까, 라는 말도 했지만, 전쟁의 현실은 한 발 한 발 우리를 향해 다가오고 있었던 것이다. 일이라고 할 것도 없는 일을 하면서도, 아주 바쁜 듯한 얼굴로 책상에 이탈리아 대백과사전을 한 권씩 가져와서는 르네상스 명화를 펼쳐서 보고 있었다. 그러고 있는 동안은 불쾌한 것은 전부 잊을 수 있었다. 책상 맞은편에서 타이피스트가 양손을 조몰락거리며, 열심히 공부하시네요, 하며 웃었다. 일이 끝나면 마음 맞는 동료와 근처의 뮌헨에 가서 별다른 이야기도 없이 맥주를 마셨다. 누구나 마음속에 답답함을 갖고 있었기 때문에, 종종 술기운은 오히려 기분을 어둡게 했다.

하숙집에 돌아가도 울적한 마음을 풀어주는 거라고는 아무것도 없었다. 스탠드의 다정한 불빛에 비쳐 일과처럼 읽는 페트라르카를 들여다봐도, 아름다운 라우라는 이미 6백 년 전에 죽어, 시인의 덧없는 한탄만이 허무한 활자가 되어 남아 있다. 이러고 있을 수는 없다, 빨리 내 일을 시작해야 한다, 라는 마음과, 아무리 발버둥 친다 해도 붉은색 영장이 오면 모든 게 끝이다, 책을 읽고 글을 쓴다 한들 결국은 덧없는 것이다, 라는 마음. 책상에 한쪽 팔꿈치를 대고 손바닥에 턱을 괸 채 멍하니 담배를 피우고 있으면, 거리에서 출정을 축하하는 사람들의 웅성임과 노랫소리, 만세 소리 따위가 뭐라 말할 수 없는 슬픈 여운을 띠며 들려왔다. 그리고 그럴 때만큼 지에코를 만나고 싶다는 초조함이 내 안에 급격히 솟구칠 때는 없었다. 그 환한 목소리를 듣고 그 따뜻한 손을 잡고만 있으면 불안은 금세 사라지겠지. 하지만 나는 공기처럼 내 주변에 잔뜩 낀 불안, 언제 찾아올지 모를 미래의 순간에 대한 그 불안과 싸우며, 억지로 지에코를 만나러 가지 않는 나 자신의 의지를 소중히 했다. 그것은 결코 나의 사랑이 작았기 때문이 아니었다. 만나려고만 하면 매일 밤이고 나갈 수 있었고, 감정은 언제나 나를 부추겼다. 그런데도 나는 나 자신의 의지를 강하게 지키는 것에 기묘한 기쁨을 느꼈다. 그리고 더는 견딜 수 없을 때까지 감정을 억누르고 지에코를 향한 사랑을 이 격리된 시간 동안 확인하는 것만큼 내게 사랑이라는 것의 본질을 가르쳐주는 것은 없었다. 사랑은 지속이고, 영혼의 상태이고, 끊임없는 현존이고, 망각과의 싸움인 이상, 만나고 보고 이야기하는 것은 결국 단순한 현상에 지나지 않는 것이다. 나와 지에코가 서로 사랑한다면, 우리의 영혼은 그 깊은 곳에서 두 개의 악기처럼 공명하며 미묘한 트릴을 연주할 것이다. —— 나는 그렇게 생각했다. 마음으로는 지에코를 사랑하고 있으면서도, 어쩌면 나는 한편으로 나 자신의 고독을 너무나 소중히 했던 것이리라. 후지키 시노부를 잃은 후 나는, 인간이 날 때부터 지닌 얼음 같은 고독은, 아무리 활활 타오르는 사랑의 불꽃으로 태워진다 해도 결코 녹아 없어지지 않는다는 것을 절실히 알게 되었다. 상처받은 내 마음을 이해하기에는 지에코는 너무나 어리고 천진했다. 그리고 나는 지에코를 사랑하면 할수록 고독하고, 고독을 느끼면 느낄수록 사랑하는 이 마음의 모순을, 나 자신에게도 지에코에게 설명할 수가 없었다.

*

—— 점심때까지는 돌아올 거야, 하고 어머니가 말했다.

따뜻한 일요일 오후의 태양이, 창가에 기대어 있는 내 등 뒤에서 간질간질하게 내리쬐고 있었다. 나는 지에코가 있든 없든 상관없다는 표정으로 담배를 연신 피웠다. 이 방에 이렇게 있는 것만으로도 마음이 너무나 평화로웠다. 어머니는 점심 준비를 하고, 나는 나대로 책을 읽기도 하고 드러눕기도 했다. 내가 가장 편하게 몸을 둘 수 있는 곳은 꽤 오래전부터 이 후지키의 집뿐이었다. 대학 시절, 나는 마음이 내킬 때마다 이곳을 찾았고, 때가 되면 스스럼없이 함께 밥을 먹었다. 직장 생활을 하면서부터 점심때는 올 수 없었지만 그 대신 일요일이면 오후를 느긋하게 보내면서 저녁을 얻어먹는 일이 많았다. 빈약한 월급이지만 그때마다 뭐라도 선물을 들고 갔다. 지에코의 기뻐하는 얼굴을 볼 때마다 뿌듯한 기분이 들었다.

"오늘은 꽤 일찍 왔구나." 하며 어머니가 부엌에서 나왔다. "지에코 오면 같이 점심 먹자."

"죄송해요, 일찍 왔네요. 오늘은 이상하게 일찍 일어났거든요."

"괜찮아, 시오미. 언제든지 와. 그건 그렇고 얼마 전에 말야, 지에코가 정말 즐거워했어."

"그 음악회 말씀이세요?"

"피아노가 정말 좋았다던데? 지에코도 옛날에 피아노를 배우고 싶다고 조른 적이 있었거든."

"지에코, 피아노 칠 수 있어요?"

"그게, 결국 못 보냈어. …… 도저히 그럴 여유가 없어서. 지금도 미안한 생각이 들어. 하지만 둘을 학교에 보내는 것만 해도 힘에 부쳤거든."

"어쩌면 지에코한테 숨겨진 재능이 있었을지도 모르는 거군요?"

"설마. 어설프게 피아노 같은 걸로 살아가려면 고생만 할 건데. 그 아이는 시노부와 달라서 아주 평범해. 어떻게든 학교 졸업하고 평범하게 시집이나 가면 돼."

"그렇게 평범할까요?"

"너한텐 재능이 보여?"

나는 스스럼없이 웃었다. 하지만 마음속에 뭔가 씁쓸한 뒷맛이 느껴졌다. 언젠가는 예술가로 살아가려고 생각하는 나 같은 인간에게 과연 어머니가 딸을 시집보낼 수 있을까. 문득 그때, 어머니가 한 말이 일종의 완곡한 거절처럼 느껴졌다. 나는 반사적으로 물었다.

"어머니는 지에코를 시집보낼 생각이세요?"

말하고 나서 나는 갑자기 당치도 않은 말을 했다는 생각에 얼굴을 붉혔다. 하지만 어머니는 여전히 생글생글 웃으며, 시오미 네가 신부로 받아줄래? 하며 여느 때와 같은 목소리로 되물었다.

돌이켜 생각해보면, 그것은 어쩌면 운명의 한순간 같은 것이었을 테다. —— 만약 내가 거기서 뭔가 의미 있는 대답을 했다면 지에코와 나의 인생은 좀 더 다른 식으로 펼쳐졌을지도 모른다. 하지만 나는 우물쭈물하며 제대로 말도 못 했고, 어머니는 그대로 다른 이야기로 넘어갔다.

"지에코도 내년엔 졸업이잖아." 하고 어머니가 말했다. "하나 있는 딸이니 데릴사위가 좋겠지만 우리처럼 가난한 집에야. 좋은 사람 있으면 시집보내야지."

그리고 어머니는 얼마 전 결혼했다는 친척집 딸에 대한 이야기를 이어갔다.

지에코가 들어오는 소리가 현관에서 들렸는데도 내가 어머니를 따라 일어서지 않은 것은, 뭔지 모를 불쾌감이 내 마음을 무겁게 했기 때문일 것이다. 하지만 지에코가 한참이나 모습을 보이지 않고 남자의 낮은 목소리와 함께 말소리가 들려왔기 때문에 나는 호주머니에 손을 찌른 채 현관으로 나갔다.

"뭐 하고 있어, 지에코?"

"어머, 왔어요? 야시로 오빠가 안 들어오겠다고 해서요."

"뭐야, 야시로구나? 오랜만이다. 잘 지냈어?"

"오랜만에 뵙습니다." 하고 야시로가 조금 격식 차린 듯한 목소리로 말했다.

"어서 들어와."

"어서 들어와요." 하고 어머니가 동시에 말했다.

"아뇨, 정말 가보겠습니다. 일이 있어서요. 또 오겠습니다."

그리고 야시로는 나를 보며 살짝 웃더니, 그럼 가보겠습니다, 하고 등을 돌렸다. 지에코는, 이상한 사람이야, 하고 혼잣말을 하며 신발을 벗었다.

"야시로 녀석, 내가 있어서 간 건가?"

"저 사람은 늘 너무 신경을 써요. 바래다주겠다고 했으니까 처음부터 들어올 마음은 없었는지 모르지만, 그래도 너무 심해. 싫어, 저런 사람."

"음, 무뚝뚝한 녀석이지."

하지만 야시로에게 매몰차게 말하는 지에코의 말투를 들으니 나는 왠지 마음이 흔들리기 시작했다. 야시로, ―― 그는 오래전 후지키 시노부와 가장 친했다. 그가 후지키와 친하게 이야기하고 있는 걸 볼 때마다 내 마음은 묘하게 파도를 치곤 했다. 그리고 마음이 파도를 치는 그때, 사랑은 내가 꿈꾸던 영혼의 상태에서 갑자기 삶 그 자체의 괴로움으로 변했다. 그리고 지금도 역시, ―― 지에코에 대한 나의 사랑이 전부 다 잘못된 것 같고, 나 자신의 진짜 성장과는 다른 곳에서 삶이 진행되고 있는 것 같은, 잘못된 장소에 와 있는 것 같은 묘한 인상이, 질투라고 하기에는 너무나 희미한 마음의 흔들림 속에서 예감처럼 퍼져나갔다.

식사하는 동안 후지키의 옛 친구들 이야기가 입에 올랐다. 그들은 다들 취직을 했고, 모리를 비롯해 군대에 간 사람도 많았다. 야시로는 어느 큰 전기 공장에 취직했고, 이시이는 대학의 이학부 연구실에 연구원으로 남아 있었다. 이 두 사람은 사와다 선생의 성경 연구회에 늘 열심히 다니고 있었기 때문에 지에코와는 자주 만나고 소식도 잘 알고 있었다. 하지만 누구누구의 소문을 들으면, 세상을 떠난 후지키가 만약 살아 있었다면 하는 생각이 가끔 들어, 나는 어머니의 얼굴을 슬며시 지켜보곤 했다. 하지만 그 얼굴은 여느 때처럼 밝았기 때문에, 이런 가정적인 밥상을 둘러싸고 함께 있으면 나 자신이 후지키가 된 것 같은 착각이 들었다.

식사를 마치고 느긋한 기분으로 나는 무심한 듯 지에코에게 물었다.

“야시로는 대체 어느 정도로 진심일까?”

“진심이라니, 뭐가요?”

“사와다 선생 모임 말이야. 왜 다들 그 사와다 선생한테 모이는 거지? 일종의 유행 같은 건가?”

“너무해요. 야시로 오빠도 이시이 오빠도 얼마나 열심인데요. 정말 신앙이 깊어요.”

“사와다 선생이라는 분은 아주 인격자 같더군. 나도 그분이 쓴 글을 읽고 존경하고는 있어. 훌륭한 사람이야. 하지만 사와다 선생에게 매력을 느껴 모임에 나가는 거라면 그건 사와다 선생의 기독교이지 진짜 기독교와는 관계가 없다고 생각해.”

“진짜 기독교, 그런 건 없어요.” 지에코는 열정적으로 말했다.

"교회의 목사가 목사 자격으로 그럴듯한 기독교의 대변자로 임한다면 그게 진짜 기독교라고 생각할 수도 있겠죠. 하지만 진짜 기독교는 성경만 읽으면 그 안에 똑똑히 쓰여 있으니까, 누구든 자신의 죄를 회개하고 부활한 예수를 따라 새로운 삶을 살려는 인간은 그것만으로도 진짜 기독교인이 될 수 있어요. 세례도 성전도 필요 없어요. 우린 사와다 선생님의 성경 강의를 듣고 늘 우리 안에 있는 신앙을 확인할 뿐이에요."

"왠지 무교회주의 선전 같군." 하고 내가 말했다. "그럼 그 사와다 선생의 집회라는 건 교회가 아니라는 거야?"

"교회가 아니에요. 나도 잘은 모르지만, 예수님은 생전에 교회를 만들지 않았어요. 교회를 만든 건 바오로잖아요. 예수님 사후에 유대교에 대항해 기독교를 펼치기 위해서는 꼭 필요했는지도 모르죠. 하지만 고린도 교회 같은 건 그 무렵에도 벌써 타락해 바오로의 비난을 받았을 정도예요. 형식이라는 게 고정되면 거기에 살아 있던 정신적인 활력이 점점 사라지는 건 당연해요. 가톨릭 교회에 대항한 루터나 캘빈 교회도 결국은 바오로 교회로 돌아갈 수 없었어요. 그건 교회가 처음부터 잘못됐기 때문이에요. 교회에 가지 않으면 구원받지 못한다는 말을 예수님은 어디서도 한 적이 없어요. 다만, 두세 명이 내 이름으로 모인 곳에는 나도 그들 속에 있느니라, 라고 말했죠. 그건 회개한 죄인은 누구나 그리스도 교회의 일원이라는 의미이고, 같은 믿음을 가진 사람이 사랑을 나누는 건 당연하잖아요. 선생님 밑에 우리가 모였다고 해도 그건 흔히 말하는 교회와는 달라요."

"알겠어. 지에코도 말 잘하는데."

"꼭 그런 식으로 놀려서 싫다니까." 하고 지에코는 화난 듯이 말했다.

나는 담배를 피우며 지에코의 진지한 표정을 바라보았다. 어머니는 뒷정리를 마치고 옆에서 신문을 읽기 시작했다. 오후의 온화한 햇살이 유리창에 비치고 있었다.

"나도 중학교 때 개신교 교회에 다닌 적이 있어." 하고 나는 생각이 났다는 듯 천천히 말했다. "난 열심히 성경을 읽었어. 잘 모르면서도 진지하게 읽었던 것 같아. 그리고 교회에 갔지. 하지만 난 교회 분위기라는 게 익숙해지지 않았어. 내가 생각하는 기독교와, 교회의 기독교가 다른 것 같았거든. 성경 모임에 나가보니 수험공부에 도움이 돼서 오는 학생들뿐이었고, 집회에 모이는 신자들은 일종의 사교 무대로 교회를 선택했다는 생각밖에 들지 않았어. 목사는 경제적으로 독립되지 않아서 외국의 전도 단체에 끌려다니며 신자 수 늘리기에만 급급하고, 비위를 맞추며 헌금을 모으는 게 마음에 안 들었어. 하지만 제일 시시했던 건 목사의 설교였어. 평범한 해석에다 대충대충 열의 없는 연설, 거기엔 어떤 고마움도 느껴지지 않았거든. 왠지 진지한 내 기분을 물 탄 듯 흐릿하게 만드는 것 같은 느낌이었지. 이렇게 장사하기도 하는구나 싶었어. 건방진 말이지만, 설교하는 동안 난 결점만 찾고 있었어. 그러다가 완전히 환멸을 느끼고 발길을 끊었지."

"그래요, 그러니까 무교회여야만 해요." 하고 지에코가 열띤 목소리로 끼어들었다.

"그럴지도 모르지. 하지만 난 이렇게 생각했어. 물론 그때 그랬다는 말이지만, 말하자면 난 성경을 읽고 예수를 믿고 예수가 말한 대로 행동하려고 생각했어. 만약 내 손에 한 권의 성경이 있고 내가 늘 죄를 의식하며 그리스도의 구원을 받으려고 의식하고 있다면, 그걸로 충분한 게 아닐까. 교회에 나갈 필요 같은 건 없지 않을까, 하고 말야."

"그러니까 혼자서 충분하단 말이에요?"

"그래. 내가 내 마음 깊은 곳에서 하나님을 믿는다면 그거야말로 진정한 무교회가 아닐까."

"그건" 하고 잠시 생각하더니 "오만이에요." 하고 지에코게 작은 목소리로 말했다.

나는 움찔했지만 다시 강하게 반박했다.

"그건 내가 말하니까 오만하게 들리는 거겠지. 난 일반론을 묻고 싶은 거야. 예를 들어 어떤 사람이 혼자서 성경을 읽고 그걸 진리라고 생각해 회개하고, 예수를 믿음으로써 새로운 삶을 살기로 결심했어. 그 사람은 신앙을 함께할 친구도 없어서 늘 혼자서 믿었어. 그렇다면 그 사람은 기독교인이 아닐까?"

"잘은 모르겠지만, 기존의 기독교라면 세례를 받지 않았기 때문에 기독교인으로 인정할 수는 없어요. 하지만 우리는 그래도 좋다고 생각해요. 무교회주의라고 해서 세례가 꼭 하찮다거나 무의미하다고 하지는 않지만, 세례를 받지 않아도 믿음만 있다면 충분하다고 생각하니까요. 훌륭한 기독교인이라고 생각해요. 다만……."

"다만 뭐?"

지에코는 살짝 눈썹을 찡그리며 고개를 숙인 채 자신의 손을 보았다. 그리고 잠시 후 고개를 들었다. 맑고 깨끗한 눈동자였다.

"다만, 신앙이라는 건 즐거움이라고 생각해요. 복음을 듣는다는 건 동시에 그 복음을 타인에게 전하고 싶은 즐거움을 동반하는 거겠죠. 신앙의 즐거움은 그것이 마음속에 충만해지면 그걸 어떻게든 다른 사람들에게 전하고 싶어 못 견딜 것 같은, 나만 받는 게 아쉬운, 그런 종류의 즐거움일 거예요. 그래서 지금까지의 교회 같은, 그런 형식적이고 전통적인 고정된 교회와는 다른 의미로, 같은 믿음을 가진 사람끼리 진정으로 영적인 사랑을 나누는 건 지극히 자연스럽다고 생각해요. 그런 혼자만의 고립된 신앙은 생각할 수 없을 것 같아요."

"그럴까?" 하고 나는 물었다. "성경에 마음이 가난한 자는 행복하다고 했어. 마음이 가난한 자가 어떤 인간인지 잘은 모르겠지만, 예수는 사랑하는 자, 무거운 짐을 진 자, 작은 자를 늘 그렇게 불렀어. 그러니까 그런 진짜 겸허한 인간이 경건하게 성경을 읽고 하나님을 믿고, 그 믿음을 오로지 자신의 마음속에서만 가만히 지켜가는, 그런 경우도 있을 수 있지 않을까? 마음이 가난하기 때문에, 그 신앙이 즐거움이 되어 겉으로 드러나지 않고, 죽을 때까지 마음속에 감춰져 있는 것처럼. 그런 고독한 신앙은 죄일까?"

"잘 모르겠어요." 하고 지에코가 말했다.

"예를 들어 내가 옛날에 이해할 수 없었던 것 중에 '달란트의 비유'라는 게 있어. 잠깐 성경책 좀 빌려줄래?"

지에코가 사와다 선생의 모임에서 돌아와, 책상 위에 그대로 놓아둔 가방 안에서 작은 성경을 꺼내 건네주었다. 나는 그 페이지를 넘겼다.

"마태복음이야. 여기 있네. 길을 떠나는 사람이 세 명의 하인을 불러 그 능력에 따라 5달란트, 2달란트, 1달란트의 돈을 맡겼어. 주인이 없는 동안, 5달란트를 맡은 하인은 그걸 밑천 삼아 또 5달란트를 벌고, 2달란트를 맡은 하인도 2달란트를 벌어서 주인한테 선하고 충직한 하인이라는 칭찬을 받았지. 그런데 1달란트를 맡은 하인은 이렇게 말했어. '주인님, 저는 주인님이 엄하신 분으로, 심지 않은 데서 수확하고 뿌리지 않은 데서 거둔다는 것을 알고 있었기에, 두려운 나머지 주인님의 달란트를 땅에 감춰두었습니다, 보십시오, 주인님의 돈은 여기 있습니다' 라고. 그 말에 주인은 이렇게 대답해. '악하고 게으른 하인아, 내가 심지 않은 데서 수확하고 뿌리지 않은 데서 거둔다는 것을 알고 있었는가, 그렇다면 네가 내 돈을 은행에 맡겼다면 나는 돌아와서 그 돈을 이자와 함께 받았을 것이다, 그의 1달란트를 빼앗아 10달란트를 가진 자에게 주어라, 모든 가진 자는 받아서 더 풍요로워지고, 가지지 못한 자는 가진 것마저도 빼앗길 것이다, 그리고 이 무익한 하인을 바깥의 어둠 속으로 쫓아내라, 그곳엔 이를 가는 슬픔이 있을 것이다' 라고."

"그 비유는 천국을 말하는 거죠?" 하고 지에코가 물었다.

"그런 것 같아. 천국에 가려면 늘 깨어 있어야 한다는 말이 그 앞에 나와. 그리고 5달란트를 불려서 또 5달란트를 벌어야 한다는 것. 복음을 들으면 그걸 다른 사람에게 전해야 할 의무가 있다, 다시 말해 새로운 신자를 늘려야 할 의무가 있다는 뜻으로 난 이해했어. 이건 지나친 생각일까?"

"글쎄요……."

"그런데 이 주인은 애초에 하인들의 능력에 따라 돈을 맡긴 거니까 1달란트를 준 하인이 가장 능력이 없었다는 건 처음부터 알고 있었어. 이 하인은 소심하고 겁이 많은 녀석이라 맡은 돈을 잃으면 큰일이니까 땅속에 묻어 소중하게 지킨 거야. 절대 그 돈을 헛되이 쓰지도 않았고, 갖고 도망치지도 않았어. 그런데도 주인이 바깥의 어둠 속으로 그를 쫓아낼 만큼 그게 죄가 되는 걸까."

"모르겠어요."

"분명 하나님은 엄한 주인이야. 지나치게 엄한 주인이지. 하지만 종교란 그런 건지도 모르지. 조금이라도 본전을 지키고, 한 사람이라도 신자를 늘리는 것. 그러지 않으면 쓰러질 테니까. 그 점에서는 이해타산적일 수밖에 없는 것도 무리는 아니겠지. 하지만 난 이해할 수가 없었어. 5달란트를 맡은 하인은 운 좋게 돈을 벌었으니 괜찮았지만, 만약 본전을 잃었다면 당연히 쫓겨났겠지. 말하자면 처음부터 돈을 벌어야 할 의무를 지고 있었던 거야."

"하지만 믿는다는 건 믿음에 책임을 지는 거잖아요?"

"그렇겠지. 하지만 난 그 1달란트를 땅에 묻은 하인을 쫓아낸 주인의 마음을 이해할 수가 없어. 머리도 나쁘고 재치도 없고, 그저 주인의 말을 중히 여기고 어리석은 행동을 했어. 그게 쫓겨날 짓이라면 그 종교는 너무 엄해. 너무 비인간적이야. 아니면 너무 이해타산적이라고 할 수도 있지 않을까?"

"어렵네요." 하며 지에코는 한숨을 내쉬었다. "좀 더 찬찬히 생각해볼게요. 근데 시오미 오빠, 그거 혹시 오빠 얘기예요?"

나는 담배를 버리고 차를 한 모금 마시면서, 왜 이런 얘기를 시작했을까, 하고 생각했다. 하지만 대답하지 않을 수 없었다.

"난 고독한 나만의 신앙을 가지고 있었어." 하고 나는 천천히 말했다. "하지만 사람들은 그건 신앙이 아니라고 했어. 고독과 신앙은 양립할 수 없다는 거야. 내가 생각했던 기독교, 그거야말로 무교회주의의 사고방식보다 더 무교회적인 사고방식이야. 그건 종교가 아니라 일종의 윤리관이었겠지. 나는 예수의 삶에도 그 교의에도 동감했어. 하지만 아무리 견딜 수 없이 고독해도, 이 고독을 버리면서까지 하나님에게 매달리는 건 난 할 수가 없었어. 내가 좌절했던 건 달란트의 비유뿐만이 아니야. 인간은 나약하니까 종종 좌절하지. 하지만 내 좌절은 내 책임이길 바랐어. 난 하나님보다는 나 자신의 고독을 택한 거야. 바깥의 어둠 속에 있는 편이 오히려 인간적이라고 생각했어."

"하지만 고독하기 때문에 더더욱 하나님을 바라는 거 아닌가요?"

"보통은 그렇겠지. 고독이란 어떤 약한 것, 인간의 무력함, 인간의 비참함을 나타내는 거겠지. 하지만 난 그걸 강한 것, 나 자신을 지키는 마지막 보루라고 생각했어. 오만한 것일 테지, 아마도. 하지만 난 인간의 무력함은 인간의 책임이고, 하나님에게 머리를 숙이면서까지 내 자유를 팔아넘기고 싶지는 않았어. 네 오빠가 죽었을 때, 난 하나님도 부처님도 정말로 있는 걸까 생각했어. 난 그런 무자비한 신에게 조금이나마 미련을 가졌던 나 자신이 한심했어. 그때의 기분은 잊을 수가 없어."

나는 고개를 숙인 채, 그렇게만 말하고 묵묵히 담배에 불을 붙였다. 지에코도 어머니도 가만히 입을 다물고 있었다.

"난 하나님을 죽임으로써 고독을 강하게 했다고 생각해. 물론 지금도 난 예수의 윤리를 믿어. 그리고 갈릴리의 쓸쓸한 호수와 들판을 걸었던 예수의 기분, 내 마음이 괴로워 죽을 것 같다고 겟

세마네에서 기도했던 예수의 슬픔 같은 건 마음속 깊이 느끼고 있어. 하지만 그런 건 내 문학적인 감상일 뿐이야. 너네들의 신앙과는 전혀 다른 걸 거야."

"시오미 오빠, 난 아직 오빠에게 신앙의 불꽃이 꺼지지 않았다고 생각해요." 하고 지에코가 부드럽게 말했다.

"시시한 얘기를 했네." 하고 내가 말했다.

"내가 생각한 게 있는데, 오빠 화 안 낼 거죠?"

"뭔데?" 나는 담배 연기를 천장으로 내뿜으며 한 손을 등 뒤의 다다미 바닥에 짚고서 물었다.

"그러니까 시오미 오빠는 혼자서 신앙을 가지고 있었어요. 그런데 그걸 아무에게도 말하지 않고 그 즐거움을 누구와도 함께하지 않았기 때문에 그 신앙이 무너진 게 아닐까요? 말하자면 조금 전의 고독한 신앙으로는 안 되는 게 아닐까요?"

"그럼 나 자신을 형식에 속박하고 세례를 받고 꼬박꼬박 교회에 나갔다면 내 신앙을 잃지 않았을 거라는 말이야? 진짜 신앙이란 건 교회에 가든 안 가든, 같은 신자에게서 자극을 받든 안 받든, 그런 것과는 아무 관계도 없어. 그러니까 내가 신앙을 잃은 것은 너네들의 말로 한다면, 성령이 날 버렸다거나 악마가 날 유혹했다거나 그런 거겠지. 하지만 나한테 발해보라고 한다면, 나는 나 스스로 하나님을 버린 거야, 나 자신을 강하게 하고 싶은 의지가 나에게 그걸 선택하게 한 거야. 결코 내가 진 게 아냐."

"가여운 사람." 하고 지에코가 입속에서 중얼거렸다.

"가여울 것 하나도 없어." 하고 내가 말했다.

"그래서 외롭지 않아요?"

"그야 외롭지. 하지만 그래도 괜찮아."

나는 일어서서 창가로 가, 열린 창에서 아래를 내려다보았다. 초록의 나무들이 길 양옆으로 서 있는 완만한 언덕 기슭에는 철도 선로가 몇 개나 가로놓여 달리고 있다. 그 너머에는 지저분한 지붕들이 줄지어 있고, 공장의 굴뚝이 연기를 내뿜고, 바다는 잿빛으로 흐릿하게 보인다. 내 마음도 그 풍경처럼 더러워져 있었다.

나를 향해 급격히 솟구친 이 미움은 어디서 유래된 것일까 —— 이 이상한 슬픔, 이 어찌할 수 없는 고독의 비참함은. 내가 사랑하는 지에코가 나와는 전혀 다른 세계관을 가진 이상, 우리는 서로 사랑할 수 없다. 내가 아무리 사랑한다 해도, 지에코는 나를 사랑할 수 없다. 고독은 오만한 나 자신을 강하게 하기 위한 것이라고 딱 잘라 말한 나. 그런 내가 바란 것은 내게로 다가오는 지에코의 작은 사랑이 아닐까. 사랑은 그저 사랑하는 것만으로 충분해야 하는데.

"시오미 오빠," 하고 등 뒤에서 지에코가 불렀다. "나하고 한번 사와다 선생님한테 가지 않을래요?"

"왜?" 나는 뒤돌아보며 물었다. 그대로 발코니에 걸터앉았다.

"오빠 같은 사람, 정말로 훌륭한 기독교인이 될 수 있다고 생각해요. 나 같은 사람보다 훨씬 더 진실한 믿음을 얻을 수 있다고 생각해요. 사와다 선생님도 말씀하셨어요, 가장 가망이 없는 건 무관심한 인간이라고. 무신론자나 몇 번을 좌절하고 괴로워한 사람이 진실한 기독교인이 될 수 있다고 했어요. 그러니까……."

"그래봤자 의미 없어." 하고 지에코의 상기된 얼굴을 바라보면서 나는 중얼거렸다. "정말로 바라는 게 마음속에 없는데도 남이 가자는 대로 쫄래쫄래 따라간들 아무것도 안 돼. 그보다는 어머니라도 모시고 가는 게 나아."

"아이구, 나 말이니?" 하고 어머니가 말했다. "뭔가 어려운 이야기 같아서 난 아무것도 안 듣고 있었어."

어머니는 생글생글 웃으며, 읽고 있던 잡지에서 고개를 들었다. 지에코도 따라서 미소를 지었다.

"엄마는 늘 싫다고만 한다니까."

"내 나이 돼봐, 그냥 엉덩이가 무거워져."

"거짓말! 연극이라면 바로 갈 거면서."

두 모녀가 즐거운 듯 웃었다. 하지만 내 마음은 개운하지 않았다. 하늘에 비행기가 작게 날아다니고, 그 굉음이 내 마음속의 고독과 함께 울리며 흔들리고 있다. 내 마음은 끊임없이 쫓기고 있다. 난 이렇게는 있을 수 없다, 내 시간은 조각조각 나 있다, 내 평안은 어디에도 없다…….

"이제 그만 갈게." 하고 말했다.

놀란 듯, 탓하는 듯한 지에코의 눈길. 입가에는 아직 웃음이 남아 있지만, 눈은 울음을 터뜨릴 것처럼 아이 같은 표정을 띠고 있다. 어머니도 덩달아 말렸다.

"오늘은 가서 할 일이 좀 있어서요."

"싫어, 야시로 오빠랑 똑같아."

"정말이네." 하고 나도 조금 웃었다.

일어서는데 문득 생각이 났다.

"아참, 어디에 뒀더라? 어머니, 제가 종이 꾸러미 하나 어디 놓아뒀는데요."

"응, 여기 있다."

어머니가 옆방에서 종이 꾸러미를 가져오자, 그거 지에코한테 주세요, 하고 말하고는 현관으로 나갔다. 고개를 숙이고 신발을 신었다.

"이게 뭐예요?" 하고 지에코가 물었다.

"나중에 풀어보면 알아."

"싫어요. 지금 풀어봐도 돼요?"

"괜찮지."

꾸러미를 곧바로 풀더니, 어머! 하고 소리를 질렀다. 커다란 악보책 세 권이었다. 지에코는 하나하나 그 제목을 보았다.

"피아노 협주곡 1번, 이거 얼마 전의 그 곡이네. 이건 왈츠, 이건 발라드. 어떻게 된 거예요, 이거?"

"너한테 주는 거야."

"정말요? 우와! 너무 좋아!"

마치 어린아이처럼 마룻바닥에서 발을 동동 구르며 또랑또랑한 목소리로 소리쳤다. "너무 좋아, 엄마! 시오미 오빠가 이걸 줬어요."

어머니도 덩달아 기뻐하며 생글생글 웃었다. 나는 현관문에 손을 댄 채 말했다.

"지에코가 쇼팽이 너무 좋다고 해서 그것만 찾아다녔어요. 외국 악보는 이제 잘 구할 수가 없네요."

"너무 기뻐요!" 하고 지에코는 통통 튀는 목소리로 페이지를 넘기며 보았다. 악보는 내 눈에 수상한 암호처럼 비쳤다.

"그럼 안녕히 계세요."

나는 밖으로 나갔다. 등 뒤에서, 잠깐만요, 하고 부르는 지에코의 목소리를 들으며 나는 급히 계단을 내려갔다. 잠시 길을 걸으며, 뒤따라오는 건 아닐까 하고 언덕 위에서 잠시 머뭇거렸지만, 마음을 잡고 성큼성큼 언덕을 내려가기 시작했다. 급하게 걸으니 땀이 날 정도로 따뜻한 날씨였지만, 나는 쫓기는 사람처럼 똑바로 앞을 보며 발걸음을 서둘렀다. 길을 걸어도 전철을 타도 내 양옆에서 사라져가는 시야처럼, 내 마음속에서 뭔가가 서서히 사라져가는 듯한 느낌을 멈출 수가 없었다.

*

나는 내 소설을 쓰기 시작했다.

나는 고독했다. 매일 직장에서는 사무 외에는 남들과 거의 말을 하지 않고, 일이 끝나면 곧장 하숙집으로 돌아와 방 안에 틀어박혔다. 그리고 전등불 아래서, 글을 쓰는 목적이 끊임없이 내게 고독감을 강요한다는 것을 의식하면서 소설을 써 나갔다.

내가 쓰고 있던 것은 이상한 소설이었다. 지금은 자세히 기억나지 않는다. 시간은 현재도 과거도 아닌 일종의 투명한 시간이었다. 장소는 여기도 아니고 저기도 아닌 꿈속의 기억 같은 장소였다. 등장인물은 이름 없는 청년과 이름 없는 소녀로, 이 두 사람이 함께 여행을 떠나기도 하고, 멀리 떨어져 마음속으로 서로를 그리워하기도 했다. 글 전체는 줄거리도 맥락도 없이, 꿈처럼 앞뒤가 뒤섞이고, 소나타 형식처럼 첫 번째 주제(고독)와 두 번째 주제(사랑)가 반복되어 전개되면서 끝이 났다. 아니, 끝이 난 게 아니라 무한히 반복하며 현을 울렸다. 나는 그 안에서 일종의 다른 삶을 살았다.

나는 더 이상 지에코를 만나러 가지 않았다. 고독함 속에는 죄의식이 있었다. 나는 어릴 적부터 이상하게 양심의 가책에 민감하게 시달리곤 했다. 내 모든 행위에는 죄의 냄새가 들러붙어 있는 것 같았다. 사랑하는 것도, —— 나는 후지키 시노부를 사랑했을 때도 이 기분 나쁜 관념에 늘 마음속 깊은 곳에서 괴로워했다. 그리고 지에코를 사랑하는 마음에, 지에코를 여자로 생각하는 의식이 가끔 구름처럼 스치면, 나는 참을 수 없을 만큼 나 자신이 타락한 사람처럼 느껴지곤 했다. (하지만 예술에서만큼은 달랐다. 이 이상한 모순을 어떻게 설명해야 좋을지 모르겠다. 그 어떤 죄악으로 가득한 소설도, 예를 들어 위스망스의 《거꾸로》나 《저 아래》 같은 소설도 나는 기꺼이 감탄했다. 신 따위는 전혀 믿지 않았던 흉악한 악당 피에트로 페루지노의 종교화를 나는 더없이 사랑했다. 하지만 나는 나 자신이 분열된 인간으로 느껴지지는 않았다.)

나는 궁지에 몰린 짐승처럼 나 자신의 상처를 핥으며 오로지 달렸다. 하지만 쫓기는 내게 죄가 있는 걸까? 나를 쫓는, 눈에는 보이지 않는 악, 덮개처럼 씌워지는 이 현실의 악이 비할 수도 없이 더 큰 게 아닐까, 하고 나는 생각했다. 내가 나의 고독을 단련하고, 지에코를 만나고 싶은 달콤한 유혹과 싸우면서까지 나 자신의 고독을 시험하려고 한 것은, 상처를 달래며 소설을 쓰기 위한 것이 결코 아니었다. 그렇지만 오직 소설을 쓰는 것 외에는 달리 어찌할 방법이 없었다. 지에코를 사랑하는 것 외에는 마음의 즐거운 자유조차 없었다.

나는 전쟁이 두려웠다. 나는 이 전쟁을 절대악이라고 단언할 만큼 이론적으로 내용을 아는 것도 아니었다. 그건 오히려 다분히 개인적인 감정이었다. 다만 이 감정은 너무나 강해, 내 타고난 겁 많은 성격과 더불어 거의 생리적인 공포가 되어갔다. 나는 어떤 전쟁이든, 그것이 전쟁이라고 이름 붙여진 한, 본능적인 혐오를 느꼈다. 나는 좌익운동이 힘을 잃어가던 시절에 성장해, 마르크스주의를 충분히 연구할 만큼의 환경을 얻지 못했다. 하지만 만약 그들이 끝내 그 피비린내 나는 혁명을 계획하지 않았더라면, 나는 분명 좀 더 확실한 의지를 보일 수도 있었을 것이다. 말하자면, 나는 무엇에나 다 반항했다. 기독교에도 마르크스주의에도, 가정에도 학교에도, —— 하지만 그것들은 결국 미온적인 반항, 나 자신이 손해 보지 않을 정도의 반항에 지나지 않았다. 나는 나 자신을 딜레탕트로도, 학자로도, 또한 예술가로도 만들지 못했다. 나는 어디에도 정착하지 못하고 어찌할 줄을 모르는, 겁쟁이에다 고독한 청년이었다. 하지만 중학생 시절부터 내가 무엇보다 확실히 반항한 것은 군국주의적 풍조였을 것이다. 나는 어떻게 해서든 군사교련에 출석하지 않았고, 대학을 졸업할 때까지 총을 분해하는 것조차 모르고 지냈다. 그런 소극적인 반항이 어떤 도움도 되지 않는다는 것은 잘 알고 있었지만. 징병 검사 때, 나는 석 달간 우동과 물 외에는 아무것도 먹지 않고 체중을 줄일 수 있을 만큼 줄여 거의 뼈와 살가죽만 남아 검사를 받았지만, 결과는 예상과 달리 제2을종밖에 받지 못했다. 나는 검사 당일 아침에 간장 한 됫병을 마시고 문제없이 병종을 받은 친구가 영웅처럼 느껴졌다. 하지만 실제로 보충병으로 징집될 위험은 우리 모두에게 시시각각 다가오고 있었다. 어떤 이는 민감하게, 또 어떤 이는 둔감하게, 그리고 나는 가장 민감하게 그것을 느꼈던 한 사람이었다.

전쟁에 대한 가장 큰 공포는 생리적인 죽음의 공포, 자아의 소멸에 관한 원시적인 본능이겠지만, 두 번째로 내 경우는, 사람을 죽이는 것에 대한 공포도 그것과 똑같은 정도로 섞여 있었다. 애초에 나는 스스로 사람을 죽일 마음이 없다. 하지만 상관의 명령으로 불가피한 상황에 몰려, 또는 내가 죽느냐 적이 죽느냐 하는 상황에 처해, 과연 정당방위라는 이름으로 상대를 죽일 수 있을까. 내가 죽는 건 싫었지만, 사람을 죽인다는 이 무시무시한 말은 나의 양심을 극도로 격앙시키기에 충분했다. 게다가 적, —— 적이란 게 뭘까, 내가 스스로 선택하지도 않은 적, 어째서 하찮은 이데올로기의 차이 때문에 사람이 사람을 죽이지 않으면 안 되는 걸까. 내가 지향한 학문이 비교언어학적, 비교문학적인 방향으로 향했기에, 내 교양이 그리스어의 코스모폴리테스의 관념 아래 자란 것은 당연한 것일 테다. 그러나 내가 세계시민으로서 느끼는 것은 일본인으로 느껴야 하는 것과는 하나하나가 다 모순되었다. 전쟁이 시작되고, 언제 징병될지 모르는 위험이 무거운 공기처럼 깔리면서, 내 정신은 억누를 수 없을 만큼 이 하나에 집중되었다, —— 어떻게 하면 무기를 드는 것에 나 자신을 납득시킬 것인가. 그리고 내 자아는 끊임없이 의식 속에서 이런 문답을 되풀이했다 —— 죽일 것인가, 죽을 것인가.

게다가 나는 매일 밤 소설을 쓰고 있었던 것이다, 꿈같은 소설,

현실과는 아무 관계도 없는 소설을. 아무 관계도 없지만, —— 하지만 나의 주인공이 몽환적인 분위기 속에서 순수한 고뇌에 빠져 있는 한, 이런 나의 행위는 도피라고는 할 수 없을 것이다, 적어도 그것은 나 자신으로 성실히 살았던 하루하루 안에 포함될 수 있을 것이다. (지금 내가 이 수기를 쓰는 것에 의해 살아 있는 것처럼.)

하지만 현실의 직접적인 무게가 내 어깨를 무겁게 짓누르기 시작하자, 내 의지가 사라진 채 허수아비처럼 전장에 서 있는 나 자신의 모습이 환영이 되어 나를 괴롭혔다. 나는 펜을 내려놓고 쓰고 있던 글자를 꼼짝도 하지 않고 바라보다가, 갑자기 마음을 먹고는 나막신을 신고 밖으로 나갔다. 소설이 무슨 소용이 있을까, 이걸 읽을 사람도 없다. 이해해줄 사람도 없다. 정신을 집중하고 종이에 글자를 채운다 한들, 그 결과가 군대에 가는 내게 무슨 의지가 되겠는가. —— 나 외에 손님이라고는 하나 없는 어두침침한 작은 찻집의 테이블에 기대앉아 맥주 한 병을 앞에 두고 나는 덧없는 질문을 되풀이했다.

졸린 듯한 얼굴의 여종업원이 내 앞에 앉았다.

"한 병 더 줄까요? 특별히."

"음, 좋지."

나는 아무 맛이 나지 않는 맥주를 마시며, 땅콩을 집는 여자의 손놀림을 바라보고 있었다.

“혹시 시 같은 거라도 써요?” 하고 불쑥 말했다.

“왜? 이상한 걸 묻네.”

“그런 느낌이 들었어요. 맞아요?”

“뭐, 그럭저럭.”

“좋네요. 얼마 전에 ○○가 쓴 시를 읽었어요. 멋졌어요. ‘남진(南進)의 노래’라는 시예요.”

나는 웃었다. 일본의 대표 시인의 작품이라는 게 그런 것이다. 뮤즈가 들었다면 눈물을 흘리겠지.

“당신이 쓴 시, 보여줄래요? 오늘 밤에.”

졸린 듯한 우둔한 얼굴, 땅콩껍질을 까는 기계적인 손놀림, 그리고 그 앞에서 맛없다는 듯 혼자서 맥주를 마시고 있는 나.

“지금 몇 시쯤이지?” 하고 물었다.

“아직 7시쯤일 거예요. 요즘은 가게를 9시까지 여니까 아직은 괜찮아요.”

하지만 나는 말없이 일어서서 계산을 끝내고 가게를 나왔다.

하숙집에 돌아오니, 살집 있는 여주인이 입구에서, 시오미 씨, 손님이 와 계세요, 하고 말했다. 내가 물어볼 겨를도 없이, 여자 손님이에요, 젊은 분, 하고 애교 섞인 미소를 보이며 덧붙였다. 이상하네, 누구지? 하고 중얼거리며 나는 급한 걸음으로 복도를 걸어 방으로 갔다. 내 책상 앞에 앉아 있는 지에코의 뒷모습이 스탠드 불빛을 역광으로 받으며 눈에 들어왔다.

"뭐야, 지에코구나. 왠일이야?"

"시오미 오빠, 어디 갔었어요? 기다리다가 무서워서 돌아갈까 생각하던 참이에요."

"산책 갔어." 하며 나는 그 옆으로 가서 섰다. "의자가 더 없는데 방바닥에 앉을까?"

지에코는 강아지처럼 내게 얼굴을 갖다 대며 냄새를 맡았다.

"아유, 또 술 마셨네."

"조금, 아주 조금 마셨어." 나는 내 쪽을 보며 양다리를 달랑달랑 흔들고 있는 지에코의 어깨에 손을 얹었다. 그리고 얼굴을 조금 가까이 가져갔다.

"괜찮아?"

"싫어요," 하고 큰 소리로 말하며 "술 마시는 사람, 정말 싫어요." 하고 나무랐다.

"내가 밉구나." 하고 웃으며 나는 그녀의 발치에 책상다리를 하고 앉았다.

"오빠, 그동안 왜 안 왔어요?"

"바빴어."

"그래요? 참, 얼마 전엔 고마웠어요."

"뭘?"

"쇼팽 말이에요. 건망증도 심해. 왈츠, 참 좋아요. 그런 걸 척척 칠 수 있으면 얼마나 좋을까요?"

“오늘 밤엔 무슨 일이야? 이렇게 늦게. 근데 지에코, 내 방에 온 거 처음 아냐?”

“네, 처음이에요. 엄마가 알면 화내겠죠?”

그러고는 어깨를 으쓱하더니 엉큼한 미소를 지었다. 양다리를 바동바동 흔들고 있었다.

“오늘은요,” 하며 말하기 시작했다. “대학에서 사와다 선생님의 공개 강연이 있었어요. 학교 친구와 같이 갔다 왔는데, 8시까지는 오차노미즈 역에 돌아가야 해요.”

“그래? 아직 이르네.”

“아직 30분쯤 있어요.” 하고 손목시계를 보며 말했다.

“차라도 가져올까?”

“괜찮아요. 신경 쓰지 마세요. 그보다 왜 그동안 집에 안 왔어요? 그때 내가 사와다 선생님한테 같이 가자고 해서요?”

“아냐, 바빴다고 했잖아.”

“뭐가요? 일이?”

“소설을 쓰고 있어.”

“음, 책상 위에 원고지가 놓여 있어서 그럴 거라고 생각했어요. 다 썼어요?”

“아직. 생각만큼 잘 안돼. 이것저것 생각할 것도 있고.”

“어떤 생각요?”

지에코가 진지한 얼굴로 위에서 들여다보듯이 내 쪽으로 고개를 기울였다. 전등 불빛이 그 옆얼굴을 환히 비추고, 단발머리의 귀밑 머리카락이 한 올 한 올 반짝였다.

"글쎄, 어떻게 말하면 좋을까?" 나는 난처한 듯 고개를 숙인 채 눈앞에 날씬하게 뻗은 지에코의 두 다리를 보았다. 양말을 신은 가느다란 곡선이 조금씩 흔들리고 있다.

"말하자면 전쟁이지. 난 머지않아 징병될 거야. 그 불쾌하고 짓눌리는 듯한 기분, 넌 모르겠지."

"알아요." 하고 정색하며 대답했다. "우리도 졸업하면 징용될지 몰라요. 또 만약 결혼한다면 남편이 돌아오기를 혼자서 기다려야겠죠." 하고 끝부분은 아주 빠른 속도로 말했다.

"하지만 실제로 끌려가는 입장이 되어보면 더 심각해. 도대체 뭘 위해서 가야 하는 거지? 그야 멸사봉공이니 성전이니 하는 말을 굳게 믿고 기꺼이 만세를 부르며 갈 수 있는 인간이라면 좋겠지. 하지만 난 그런 건 하나도 믿지 않아. 미국의 횡포로 일본이 궁지에 몰린 채 군수 물자가 끊길지도 모르니 어쩔 수 없다는 의견도 있을 수 있겠지. 하지만 일본 역시 만주국이나 중국에게 제국주의인 건 분명해. 게다가 이탈리아나 독일 같은 야만스러운 국가와 손을 잡고 이런 무모한 전쟁을 일으켜야 하는 이유가 어디에 있는 거지? 어쩌면 일본은 승리할지도 모르지. 지금은 경기도 좋으니까. 하지만 몇십만, 몇백만 명의 사람을 죽이고 뭘 얼마나 얻을 수 있을까? 그런 허무한 영광이 무슨 의미가 있을까?"

지에코는 가만히 말이 없었다. 나는 달랑달랑 움직이고 있는 그녀의 두 다리를 껴안았다.

"전쟁이라는 건 인간의 생명을 완전히 먼지처럼 무시하며 성립하는 거야. 나라고 하는 인간이 가진 아주 작은 재능도 애정도 괴로움도 기쁨도, 그 모든 게 한순간에 날아가버리는 거야. 네 오빠가 죽었을 때, 그건 병 때문이었지만 그래도 난 용서할 수가 없었어. 그건 신이, —— 만약 신이 있다면 신이 한 짓이야. 하지만 전쟁은 인간이 하는 짓이야. 미국이 적도 아니고 일본이 아군도 아냐. 그저 미국의 전쟁광, 일본의 전쟁광들이 피에 굶주려서 서로를 죽이고 있는 거야. 결국 죽는 건 우리야. 후지키 같이 재능 있는 녀석들이 몇만 명이나 일개 병사로 죽어가는 거야. 뭘 위해서, 대체 뭘 위해서 우리가 죽으러 가야 하는 거지?"

지에코는 답이 없었다. 희미하게 중얼거렸다.

"꼭 죽는 건 아니에요, 오빠." 그리고 더 희미한 목소리로 "죽으면 안 돼요." 하고 말했다.

나는 따스한 두 다리를 꼭 껴안았다. 마음이 격해져, 솟구치는 말을 멈출 수가 없었다.

"내가 두려운 건 내가 죽는 것만이 아냐." 하고 나는 말하기 시작했다. "죽는 건 누구나 두려워, 그건 당연해. 하지만 전쟁터에서는 내가 죽는 것만이 아니라 상대방을 죽여야 하는 두려움도 큰 거야. 물론 근대의 전쟁은 백병전을 벌이며 적을 직접 눈앞에서 보면서 찌르거나 찔리는 일은 많지 않겠지. 하지만 내가 쏜 소총 한 발이 나 같은 젊은이를 직접 죽일지도 몰라. 그건 아무도 몰라. 그렇다면 난 살인의 공포 때문에 그 총을 허공에 대고 쏘는 게 아니라면 도저히 제대로 쏠 수 없어. 그건 겁쟁이일까? 아니면 그저 감상주의자인 걸까? 친구들한테 이런 내 기분을 털어놨지만 늘 웃음거리만 됐어. 그런 건 금방 익숙해질 거라는 거야. 인간은 환경의 동물이니까 미리부터 그런 걱정을 하는 건 손해라고 해. 그런 걸까? 만약 정말로 그게 익숙해진다면, 그보다 무서운 게 또 있을까? 그렇게 된다면 정신의 자유 따위는 조금도 남지 않아. 전쟁이란 건 인간이 인간을 학살하는 것에 익숙해지기 위해서만 존재하는 게 아닌가? 그렇다면 그런 어리석은 전쟁을 왜, 우리를 희생하면서 해야 하는 거지?"

지에코는 뭔가 말을 하려다 멈췄다. 나는 그녀의 다리를 더 꼭 껴안은 채, 말을 계속했다.

"난 더 이상 신을 믿지 않아. 하지만 인간을 죽이는 게 악이라는 것쯤은 충분히 알아. 나 자신의 영혼이 구원받을지 어떨지, 그런 건 아무 문제도 아냐. Post mortem, nihil est*야. 하지만 그렇다면 전쟁에서 적을 죽인 기독교인은 죽어서 천국에 갈 수 있을까? 더 위대한 필연 앞에서는 그런 건 문제가 안 되는 걸까? 난 그걸 기독

---

* 죽음 후에는 아무것도 없다라는 의미의 라틴어.

교인에게 묻고 싶은 거야."

"난 모르겠어요." 하고 지에코는 입속으로 중얼거렸다.

"그럼 넌 명령을 받으면 적을 죽일 수 있어?"

"그렇겐 못 해요." 하고 조금 강한 목소리로 답했다.

"하지만 우리 같은 처지가 되면 어쩔 수 없이 그렇게 내몰리는 거야. 총을 허공에 대고 쏜다는 건, 이번엔 내가 죽을 차례라는 거야. 그러니까 끝까지 몰리게 된다면 나도 내 마음을 보증할 수 없어. 절대로 죽이지 않겠다고 단언할 수 없어. 그게 싫은 거야. 그걸 생각하면 난 눈앞이 깜깜해지는 것 같은 기분이 들어."

지에코의 두 다리를 가슴에 껴안은 채, 나는 괴로운 숨을 내쉬고 있었다. 지에코의 손이 내 머리를 살며시 쓰다듬고 있었다.

"전쟁이 시작되고 내가 지금까지보다 더 기독교가 싫어진 것은 그들이 아무렇지도 않게 전쟁을 받아들였기 때문이야. 왜 반대하지 않는 걸까. 왜 이 전쟁을 막으려고 하지 않는 걸까. 아무것도 모르는 사이에 덜컥 진주만 공격이 시작됐다고, 우리는 막을 수도 어쩔 수도 없었다고 말하겠지. 미국의 기독교인은 신과 민주주의를 위해 승리를 기도하고, 영국의 기독교인은 신과 왕을 위해 승리를 기도하고, 일본의 기독교인은 신과 천황을 위해 승리를 기도한다지만, 그 신은 대체 어떤 신인 걸까? 적어도 일본의 경우, 일본이 중국에서 얼마나 잔혹한 짓을 했는지, 그건 확실해. 그런데도 기독교인은 전쟁을 멈추기 위해 무엇 하나 하지 않았어. 이번 전쟁도 이미 시작됐으니까 어쩔 수가 없다는 식이야. 그런데도 기독교인의 영혼은 구원을 받을 수 있을까?"

"우리도 다들 괴로워하고 있어요." 하고 지에코가 말했다.

창밖에서 출정을 축하하는 군가 소리가 슬픈 여운을 띠며 들려오기 시작했다. 나는 고개를 들었다. 지에코의 얼굴이 바로 위에서 나를 내려다보고 있었다.

"또 시작이네." 하고 나는 말했다. "요즘은 왜 그런지 밤마다 영장을 받은 사람들이 밖으로 나와. 난 저 노래를 듣고 있으면 가만히 있을 수가 없어. 저들은 다들 아무것도 몰라, 아무것도 모르는 사람들이야. 다들 자신의 속마음을 속이고 무척이나 기쁘다는 표정으로 대일본제국 만세, 천황폐하 만세 하며 나가는 거야. 정말 어리석어, 정말로 어리석다고."

지에코는 여전히 고개를 숙인 채 내 목을 껴안으며 가만히 내 머리를 쓰다듬고 있었다. 그 손은 희미하게 떨고 있었다. 멀리서 만세, 만세 하고 외치는 사람들의 웅성거림이 들려오자, 그 손은 더한층 와들와들 떨었다. 나는 그 무릎에 얼굴을 묻었다.

이렇게 있으면 행복했다. 이렇게, 두 손으로 지에코의 다리를 껴안고 그 무릎에 뺨을 묻고는 조용히 머리카락을 쓰다듬는 손길에 나를 맡기고 있으면, 지금까지의 격앙이 흔적도 없이 사라지고, 깨끗이 씻어낸 맑은 행복만이 남았다. 이렇게 살아 있는 것도 인생이고, 비참하게 삶과 죽음의 경계에 육체와 정신의 자유를 거는 것도 인생이겠지. 그렇다면 왜 지금 이 한순간은, 서로를 사랑하는 의식이 고조된 이 한순간은 영원히 계속될 수 없는 걸까. 이것이 진실이고 그것이 허망일까. 그것이 진실이고 이것이 허망일까. 이 따스하고 향기로운 꽃 같은 것. 왜 이것은 살아 있다는 것의 기쁜 확증이 아닌 걸까.

나는 고개를 들었다. 고개 숙인 지에코의 눈이 반짝이며, 바로 내 옆에서 생각에 잠긴 듯 나를 바라보고 있었다. 석고상처럼 움직이지 않는 그 얼굴이 문득 내가 쓰고 있는 소설 속의 여주인공 같다는 생각이 들었다. 그 순간, 시간이 멎었다.

손에 힘을 주며 나를 그 얼굴 쪽으로 끌어당긴 것은 지에코였다. 차가운 입술이 무한한 맛을 품고 내 입술을 덮으며, 격렬하게 나를 망각과 도취 너머로 흘러가게 했다. 순결한, 하지만 온갖 정열이 잠재된 입술이, 호흡을 멈춘 영원의 침묵을 하늘과 땅 사이에 만들었다.

그러나 그건 순간이었다. 지에코는 살며시 고개를 들고는 책상 쪽으로 몸을 돌리더니 두 손으로 자신의 얼굴을 감쌌다. 나는 그 무릎 위에 또다시 지친 머리를 내려놓았다.

"…… 소녀는 영원을 기다리고 있었다. 거대한 손바닥 같은 밤이, 모든 별자리를 지배하는 그 넓은 영토를 서서히 닫고, 이윽고 새벽의 상쾌한 어스름이 동쪽 하늘에서 별들의 졸음을 지워가는 그때, ……."

그것은 책상 위에 펼쳐진 내 소설의 초고였다. 지에코가 어느새 그것을 아주 낮은 목소리로 읽고 있었다.

"…… 나무들의 우듬지에는 작은 새가 일찍 눈을 뜨고, 골짜기의 물소리는 그리운 바다를 찾아 더한층 물살이 빨라지고, 목초는 무거운 안개에 젖어 조금씩 고개를 떨구는 그때, —— 금빛 화살이 드높이 여명의 하늘을 꿰뚫고, 총명한 닭이 아침의 첫울음을 씩씩하게 울고, 마침내 밤의 신비가 낮의 진실에 자리를 내어주려 하는 그때, —— 과연 영원이 찾아오지 않는다고 누가 말할 수 있을까. 소녀는 굳게 입술을 깨물고, 먼 곳을 바라보며 이 영원을 기다리고 있었다. 마치 밤과 낮이 매끄럽게 서로 얽히며 재빨리 자리를 바꾸는 그 한복판에서, 흘러가는 것이 한순간 멈추고, 고대하던 매혹의 시간이 그녀의 희망을 그곳에서 실현시키며, 지금, 바로 지금, 하늘에서 흘러내리기하도 하듯……."

내 초고는 거기서 끝이 났다. 그때, 침묵 속에서, 작품의 전체가 계시처럼 내 머릿속에 또렷이 떠올랐고, 행복감과 함께 영감이 밀물처럼 내게로 밀려왔다. 나는 이 소설을 쓸 것이다. 나는 이 소설을 살아낼 것이다. 지에코, 지에코, 네가 나와 함께 살아주는 한…….

"그만 갈게요." 하고 지에코가 말했다.

나는 꿈에서 깬 것처럼 고개를 들었다. 다리를 껴안은 두 손에 그만 힘을 주었던지, 지에코가 아얏! 하고 소리쳤다.

"미안, 멍하니 있었네. 늦은 건 아냐?"

"벌써 8시가 넘었어요. 그래도 괜찮아요."

나는 서둘러 몸을 일으켰다. 지에코도 의자에서 일어나 내 손을 잡고 지금까지와 전혀 다른 웃는 얼굴을 보였다.

"스가는 분명 화가 나서 돌아갔을 거예요." 그러면서 내 손을 꽉 잡으며 말했다. "오차노미즈 역까지 바래다줄래요?"

"물론 바래다주지."

우리는 걷기로 하고, 혼고 거리의 인파 속으로 나란히 섞여 들어갔다. 3초메 교차로를 지나니, 보도에는 지나가는 사람도 끊기고, 어두운 차도를 이따금 전철이 불빛을 번쩍이며 지나갔다. 우리는 어깨를 딱 붙인 채 한 발 한 발 구두 소리를 울리며 걸어갔다. 지에코는 말없이 똑바로 앞을 보고 있었기 때문에 뭘 생각하는지 알 수 없었다. 그저 나는 어리석게도 그녀가 나와 같은 행복감의 여운을 듣고 있다고만 생각했다. 먼저 입맞춤을 한 건 그녀였다. 그리고 도취의 현은 아직도 내 귀에 울려 퍼지고 있었다.

"넌 여름방학 때 어디 갈 거야?" 하고 나는 물었다. "K 마을에 가?"

K 마을은 후지키 시노부가 죽은 큰아버지의 집이 있는 곳이었다. 지에코는 애매하게 고개를 끄덕였다.

"그리고 Y 호수에 갈지도 몰라요."

"놀러?"

"사와다 선생님의 성경 강연회가 매년 Y 호수에서 열려요. 거기 갈지도 몰라요."

"O 마을에는 안 가? 거기에 너희 학교 기숙사가 있지?"

"네, 맞아요. 내년엔 졸업이니까 친구들이 가자면 갈지도 몰라요. 왜요?"

"음, 우리 직장에서 여름에 일주일씩 교대로 쉬거든. 난 아마 8월 말쯤 휴가를 낼 것 같은데, 친구가 알려준 O 마을의 여관에라도 가볼까 생각 중이야. 만약 네가 거기 기숙사에 가게 되면 둘이서 산길을 걸을 수도 있잖아."

"그렇겠네요." 하고 지에코가 다시 끄덕였다.

하지만 지에코의 말투에는 더 이상 통통 튀는 발랄함은 보이지 않았다. 왠지 모르게 생각에 잠긴 듯 기계적으로 말을 했다. 오차노미즈 역에 와서 밝은 개찰구 주변을 둘러보았지만 우리 쪽으로 다가오는 사람은 없었다. 시간은 벌써 8시 반이 지나 있었다.

"스가는 역시 먼저 돌아갔나 봐요." 하고 지에코가 말했다. "저기 다리 위에서 잠깐 얘기 좀 더 할까요?"

나는 기뻐하며 왔던 길을 조금 더 돌아가, 다리 위의 난간에 기대어 어두운 해자의 물을 들여다보았다. 옆에 있는 정거장 플랫폼의 사람 그림자가 띄엄띄엄 물 위에 흩어져 흐릿하게 반짝였고, 해자 안에 고여 있는 물 색깔도, 그곳에 떠 있던 작은 배도 보이지 않고, 그저 시큼한 냄새 같은 것만이 피어오르고 있었다.

"시오미 오빠." 지에코가 조금 정색한 목소리로 내게 말을 걸었다.

"왜?" 하고 나는 아주 가볍게 대답했다.

지에코는 내 옆에 서서 역시 어두운 해자 안의 물을 들여다보고 있더니, 잠깐 망설이다가 내 쪽으로 얼굴을 돌렸다. 그 눈은 울고 있는 것처럼 촉촉해져 있었다.

"시오미 오빠." 하고 또 말했다.

"왜?"

"우리…… 이제 만나지 않는 게 좋지 않을까요."

나는 가슴이 덜컥했다. 지에코의 말을 전혀 믿을 수가 없었다.

"무슨 말이야? 밑도 끝도 없이?"

"내내 생각했어요. 안 돼요, 불행해질 뿐이에요. 네? 오빠, 이해해줘요."

"모르겠어, 전혀 모르겠어. 왜 불행해진다는 거지?"

지에코의 눈에서 커다란 눈물방울이 뚝뚝 떨어졌다. 나는 그 손을 잡고 얼굴을 가까이 가져갔다.

"왜 그런 말을 해?" 하고 귓가에서 속삭였다.

지에코는 입술을 떨기만 할 뿐 대답하지 않았다. 뭐라고 표현할 수 없는 쓸쓸한 표정으로 난간 아래를 보고 있었다. 나는 가슴이 꽉 막혀, 무슨 말부터 해야 좋을지 알 수 없었다. 왜 지에코가 그런 바보 같은 말을 꺼냈는지, 나는 짐작도 할 수 없었다.

"지에코." 나는 이름을 부르며 그녀의 몸을 흔들었다.

"미안해요." 하고 지에코는 말했다. 내게 잡힌 손을 꼭 맞잡아주면서, 잘 있어요, 하고 말했다. 그리고 손을 뿌리치더니 급히 역 쪽으로 달려갔다.

"지에코, 지에코!" 하고 나는 큰 소리로 불렀다.

하지만 충격이 너무 컸기에 내 발은 얼어붙은 채 꼼짝도 하지 않았다. 이제 만나지 않는다, 헤어진다. —— 몇 가지의 이유가 떠올랐다가 거품처럼 사라졌다. 이유라 할 만한 이유 같은 건 전혀 생각나지 않았다. 바로 조금 전까지, 우리는 그렇게 행복했는데. 우리는 서로를 믿고, 서로를 이해하고, 서로를 사랑하지 않았나.

상행선 전철이 내 눈 바로 아래에서 세차게 스파크를 일으키며 역 안으로 들어갔다. 지에코는 이 전철을 타고 돌아갈 것이다. 벨 소리가 멈추고, 차장의 신호와 함께 전철이 움직이기 시작하자 서서히 속도를 내며 시야에서 멀어져갔다. 왜일까. 나는 움직이는 것을 잊은 듯이 전철이 사라져간 방향을 바라본 채 언제까지고 그곳에 서 있었다. 비린내 같은, 불길한 물 냄새가 내 주위를 침묵과 함께 떠돌고 있었다.

*

여름 동안 소집영장은 오지 않았다. 나는 8월 말쯤 신슈에 있는

O 마을로 일주일간 휴가를 보내러 갔다.

아사마 산의 기슭에 덩그러니 잊혀진 듯, 시나노 길을 따라 인가가 띄엄띄엄 들어선 보잘것없고 가난한 마을이었다. 신에츠선(線) 정차장에서 내려 1킬로미터쯤 낙엽송 숲속을 느릿느릿 걸어간다. 길이 완만하게 구부러진다 싶더니 갑자기 시야가 확 펼쳐지며, 희미한 연기가 피어오르는 아사마 산이 마을의 지붕들, 화재를 감시하는 망루, 숲 따위의 위를 덮으며 나타난다. 이른 가을바람이 불고, 옥수수밭에는 잘 익은 열매가 사람 키보다 높이 바람에 주렁주렁 흔들리고 있다. 메밀밭에는 메밀꽃이 하얗다. 먼지가 자욱한 길에는 아이들이 지저분한 차림으로 뛰어다니며 놀고 있다. 평화로운, 그리고 한없이 고요한 풍경. 여관도 그렇게 시골스러운 분위기로 길가에 띄엄띄엄 서 있었다.

큰 유리창을 통해 긴자의 북적이는 소리가 들려오는 사무소에서 겨우 몇 시간만 벗어나면, 여기서는 고요함이 샘물처럼 가슴속에 차오르는 듯한 기분이 들었다.

군집 속의 고독은 나 자신을 강하게 하지만, 이렇게 내던져지고 씻기고 정화된 고독 속에서는 굳이 저항할 만큼의 기력조차 솟지 않는다. 나는 풍경 속으로 섞여 들어갔다. 길을 따라 잠시 걸으면 갈림길로 불리는 홋코쿠 가도와 나카센 도로로 갈라지는 삼거리가 나온다. 거기에 있는 돌 위에 잠시 앉아 이끼 낀 석불상 같은 걸 바라보고 있으니, 오래전 이 길을 지나다녔을 화려한 다이묘

행렬의 웅성임이 마음속에 선명한 모습으로 떠오른다. 길을 가던 나그네들은 이 갈림길에서 까마득히 멀어진 에도를 떠올렸을 것이다. 길에서 병들고, 길에서 죽어 묻힌 사람도 있을 것이다. 그리고 그 후로 시간은 쉬지 않고 흘러, 아사마 산은 조용히 산기슭의 마을에 재를 뿌렸다. 풀은 꽃을 피우고 열매를 맺고, 나그네는 연기 같은 감상에 젖기도 했을 것이다.

여관 이층에서 시냇물 소리를 들으며 내 마음은 어둡게 가라앉아 있었다. 해가 지자 알전구의 불빛을 그리워하며 커다란 나방과 작은 날개미가 방 안으로 들어와 이리저리 날아다녔다. 나는 옻칠을 한 허름한 책상 위에 소설의 초고를 펼치고 멍하니 생각에 잠겨 있었다. 나는 뭘 생각하고 있었을까, —— 어쩌면 망각 같은 것이었을 테다.

후지키 시노부가 죽은 지 벌써 몇 년이 흘렀다. 그리고 나는 서서히, 조금씩, 그의 모습을 잊어가고 있다. 옛날에 그토록 열렬히 사랑했던 친구, 인간의 정열이란 결국 그렇게 허무하고 제멋대로이고 일시적인 걸까. 후지키 지에코, —— 초여름의 어느 밤, 오차노미즈 역에서 어처구니없이 헤어지고 나서 그녀에게서는 아무런 소식도 없었다. 그녀는 나를 잊었고, 나는 그녀를 잊었다. 인간은 새로운 사실을 받아들이기 위해서는 오래된 기쁨과 슬픔은 전부 의식 밑바닥에 가라앉혀버리지 않으면 안 되는 걸까. 사람은 새로운 고민, 새로운 괴로움을 위해서는, 모든 걸 잊을 수 있는 걸까.

하지만 나는 지에코를 잊지 않았다. 아니, 지에코가 떠나버린 후로 내 마음은 더한층 강하게 타올랐던 것이다. 밤에 혼고의 하숙집 책상 앞에 앉아 멀리서 출정의 만세 소리를 듣고 있으면 못 견디게 애가 타며 만나러 가고 싶었다. 하지만 나는 내 의지를 강하게 다졌다. 내가 기댈 수 있는 건 이 의지 말고는 없었기 때문이었다. 그리운 마음이 너무 커지면 책상 위의 페이퍼 나이프를 집어 그걸로 몇 번이고 손바닥을 찔렀다. 망각을 강요하기 위해서는 고통밖에 없었다. 하지만 고통은 의지를 강하게 했을지는 모르지만, 마음에게 망각을 강요하지는 못했다.

다음 날 오전, 나는 큰길에서 산길 쪽으로 빠져, 밤나무 잎 사이로 활짝 갠 아사마 산을 바라보며 올라갔다. 아마 이쪽으로 가면 지에코의 학교 기숙사가 있을 텐데, —— 마음속으로 그런 생각을 하면서도 꼭 그걸 기대하는 것도 아니고, 그저 발길 가는 대로 걸었다. 숲길 옆으로 좁은 산길이 나 있고, 그곳을 조금 오르니 우거진 나뭇잎들 사이로 베란다가 있는 이층집이 보였다. 나는 아무렇지도 않게 정원으로 들어갔다. 갑자기 요란한 웃음소리가 베란다에서 들려왔다. 소녀 세 명이 저마다 손에 스케치북을 들고 아래쪽을 내려다보며 그림을 그리고 있었다. 당황한 나는 그곳에 멈춰 섰다. 소녀들은 계속 킥킥 웃고 있었다.

"저기, 잠깐 여쭤봐도 되겠습니까?" 하고 나는 말했다. "혹시, 후지키 씨는 없습니까?"

베란다에서 후지키? 하고 밝은 목소리가 반복되더니 메아리처럼 "후지키, 후지키" 하고 부르는 소리가 집 안에서 몇 번이고 들렸다. 그리고 대답이 돌아왔다.

"후지키는 아직 안 왔어요."

나는 베란다를 향해 꾸벅 인사를 한번 하고 뒤돌아서 걷기 시작했다. 내 등 뒤로 밝은 웃음소리가 여럿 겹쳐서 들려왔다. 나는 숲길로 나와 앞이 확 트인 언덕 위까지 올라가, 멀리 희미한 햇살을 받고 있는 야쓰가타케의 산들을, 담배를 피우며 언제까지고 바라보고 있었다.

그날 오후 늦게, 다다미방에 드러누워 설핏 잠이 들었는데, 여관집 하녀가 "손님 오셨어요" 하며 장지문을 열었다. 벌떡 일어나는 동시에 들려온 "시오미 오빠" 하는 지에코의 목소리가 내 모든 근심을 쓸어갔다.

"지에코." 하고 가슴 벅찬 목소리로 불렀다.

지에코는 조금 부끄러워하듯 미소를 짓더니 "친구와 같이 왔어요, 괜찮아요?" 하고 물었다.

"괜찮고말고. 친구 누구?"

"스가 씨예요."

지에코처럼 흰 블라우스에 감색 스커트를 입은 체격이 큰 소녀가 쑥스러워하며 나란히 방으로 들어왔다. 나는 사근사근히 두 사람에게 자리를 권했다.

"이쪽은 스가 도시코. 나랑 친한 친구예요."

"처음 뵙겠습니다."

"성함은 전부터 듣고 있었습니다." 하고 나는 웃으며 말했다.

"어머, 어떻게요?"

그리고 지에코의 얼굴을 힐끗 보더니 "언젠가 나 바람맞혔던 날이구나." 하고 생글생글 웃었다. "저야말로 시오미 씨의 성함은 질릴 정도로 들었어요." 하고 내게 말했다.

"그만해, 도시코." 지에코는 얼굴을 붉히며 친구의 말을 막았다. "안 그래도 오늘 내내 놀림 받았는데."

"왜?" 하고 나는 물었다.

지에코는 원망스럽다는 듯이 토라진 표정으로 나를 보았다.

"시오미 오빠, 오늘 오전에 기숙사에 와서 날 찾았죠?"

"응. 산책하다 잠시 들렀지. 그런데 나인 줄 어떻게 알았어?"

"그야 알죠. 기숙사에 도착하니까 애들이 다들 놀렸다고요."

"지에코, 그렇게 화낼 건 없잖아. 너도 기분 좋은 표정이었는걸, 후훗, 그만할게."

"됐어, 너무해."

나는 입장이 난처해져 이야기를 딴 데로 돌렸다.

"지에코 넌 언제 도착했어?"

"조금 전에요. Y 호수에서 고우미선 기차를 타고 왔어요. 오는 길에 풍경이 정말 멋졌어요. 그렇지 도시코?"

"그럼. 야쓰가타케가 환히 잘 보였어. 난 노베야마 산 근처에서 잠깐 내리고 싶었는데."

그러고는 두 사람은 나는 안중에도 없다는 듯, 고원의 풍경이 얼마나 멋졌는지 신나게 말을 주고받았다. 그런 두 사람은 어린아이 같았다. 나는 그것을 멍하니 행복한 감정으로 바라보았다.

"근데 Y 호수도 좋았지?" 하고 지에코가 말했다.

"스가 씨도 함께 있었습니까?" 하고 내가 물었다.

"우린 쭉 같이 있었어요." 하고 지에코가 대답했다. "얘, 정말 독실한 기독교인이에요. 내가 늘 배워요. 도시코처럼 한결같은 신앙을 가질 수 있다면, 하고 난 늘 생각해요."

"아유, 난 아직 한참 멀었어. 그런 말은 하는 게 아냐."

"난 늘 흔들리고, 망설이고, 괴로워하거든. 여기 시오미 오빠 같은 사람은 절대 믿으려고 하지 않아. 아주 굳은 사람이야. 나한테 시오미 오빠는 발부리에 걸린 돌 같은 거야."

"난 꼭 그런 마음은 아냐."

"알아요, 그래도요. 난 사와다 선생님이나 도시코와 있으면 신앙이 무엇보다 중요하다고 생각하는데, 시오미 오빠와 있으면 믿지 못하는 것도 무리는 아니라는 생각도 들어서 정말 괴로워요. 도시코가 날 도와서 시오미 오빠를 설득해주면 좋겠는데."

"내가 뭘 어떻게." 하고 도시코가 말했다.

"그건 설득할 일은 아니겠지." 하고 나는 끼어들었다. "믿으려는 마음이 움직일 때, 누군가가 곁에서 이끌어준다면 그보다 더 좋은 건 없겠지. 하지만 그런 마음이 전혀 없는 사람에게 하나님 운운한다 한들 반발심만 일으키지 않을까?"

"난 시오미 오빠가 믿으려는 마음이 있다고 생각해요. 고독 속에 의도적으로 자신을 가둬놓고 괴로워하면서, 그게 그저 오빠 한 사람의 문제일 뿐이라니, 그렇게 외로운 게 어딨어요? 오빠처럼 괴로운 입장에 처한 사람이 왜 믿음 쪽에 삶을 걸지 않는 걸까요?"

"난 내가 할 수 있는 최선을 다하고 있어." 하고 나는 말했다.

"자신과 가장 가까운 사람을 믿음으로 이끌 수 없으면 안 돼." 하고 도시코가 말했다.

지에코는 너무나 슬픈 표정을 지었다. 창밖 너머로 쓰름매미가 쉴 새 없이 울어 댔다. 그때 갑자기 묵직한 굉음이 울리더니 매미 울음소리가 그쳤다. 방이 흔들렸다.

"가자." 지에코가 창백한 얼굴로 희미하게 말했다.

두 사람이 방을 나갈 때, 뒤에 서 있던 지에코의 시선이 잠깐 내 눈과 마주쳤다.

"지에코, 내일 같이 산에서 걷지 않을래?" 하고 나는 속삭이며 물었다.

"둘이서요?"

"응, 싫어?"

지에코는 순간 두려운 듯한 표정을 지었다. 잠깐 입술을 다물더니 미간을 찡그리며 내 가슴 언저리를 보았다. 그리고 눈을 들어 말없이 고개를 끄덕였지만, 거기에는 왠지 막연한, 일찍이 내가 알지 못하는 어떤 감정이 희미하게 흔들리고 있는 것이 느껴졌다.

밖에 나가서 보니, 아사마 산이 뭉게뭉게 새하얀 연기를 뿜어 올리고 있었다. 연기의 끄트머리가 높이 올라가 저녁 구름과 연하게 뒤섞이며 동쪽 하늘에 억새풀처럼 나부꼈다. 지에코는 멍하니 텅 빈 눈으로, 친구가 부를 때까지 가만히 그것을 바라보고 있었다.

*

다음 날 오후, 나와 지에코는 등산로에서 숲길 쪽으로 빠져 둘이서 숲속을 걸었다.

아사마 산은 어제부터 시차를 두고 기분 나쁜 진동을 계속하고 있었다. 숲속에서 산새가 기묘한 울음소리를 내며 날아올랐다. 지에코는 흰 블라우스에 연하늘색 카디건을 걸치고 있었는데, 산새 울음소리가 나면 무섭다는 듯 몸을 옴츠렸다. 산속은 고요했고 우리 외에는 아무도 없었다. 키 큰 밤나무 꼭대기에서 푸릇푸릇한 밤송이가 바스락대며 흔들리고 있었다.

"괜찮아요?" 하고 지에코가 동그란 눈동자를 반짝이며 물었다.

"뭐가? 괜찮지. 아직 곰 같은 건 안 나와."

나는 담배에 불을 붙이며 "겁이 많구나." 하고 놀렸다. 지에코는 길가에 일찍 핀 가을 풀꽃이나 고산식물 따위를 뜯고 있었다.

"겁 안 많아요." 하고 대답했다.

"겁쟁이야."

"겁쟁이 아니라니까요."

"하지만 넌, 그러니까 내가 군대 가는 게 무서워서 헤어지자고 생각한 거 아냐?"

지에코는 잠깐 내 얼굴을 바라보더니 그대로 고개를 숙이고 발길을 옮겼다. 내 마음은 점점 어둡게 가라앉았다. 어제는 지에코를 다시 만난 게 하나의 기적처럼 기뻤는데, 오늘은 모든 게 허무한 반복일 뿐인 것처럼 여겨졌다. 사람을 만나고, 사람과 헤어진다. 사람은 헤어지기 위해서만 만난다, 그렇게 생각하는 내 마음은 고독에게 너무 깊이 갉아먹힌 것일까. 이런 허무한 두 사람의 밀회 뒤에, 도대체 무엇이 남는 걸까. 내가 군대에 가버리면, 그걸로 모든 게 끝이다. 가까운 미래에 나는 전장 어딘가에서 비참하게 죽겠지, 그리고 지에코는 또 다른 누군가를 사랑하고, 슬퍼하고, 웃으며 살아가겠지. 산다는 것은 자신을 위해 사는 것이다. 쇼팽을 듣고, 하나님을 믿고, 기차를 타고 고우미 선을 달리는 것이다. 나와는 아무 관계도 없는 것이다…….

"너한테 그 말을 듣고 많이 생각했어." 하고 혼잣말처럼 중얼거렸다. "헤어져야만 하는 이유 같은 건, 아무것도 생각나지 않았어. 어차피 내가 징집되어 가버리면 살아서 다시 만날 수 있을지 없을

지도 몰라. 그러니까 적어도 그때까지는 널 만나고 싶어 하는 것도 당연하지 않을까? 그런데 이제 더 만나지 않는 편이 좋겠다니, 그런 잔인한 말을 잘도 하는구나."

"하지만 이렇게 있으면 불행해질 뿐이에요." 하고 지에코는 희미하게 말했다.

"난 행복해. 널 만나고 있을 때만큼은 진심으로 행복하다고 생각해. 그런데 넌……."

"나도 그래요. 하지만……."

"말하자면 너한테 나라는 인간은 그때그때 편하게 만나는 친구일 뿐이었어. 이를테면 나는 네 오빠 대신에 네가 어른이 될 때까지의 허울 좋은 가정교사일 뿐인 거야. 넌 날 사랑하진 않았어."

"시오미 오빠!" 지에코는 가슴속에서 쥐어짜는 듯한 목소리로 소리쳤다. "왜 그런 심한 말을 하는 거죠? 오빠를 사랑하니까, 나도 이렇게, 이렇게 괴로워하는 거잖아요."

마지막에는 거의 울먹이는 소리로 지에코가 고개를 돌리고 멈춰 섰다. 가냘픈 어깨선이 움츠러들어, 그 등이 너무나 슬퍼 보였다.

"난 오빠가 고독하다고 말하는 걸 들을 때마다 온몸이 찢어지는 것만 같아요. 오빠가 아무리 고독해도 내가 해줄 수 있는 게 없잖아요."

"날 사랑해주기만 하면 돼."

“사랑한다 해도…… 진정한 사랑이란 하나님을 통한 것이어야만 해요.”

“난 그렇게 생각 안 해. 사랑한다는 건 가장 인간적인 거야. 하나님을 몰라도 인간은 사랑할 수 있어.”

“하지만 하나님을 알면 사랑하는 게 더 기쁘고 아름다워져요.”

“그럼 넌 신앙을 가진 사람과 사랑하면 되겠구나. 나 같은 비참한 인간을 사랑하진 않겠네.”

나는 치밀어 오르는 화에 못 이겨 독기 어린 말을 퍼부었다. 지에코의 등이 더더욱 떨렸다.

“하지만 맹세하는데, 나보다 더 널 사랑하는 사람은 없어.”

나는 그렇게 말하고 두세 걸음 걸었다. 고개를 숙인 채 지에코는 내 곁에 다가와 걷기 시작했다. 한 손에는 뜯은 풀꽃 다발을 꼭 쥐고 있었다.

“그야 난 고독하고, 고독한 상태는 비참하다고 생각해.” 하고 나는 말을 이었다. “고독한 인간은 이 전쟁이 싫다고 해도 아무것도 할 수가 없어. 그저 팔짱만 끼고 영장이 날아오기를 기다릴 뿐이야. 그리고 영장이 오면 도살되기를 기다릴 뿐이고. 만약 여기 어딘가에 조직 같은 것이 있어서, 전쟁에 반대하는 사람들이 함께 힘을 합쳐 이 전쟁을 막을 수 있다면, 지금 나는 기꺼이 거기에 참가할 거야. 이런 하찮은 고독 따위 내팽개치고 모두의 행복을 위해 싸울 거야. 하지만 그런 조직이 어디에 있지? 나는 전혀 모르겠어. 코뮤니스트들은 한참 전에 다 잡혀갔고, 이런 강력한 헌병정치가 퍼진 나라에서는 그 어떤 조그만 자유의 싹도 바로 잘려버려. 나 같은 건 그저 혼자 고립되어 있을 뿐이야. 내 속마음을 털어놓을 수 있는 상대가 있다면 정말로 너 하나 정도야. 그러니까 하다못해, 내 이 하찮은 고독만큼은 무엇보다 소중히 하고 싶은 거야."

우리는 완만한 경사를 올라, 멀리 마을이 내려다보이는 작은 언덕 위까지 왔다. 우리는 풀 위에 나란히 앉았다. 근처의 밭에서는 산양이 울고, 마른 길 위에는 바퀴 자국이 움푹 파여 있고, 멀리서는 숲이 햇빛을 받아 푸르게 빛났다. 아사마 산 정상에서는 끊임없이 신선한 연기가 흘러나오고, 여름의 하늘은 한없이 높았다. 지에코는 입고 있던 카디건을 벗었다.

"하나님을 믿는 인간조차도," 하고 나는 말했다. "이웃을 사랑하는 게 의무라고 생각하는 인간조차도 전쟁에 반대하지 않을 정도인데, 다른 무리들이 어떻게 그렇게 할 수 있을까. 기독교인들이 맨 먼저 반대했다면 그게 시작이 돼서 반전운동이 일어났을지도 모르지. 로마의 박해를 받은 원시 기독교든, 일본 기독교의 역사든, 그렇게 반항할 수 있었던 건 그들이 조직을 가졌기 때문이라고 생각해. 기독교에는 그런 역사가 있어. 무조건적으로 전쟁을 긍정하고 대일본제국을 위해 기도하는 세상이라면, 개개인의 반대 따위 아무런 힘도 없겠지. 난 이렇게 구구절절이 늘어놓는 내가, 실제로는 아무것도 하지 않고 아무것도 할 수 없는 비겁한 인간이라고는 생각해. 만약 사와다 선생 같은 사람이 이 전쟁에 반대하고 일어선다면 난 기꺼이 그 사람 편에 설 거야. 우치무라 간조는 천황의 친필 어명(御名)에 경례하기를 거부한 불경 사건으로 문책을 당했지. 그런 기개 있는 사람이 이제는 없는 걸까. 교회가 무력한 것처럼 무교회도 무력한 게 아닌가? 그렇다면 신을 믿는다는 건, 양지 바른 곳에서 햇볕을 쬐고 있는 거나 다름없어. 그런 신 따위는 안 믿는 게 나아. 내 고독도 무력할지 모르지. 하지만 적어도 신 따위에 기대서, 그 신이 일본을 구하라고 명령했다느니 그렇게 생각하는 것보다는 백배는 더 정직하고 인간답다고 생각해. 만약에 신이 있다면 괴로워하지 않아도 되겠지만, 신이 없기 때문에 난 더더욱 인간답게 괴로워할 수 있는 거야. 사랑하는 것도, 괴로워하는 것도, 신과는 아무 관계도 없다고 생각해."

나는 점점 입속이 말라와, 지친 듯이 입을 다물었다. 지에코는 무릎 위에 카디건을 개어 얹고, 손에 쥔 풀꽃을 가만히 바라보고 있었다. 나는 이제 더 할 말도 없었다. 주변은 고요하고, 산양의 희미한 울음소리가 나른하게 들려올 뿐이었다.

"시시한 소릴 했네." 나는 중얼거렸다.

지에코는 얼굴을 내 쪽으로 돌렸다. 살짝 창백한, 한결같은 표정이 내 눈 안으로 파고들 듯이 들어왔다.

"절대로 하나님을 믿지 않을 거예요?" 하고 물었다.

"믿지 않아."

"그럼, 뭘 믿어요?"

"아무것도 안 믿어."

"아무것도 안 믿어요? 나도 믿지 않는다는 거예요?"

"너? …… 넌 믿어, 너만큼은."

"하지만, 하지만 인간의 마음 같은 건 덧없는 거예요. 하나님의 사랑은 변하지 않지만, 인간의 사랑에는 끝이 있는 거예요."

"그럴지도 모르지. 하지만 난 널 선택했어. 그러니까 널 사랑하고 있는 내 마음만큼은 믿고 싶은 거야. 내가 선택한 건 너뿐이야."

"그렇군요." 하고 희미하게 끄덕였다.

나는 두 손으로 머리를 감싸고 뭐라 말할 수 없는 회한을 느끼기 시작했다. 아무리 입이 닳도록 이야기한들 사람은 자신의 의지를 타인에게 강요할 수는 없다. 지에코가 하나님을 믿지 않게 될 수도 없고, 내가 신을 믿고 기독교인이 될 수도 없다. 사랑도 역시, —— 어쩌면 사랑 역시 인간이 마음속에다 그린 이미지를 자신의 고독으로 색칠하고 자기 멋대로 꿈을 꾸고 있는 것일 뿐일지도 모른다. 오래전 후지키 시노부는 내가 아무리 마음을 고백해도, 내 사랑을 이해하지 못했다. 후지키 지에코도 어쩌면 나의 이 타오르는 마음을 지상의 허무한 환영으로밖에 보지 않을 것이다. 이토록 천상의, 낙원의, 영원의 사랑을 꿈꾸는 나도, 단지 신을 믿지 않는다는 이유로, 지에코의 눈에는 그저 죄인으로밖에 보이지 않을 것이다.

"알겠어요." 그때 지에코가 말했다.

그러고는 카디건을 내게 건네주고는 일어섰다. 손에는 꽃을 쥐고, 가슴을 펴고 숨을 들이쉬더니 나를 보며, 이제 이 얘긴 그만해요, 하고 부드럽게 말했다.

"나, 꽃을 좀 더 따올게요." 하고 혼잣말하듯 중얼거리며 길을 벗어나 숲속으로 들어갔다.

나는 무릎 위에 하늘색 카디건을 놓고 그 따스한 털실의 온기 속에 손을 묻으며, 기분 나쁜 생각은 그만하자, 하고 생각했다. 숲 너머로 화산의 표면이 갈색과 녹색이 뒤섞인 미묘한 색을 띠며 마치 벽처럼 치솟아 있다. 매미가 숲속에서 띄엄띄엄 울고 있다. 미래의 고통을 생각하기보다, 지금, 이 자연, 이 평화를 내 것으로 하는 게 중요하지 않을까. 지에코가 꽃을 따고, 내가 이렇게 산을 바라보고 있는 이 시간에, 전쟁이든, 죽음이든, 신이든, 그런 게 우리와 무슨 관계가 있단 말인가. 지금은 지금처럼 살아 있다. 오로지 이 지금이라는 것 외에 어떤 삶의 방식이 있단 말인가.

"지에코……" 하고 나는 불렀다.

대답이 없기에 나는 카디건을 한 손에 들고 일어서서 숲속으로 뒤따라 들어갔다.

숲속은 고요하고, 나뭇잎들의 촉촉함이 갑자기 차갑게 느껴졌다. 으름덩굴이 발밑에 걸리고, 낮게 드리워진 밤나무 가지가 앞을 가로막기도 했다. 한참을 걸어도 지에코의 기척이 느껴지지 않았다. 나는 두 번쯤 이름을 부르고 귀를 기울였다.

주변은 너도밤나무와 졸참나무, 상수리나무 등이 고요히 우거져 있고, 드문드문 자작나무가 훌쭉한 줄기를 보여주었다. 머리 위를 뒤덮은 가지들 사이로 오후의 햇살이 묘한 농담(濃淡)의 반점 모양을 그리며 흘러내렸다. 나는 또 조금 걸었다. 발밑은 완만한 오르막길이 되고, 신을 신은 발이 서서히 차가워졌다.

"지에코……" 나는 또 불렀다.

문득 웃음소리가 바로 곁에서 들려왔다. 깜짝 놀라 멈춰 서니, 그때까지 으름덩굴 그늘에서 웅크리고 있던 지에코가 잽싸게 뛰기 시작했다. 잠깐만, 하고 외치며 나도 그 뒤를 쫓아 뛰었다. 지에코는 큰 소리로 웃었다. 넝쿨로 뒤얽힌 나무줄기가 달리고, 가시나무 숲이 달리고, 숲 전체가 오른쪽으로 기울었다 왼쪽으로 기울었다 했다. 지에코의 흰 블라우스만이 하늘하늘 내 시야 안에서 멀어졌다 가까워졌다 했다.

갑자기 지에코가 소리를 지르며 멈춰 섰다. 나는 숨을 헐떡이며 겨우 쫓아와, 끌어안듯이 그 가슴에 팔을 감았다. 지에코는 한 손에 따온 꽃을 꼭 쥐고, 빈손을 쭈뼛쭈뼛하며 상수리나무 가지 쪽으로 뻗었다.

"저것 봐요."

작은 짐승 한 마리가 놀란 표정으로 가지 위에서 우리를 내려다보고 있었다.

"다람쥐잖아!" 나는 소리치며 웃음을 터뜨렸다.

"아, 깜짝 놀랐어요. 갑자기 휙 하고 튀어 올랐거든요."

다람쥐는 갈색의 통통한 꼬리를 빙글 돌리며 세우더니, 내가 더 놀랐잖아, 라고 말하고 싶다는 듯 눈을 동그랗게 떴다. 그러고는 휙 몸을 돌려 가지를 타고 잽싸게 도망쳐버렸다. 나는 소리 내어 웃었다.

"지에코, 겁쟁이네. 거봐, 내 말이 맞지?"

나는 조금 전 뒤쫓아 왔을 때처럼 아직 등 뒤에서 그녀의 몸을 껴안고 있었다. 내 두 손이 그녀의 가슴 위쪽에 놓여, 그 부드럽고 따스하고 동그랗게 부풀어 오른 것이 희미하게 내 손에 느껴졌다. 지에코는 몸을 움직여 한 손으로 내 손 위를 눌렀다. 그리고 부끄럽다는 듯이 얼굴을 돌렸다.

"나, 동물원에서 말고 다람쥐를 본 건 처음이에요."

그녀의 단발머리가 살랑살랑 내 뺨을 스쳤다. 젖가슴이 더한층 따뜻하게 내 손 안에 부풀어 올랐다. 나는 그 몸을 뒤로 휘어지도록 누르며 입술을 찾았다.

"꽃, 꽃이 짓눌리면 안 돼요." 하고 소리쳤다.

그러나 다음 순간, 우리는 꼭 끌어안으며 무너져 내리듯 그 자리에 쓰러졌다. 촉촉한 풀 냄새와 소녀의 싱그러운 살 냄새가 내 의식을 가득 채우고, 뜨거운 입술의 감촉이 그 안을 불꽃처럼 꿰뚫었다. 다섯 손가락이 만지작거리듯 그녀의 머리칼을 찾아 그것을 내 얼굴에 갖다 댔다. 머리칼은 헝클어져 얼굴의 반을 감추고 있었다. 입술을 떼자, 지에코는 괴롭다는 듯이 거친 숨을 내쉬었다.

그리고 우리는 그렇게 껴안은 채 쓰러져 있었다. 나는 한 손으로 그 머리를 우거진 풀 위에서 떠받치듯 껴안고, 다른 한 손을 그녀의 가슴 위에 놓았다. 숨을 쉴 때마다 그 가슴은 천천히 부풀어 올랐다.

"내 가슴, 이렇게 작아요." 지에코가 작은 목소리로 말했다.

그러고는 부끄러워 어쩔 줄을 모르겠다는 듯, 내 품에 얼굴을 묻었다. 그 작고 따뜻한 가슴, 일찍이 내가 알지 못한 것, 그것은 내 모든 정열을 끓어오르게 하기에 충분했다. 나는 미친 듯이 그녀의 입술을 찾았다. 모든 것이 우리 주변에서 사멸하고, 오로지 우리만이 살아 있었다. 내 입술은 그녀의 입술과, 내 가슴은 그녀의 가슴과, 내 배는 그녀의 배와, 내 다리는 그녀의 다리와 만나 휘감기듯 하나가 되어 꼭 붙어 있었다. 그것은 모든 것이 가능한 순간이었다. 내 팔은 가능의 팔, 내 몸은 가능의 몸이었다. 지에코는 아무런 저항 없이, 내게 안긴 채 눈을 감고 있었다.

갑자기 산이 격렬하게 울렸다. 나뭇잎이 팔락팔락 우리 위로 떨어져 내렸다. 지에코는 몸을 옴츠리며 내게 달라붙었다. 그 몸은 가늘게 떨리고, 따뜻하게 땀이 배어 있었다. 내 손에 닿은 것이 맨살갗인지, 속옷 위의 감촉인지 나는 이제 분간도 할 수 없었다. 입고 있는 옷도 이제 육체의 한 부분처럼, 부끄러움으로 땀에 젖어 떨리며 몸부림치고 있었다. 그것은 불타오르는 하나의 덩어리, 내 욕망이 구상화된 현재였다. 그것은 이제 지에코가 아니라, 내가 쓰고 있는 소설 속의 소녀, 작가가 원하는 대로 그 운명을 조종할 수 있는 한 명의 등장인물에 지나지 않았다. 마지막 의지와 결단이 있다면, 그것으로 우리의 —— 소설이 아니라, 살아 있는 우리의 —— 운명은 결정되는 것이었다.

그러나 뭔가가 나를 주저하게 했다. 뭔가가, —— 그게 무엇이었을까. 나는 그때의 내 의지를 정확히 떠올릴 수가 없다. 어쩌면 온갖 멀고 가까운 이유가 의식과 무의식의 구석구석에 감춰져 있었을 것이다. 하지만 어떻게 분석한다 해도, 이 주저함의 모든 원인을 밝힐 수는 없을 것이다. 그저, 내가 마지막 순간에 주저했다는 하나의 사실만 있을 뿐이다. 인적 없는 고원의 원시림 속에서 내가 짐승이 될 수는 없었다는 하나의 사실만 있을 뿐이다. 내가 느낀 것은 사랑의 극한으로서의 행복감이 아니라, 나 자신의 내부에 있는 공포, 일종의 정신적인 죽음의 관념으로부터의 막연한 도피 같은 것이었다. 나는 왠지 두려웠다. 내 품에 안긴 지에코가, 문득, 내가 모르는 여자, 나의 내부로 뛰어든 침입자 같은 착각이 들었다.

나는 그렇게 지에코를 껴안은 채, 시간의 흐름 바깥에 혼자 틀어박혀 있었다. 나는 그 순간에도 고독을 느꼈다. 아니, 그때만큼

나 자신의 비참하고 무익한 고독을 느낀 적은 없었다. 그 어떤 정열의 불꽃도, 자기를 지켜보고 있는 이 이성의 샘물을 끓어오르게 할 수는 없었다. 산이 울리고, 나뭇잎이 떨어지고, 우리의 몸이 조금씩 낙엽 속에 파묻혀가고 있는 그때에도, 사랑은 나를 죽음 같은 망각으로까지 이끌지는 않았다. 이제 한 발만 내디딘다면, 시간은 영원히 멈출지도 모른다. 하지만 그 죽음이 내게 안겨줄 기쁨이란 무엇일까, —— 나는 그렇게 생각했다. 격정과 허무 사이에서, 이 살아 있는 한 소녀의 육체가 나를 하나의 죽음으로 유혹하는 한, 나는 나의 고독을 죽일 수가 없었다. 그토록 무익한 고독이, 지에코에게 있어 하나님의 존재처럼, 내 작은 존재 이유의 전부였다. 이 고독은 무익했다. 그러나 이 고독은 순결했다.

지에코가 내 손 안에서 빠져나가더니 뒤돌아서 흐트러진 옷매무새를 서둘러 고쳤다. 그리고 고개를 숙인 채 흩어진 풀꽃을 줍기 시작했다. 나도 몸을 일으켰다. 패랭이꽃, 제비꽃, 용담꽃 같은 것이 여기저기 떨어져 있었다. 나는 조금 떨어진 곳에 내던져져 있던 카디건을 집어 그것을 지에코에게 입혀주었다. 지에코는 말없이 고개를 돌린 채 내가 팔을 소매에 끼워주는 대로 가만히 있었다.

"여기에 자귀나무가 있었네." 하고 내가 말했다.

정신을 차리고 보니, 우리가 누워 있던 곳 바로 옆에 작은 자귀나무 몇 그루가 가지를 드리우고 있었다. 꽃은 벌써 지고 깃털처럼 부드러운 잎이 달린 가지만이 희미하게 흔들리면서 그 주변에 정적을 펼치고 있었다. 만약 우리가 서로 사랑하고, 이해하고, 아무런 고민도 불안도 없이 자귀나무 잎 그늘에 함께 누울 수만 있다면. 이렇게 괴로워할 일도 없이, 더 자연스럽게, 더 솔직하게, 우리가 사랑할 수만 있다면, —— 자귀나무 잎은 저녁을 기다리며 하루의 평화로운 망각의 잠을 잘 수 있겠지. 그 작은 자귀나무의 모습이 내 마음을 슬프게 했다.

내가 잠시 멍하니 있는 사이에 지에코는 숲을 빠져나가, 오던 길을 쉬지 않고 걸어갔다. 나도 그 뒤를 따라갔지만 지에코의 발은 달리듯이 빨랐다. 왠지 모를 후회가 내 마음을 무겁게 하고, 끝없이 이어지는 원시림처럼 마음속으로 어두침침하게 퍼져갔다.

숲길을 빠져나와 겨우 지에코를 따라잡은 나는 지에코와 나란히 걸었다. 뒤돌아보니 서서히 서쪽으로 기울고 있는 햇빛을 받아 아사마 산의 표면이 주홍빛으로 변하고 있었다. 산 정상에서는 연기가 뭉게뭉게 끊임없이 피어올랐다. 내가 발을 멈추고 산을 보고 있는 동안에도 지에코는 뒤돌아보지도 않고 말없이 길을 걸어갔다. 따온 꽃이 그녀의 손안에서 어느새 시들기 시작하고 있었다.

이튿날, 나는 길에서 스가 씨를 만나 지에코가 오전 기차로 도쿄로 돌아갔다는 것을 알았다.

그다음 날, 나도 고원을 뒤로 하고 혼자 떠났다. 여름의 짧은 휴가는 그렇게 끝이 났다.

돌아가서 일주일쯤 지나 지에코에게서 짧은 편지를 받았다. 역시 헤어지는 편이 좋겠다고, 그 편지에는 쓰여 있었다. 나는 답장을 하지 않았다.

*

그해 12월 하순, 나는 소집영장을 받았다.

내 나름대로 각오를 했다고 생각했지만, 하숙집 여주인에게 붉은색 종이를 받았을 때, 나락 밑바닥으로 떨어지는 듯한 기분을 떨칠 수 없었다. 나는 곧장 내 방으로 가서 거울에 비친 내 얼굴을 보았다. 창백한, 가시 돋친 듯한 얼굴이었다. 차가운 입김 탓에 하얗게 흐려진 거울 표면을, 나는 마치 타인의 얼굴인 것처럼 쳐다보았다.

내가 맨 처음 생각한 것은 지에코였다. 여름에 O 마을에서 헤어진 이후로 우리는 한 번도 만나지 않았다. 나는 그녀를 잊으려고 애쓰고 있었다. 고독, —— 어떤 유혹과도 싸우며 어떤 강제와도 싸울 수 있을 만큼의 고독, 나는 그것을 영웅의 고독이라고 부르며 나 자신의 정신을 계속 채찍질했다. 나는 지나가버린 일들을 나약하게 후회하고 싶지는 않았다. 만약 지에코가 나와 헤어지려고 할 만큼의 충분한 이유를 갖고 있다면 이제 와서 내가 무익한 노력을 한들 그게 무슨 소용이 있을까. 그녀는 그녀대로 살아가고, 나는 나대로 살아간다. 청춘의 한 시기에, 두 사람이 서로 사랑했다는 기억만 있으면 되는 것이다. 두 사람을 잇는 끈이 끊어지면, 이윽고 그 기억조차도 두 사람의 마음속에서 조금씩 옅어질 것이다.

나는 O 마을에서 돌아와 그렇게 결심했다. 가을도 깊어진 어느 날 저녁, 나는 우연히 오차노미즈 역에서 스가 도시코를 만났다. 내가 지에코의 소식을 묻자, 스가 씨는 난처한 얼굴로, 지에코, 약혼한 것 같아요, 하고 말했다. 나는 뺨을 세게 얻어맞은 것 같은 기분이었지만, 바로 정신을 되찾았다. 그런 건 아무것도 아니라는 얼굴을 하고 싶었지만, 분명 내 뺨은 그 타격에 일그러져 있었을 것이다.

"야시로입니까?" 나는 물었다.

"아니요. 이시이 씨예요. 사와다 선생님이 꽤 힘을 써주시고 있는 것 같아요."

우리는 바로 헤어졌다. 혼자가 되자, 나는 그것으로 됐다고 계속 생각했다. 걸으면서 휘파람을 불었다. 그것이 쇼팽의 협주곡 선율이라는 것을 나는 알아차리지 못했다.

영장을 받았을 때, 내가 가장 만나고 싶었던 건 지에코였다. 그것은 사랑의 마음이라기보다, 오래된 여자 친구에 대한 진심 어린 우정의 표현, 사랑보다는 그리움의 감정이 더 큰 것이었다. 지에코의 일이라면 나는 뭐든지 알고 있었고, 나에 대해서도 그녀가 모르는 건 아무것도 없었다. 우리 두 사람은 그런 친구였다. 내가 전쟁터로 가게 된 이 마지막 시간에 그녀를 만나지 않고 헤어진다는 것은 너무나 부자연스럽다는 기분이 들었다. 설령 누군가와 약혼을 했다고 해도 지에코는 나와 가장 가까운 친구가 아닌가. 그리고 그녀의 어머니도 만나고 싶었다.

하지만 나는 바로 반발했다. 나는 고독한 삶을 나 자신에게 맹세했다. 여기서 지에코를 만나는 것은 그저 타인의 동정을 구하는 감상적인 행위일 뿐인 것이다. 그것은 그저 자신의 나약함을 드러낼 뿐인 것이다. 이제 와서 지에코를 만나 그 쾌활한 웃음을 보고 살짝 목청 높은 목소리를 들으며 그녀의 인상을 내 기억 속에 새롭게 새긴다 한들, 그것이 전장에 있는 내게 무슨 의지가 될 것인가. 의지할 것은 나 자신의 고독뿐이다, 이성적인 행위와 이성적인 죽음을 내게 부과하는 이 엄격한 소우주 외에는 없다. 다시 말해 문제는 나 한 사람에 한한 것이고, 이제 지에코가 내 내부에 관여할 여지는 남아 있지 않은 것이다.

하지만 나는 또 생각했다. 내 청춘은 너무나 빈곤했다. 그것은 내 미완성의 소설처럼 (내 소설은 가을 이후로 조금도 진전이 없었다. 초고는 먼지에 뒤덮여 책상 위에 쌓여 있었다.) 덧없는 희망과, 실현되지 않을 계획의 연속일 뿐이었다. 이 청춘이, 지금 여기서, 국가의 의지에 의해 억지로 중단되어버린다면, 하다못해 그 마지막 한 페이지는 조금이라도 아름답게 장식해야 하지 않을까. 하다못해…….

나는 가능한 한 도쿄에 남아 있다가 야간열차로 고향으로 떠날 생각이었다. 그 마지막 날 밤, 나는 히비야 공회당에서 열리는 피아노 연주회 광고를 신문에서 보았다. 나는 표를 두 장 사서 그 한 장을 짧은 문장과 함께 지에코에게 속달로 부쳤다. 그것이 내가 예정한 내 청춘의 마지막 한 페이지였다. 만약 지에코가 온다면, 나는 그녀와 함께 쇼팽을 듣고 (그 연주회의 프로그램은 전부 다 그녀가 좋아하는 쇼팽이었다), 그리고 헤어져 기차로 떠날 것이다. 만약 오지 않는다면, —— 그때는 더 나빠질 것도 없는 것이다. 나는 이 계획이 조금 연극적이라고는 생각했다. 하지만 작품을 아름답게 구성하는 것이 예술가의 일이라고 한다면, 현실을 아름답게 구성하는 것도 또 하나의 일이 아닐까. 특히 나처럼 실패한 예술가에게 마지막 한 페이지를 소설이 아니라 현실에서 쓰고 싶다고 생각한 것은 최소한의 가난한 바람이었다.

마지막 날 아침, 나는 하숙집 뜰을 나와, 일기와 노트와 함께 미완으로 끝난 내 소설의 초고를 태웠다. 서리 내린 검은 땅 위에서 작은 불꽃을 피우며 마른 종이는 훨훨 타올랐다. 나는 대나무 막대기로 이따금 그것을 뒤적이면서 얼어붙은 손을 불 가까이 갖다 댔다. 겨울의 하늘에서 희미하게 비행기의 폭음이 들려왔다.

*

연주가 시작될 시간이 되어도 내 옆자리는 비어 있는 그대로였다.

주변은 조용해지고 어두컴컴해진 객석 사이로 기대에 찬 침묵이 뜨겁게 느껴졌다. 무대 위에만 조명이 비치고, 검게 빛나는 대형 피아노 앞에 연미복을 입은 작은 몸집의 남자가 살짝 점잔을 빼며 두 손을 움직이기 시작했다. 어쩌면 쇼팽도 이렇게 조금은 점잔을 부리는 청년이었겠지. 청중은 전혀 개의치 않는 듯한 얼굴로, 자신의 손끝에서 태어나는 선율에 빠져 넋을 잃고 들으며 가만히 눈을 감고 있었겠지. 삶을 향한 유혹과도 같은 감미로운 음의 물결이 홀 안을 반짝반짝 빛내며 흘러갔다. 삶을 향한? —— 하지만 그것은 죽음을 향한 유혹인지도 몰랐다. 내 마음속을 채우고 있던 것은 망각에 대한 격렬한 동경이었다. 모든 꺼림칙한 현실을 잊고, 오로지 이 순간의 도취에만 나 자신을 가둬버리고 싶은 격렬한 욕구였다. 그리고 미래를 지향하지 않는 욕구에는 언제나 불안이 감춰져 있었다.

휴식 시간이 되어도 지에코는 오지 않았다. 나는 로비로 나가 접수처까지 가서 검표하는 여성 옆에 서 있었다. 허둥지둥 뛰어 들어오는 손님 중에도 그녀의 모습은 없었다.

내 옆자리만이 덩그러니 비어 있었다. 그것이 너무도 춥게 느껴졌다. 곡이 시작되고, 두세 명 너머의 앞자리에서 학생 같아 보이는 젊은 남자가 곡에 맞춰 악보를 넘기고 있었다. 그 희미한 종이 소리조차 내게는 애처롭도록 싸늘했다. 지에코는 오지 않겠지. 나는 내 의지를 거스르고 그녀에게 표 따위를 보낸 유치한 나의 연극을 동정했다. 만나고 싶으면 당당히 그녀의 집을 찾아가면 되었던 것이다. 그렇게 하면 그녀의 어머니와도 마지막 인사를 나눌 수 있었을 것이다. 이제 모든 게 늦었다. 지에코가 오지 않는 여러 가지 이유를 추측할 수 있었다. 하지만 한마디로, 나는 사랑받지 못했다는, 그 단 하나의 이유가 내 사고를 몰아붙이고 있었다.

다음 휴식 시간에 담배를 피우며 접수처로 걸어가는데, 한 젊은 여자가 내게 인사를 했다.

"오랜만이에요."

어린애처럼 생글생글 웃는 얼굴은 예전에 본 적이 있는 도시코였다. 나는 반사적으로 물었다.

"혼자 왔어요?"

"네, 혼자예요? 그쪽도?"

나는 고개를 끄덕이고 그녀와 함께 발코니 쪽으로 발길을 돌렸다. 지에코가 얘기했을까, 하고 나는 생각했다. 어쩌면 이 사람이 뭔가 전갈을 받고 왔을지도 모른다는 생각을 했다.

"쇼팽은 정말 달콤하죠." 더 생글생글 웃으며 도시코가 말했다.

우리는 난간에 기대어 밖을 내다보았다. 별이 없는 어두운 밤이 펼쳐져 있고, 광장을 둘러싼 나무들은 은은한 가로등 불빛을 받으며 추운 듯 서 있었다.

"음악회에는 자주 오시나요?" 나는 물었다.

"네, 좋아해서요. 시오미 씨도 자주 오신다면서요?"

"전 그 정도는 아니고……."

"아니에요, 알고 있어요. 지에코가 늘 그렇게 말했거든요. 왠지 전에도 여기서 뵌 적이 있는 것 같아요."

멍하니 나는 멀리서 깜빡이고 있는 불빛을 바라보고 있었지만, 그때 문득, 조금 전부터 도시코의 웃는 얼굴에 어떤 의미가 있다는 것을 알아차렸다.

"아, 그게 당신이었어요?" 하고 느닷없이 물었다. "지에코의 친구 중에 음악을 아주 좋아하고, 쇼팽이 말랑하다고 말한 사람이?"

"네, 그게 저예요."

둘은 함께 웃었다. 도시코의 웃는 얼굴은 작은 보조개가 뺨에 생겨 매력적이었다. 그리고 나는 정말로 오랜만에, 나 자신이 소리 내어 웃었다는 것을 깨달았다.

"시오미 씨가 아주 정색하며 절 공격했다던데요." 도시코가 말했다. "지에코한테 얘기 많이 들었어요."

"언젠가 오차노미즈 역에서 뵀죠." 나는 말했다. "그 사람, 야시로와 약혼했다는 건 역시 사실입니까?"

"아뇨, 이시이 씨예요. 제가 야시로 씨라고 말했었나요?"

"아, 그랬지. 제가 착각했군요. 이시이구나, 그 사람이 이시이와 결혼한다니, 아무래도 이상한 기분이 드는군요."

"그래요." 도시코는 난간에서 밖을 보면서 끄덕였다. "난 지에코가 시오미 씨와 결혼할 거라고만 생각했거든요."

"그런 뜻으로 한 말은 아닙니다." 하고 괴로운 목소리로 대답했다. "전 안 돼요. 애초에 전 신을 믿지도 않으니까요."

"어머, 무슨 말이에요." 하며 얼굴을 내 쪽으로 돌리더니 내 눈을 물끄러미 들여다보았다. "하나님을 믿은 안 믿든, 사랑하기만 하면 아무 문제없지 않나요? 죄송해요, 이런 건방진 말을 해서."

그때 연주 시작 벨이 울리기 시작했다. 주변에 사람 그림자가 어수선하게 흔들렸다.

"사랑하기만 하면," 하고 나는 비웃듯이 상대방의 말을 되뇌었다. "그 사람은 절 사랑하지 않아요."

"그렇지 않아요." 남들이 뒤돌아볼 정도로 도시코는 큰 소리로 말했다.

"그럼 왜 이시이와 결혼하는 겁니까?"

"그건 저도 몰라요. 하지만 지에코가 당신을 마음에 두고 있는 건 분명해요. 전 늘 그걸 느꼈어요."

나는 걷기 시작했다. 이미 로비에는 인적이 드문드문해져 전등만이 환히 반짝였다.

"전 안 돼요." 옆에서 나란히 걷고 있는 도시코를 보지도 않고 나는 반복했다. "게다가 영장이 나와서 이제 떠나려던 참이니까요."

"네? 정말요? 언제요?" 도시코가 팔에 매달리듯 하며 물었다.

"오늘 밤요. 오늘 밤 야간열차로 떠납니다. 그럼 전 가보겠습니다."

나는 돌아보지도 않고 복도의 문을 밀고 홀로 들어갔다. 안은 벌써 어두컴컴했다. 자리에 막 앉으려고 할 때, 피아노의 맑은 음색이 무대 쪽에서 찬란하게 흘러내렸다. 내 옆자리는 여전히 비어 있었다.

나는 이제 아무것도 생각하지 않았다. 저 사람이 도시코가 아니라 지에코였다면, 하는 생각도 하지 않았다. 지에코를 만나지 못하는 건 미련이 남았지만, 지금은 그것도 잊으려고 했다. 이 감미로운 쇼팽, 오로지 이것만 들으며, 행복해 보이는 얼굴로 피아니스트를 지켜보고 있는 많은 청중들과 마찬가지로 나도 행복해 보이는 얼굴을 하려고 애썼다. 이 수많은 사람들 속에는 서로 사랑하는 연인들도 있을 것이다. 이 선율보다 더 감미로운 사랑의 생각으로 가슴을 떨고 있는 사람들도 있을 것이다. 그들이 행복하다면 그걸로 된 것이다. 자신에게 만족하고, 사랑하고 있는 것에 만족하는 사람들이 많으면 되는 것이다. 언젠가는 전쟁이 끝나고, 또다시 평화로운 시대가 올 것이다. 그때까지, 한결같이 음악을 귀 기울여 듣는 청년들의 진지한 눈동자와, 풍요로운 사랑으로 살아 숨쉬는 소녀들의 다정한 미소가 사라지지만 않으면 되는 것이다. 너희들이 행복하기만 하다면 나는 그걸로 된 것이다…….

곡목이 끝나고, 앙코르도 끝났다. 홀 안에서 인파에 밀려 나오니, 환한 복도에서 스가 도시코가 조금 창백한 안색으로 나를 기다리고 있었다.

"스가 씨, 기다리지 않아도 되는데." 하고 내가 말했다.

도시코는 나와 나란히 출구 쪽으로 걸으면서 "정말 오늘 밤에 떠나세요?" 하고 물었다.

"네. 이제 도쿄 역으로 갑니다."

"그럼 지에코는요? 역에서 기다리기로 했나요?"

"아뇨, 역에서 기다릴 리가 없어요. 기차 시간을 모르니까요."

공회당 계단을 내려가 어두컴컴한 광장으로 나가니 공기는 차갑고 건조했다. 전에 쇼팽을 들었을 때는 지에코와 함께였다. 그것은 봄의 끝자락이었다. 나는 그런 것들을 떠올리고 있었다.

"지에코는 만나보셨어요?" 도시코가 물었다.

"아뇨. 그동안 안 만났습니다." 나는 대답했다. "어떻게 지내나요, 요즘?"

"왜 떠난다고 말하러 가지 않으셨어요?" 하고 이해할 수 없다는 듯이 책망하는 것 같은 목소리로 물었다. "생각할 수도 없어요, 그런 건."

나는 가만히 있었다. 우리는 유라쿠초 역 쪽으로 걸었다.

"지에코, 요즘 좀 야위었어요." 도시코가 낮은 목소리로 말했다.

"감기로 이삼일 학교를 쉬었어요."

"그래요? 감기에 걸렸군요." 나는 조금 생기 어린 목소리로 대답했다. 감기에 걸렸기 때문에 그녀는 오늘 밤 올 수 없었던 것이다, —— 그렇게 생각하니 조금은 위로가 되었다.

유라쿠초 역에서 도시코는 도쿄 역까지 배웅하러 가겠다며 고집을 부렸지만, 나는 거절했다.

"전 누구의 배웅도 받고 싶지 않습니다." 하고 웃으면서 말했다. "마지막 날 밤에 음악회에 오는 사람이니 좀 별나긴 하죠."

"그래요? 왠지 아쉬운데."

"괜찮습니다. 고마워요. 도시코 씨를 만나서 조금은 기분이 좋아졌습니다. 부디 건강하십시오."

"안녕히 가세요. 부디 몸조심하시고요. 무운장구하시길 빌게요."

"안녕히 계십시오. 지에코에게 안부 전해주십시오. 어서 감기 나으라고 말해주세요."

도시코는 글썽이는 눈에 억지로 미소를 지으며 개찰구로 걸어갔다. 나는 그 뒷모습을 바라보다가 혼자서 긴자 거리를 느릿느릿 걸었다. 기차 시간까지는 아직 좀 남아 있었다. 나는 코트 호주머니에 두 손을 찔러 넣고 아무 걱정도 없는 듯한 얼굴로 쇼윈도를 들여다보았다. 크리스마스를 앞두고 있는데도 내 학창 시절에 비하면 긴자의 북적임도 부쩍 쓸쓸하게 느껴졌다. 걷고 있는 사람들

속에 병사들의 수가 많았다. 그들은 장교와 마주칠 때마다 급히 자세를 바로 하고 경례를 했다. 나는 그 한 사람 한 사람의 어색한 모습에 나 자신의 미래의 그림자를 보았다. 가게 앞의 스피커가 기세 좋은 군가의 선율을 보도 위로 흩뿌렸다.

나는 유라쿠초 역으로 돌아가 맡겨둔 트렁크를 찾아서 도쿄 역으로 향했다.

전등 불빛이 하얗게 반사된 플랫폼에는 배웅 나온 사람들로 북적였다. 그 대부분은 출정하는 사람들의 배웅이었다. 그들은 저마다 손에 작은 깃발을 들고 둥글게 원을 그리며 서서 군가를 부르고 있었다. 원 가운데에는 붉은 어깨띠를 두른 남자가 뭐라 말로 표현할 수 없는 표정을 한 채 꼼짝도 하지 않고 똑바로 서 있었다. 나는 이런 모든 의식을 거절한 나 자신에게 안도를 느꼈다. 나는 이런 것들을 도저히 견딜 수 없었을 것 같았다.

사브르*를 찬 젊은 장교가 내 쪽으로 다가오는 것을 보고, 나는 당황하며 조금 허둥지둥했다. 그는 다치바나였다. 고등학교 시절의 이과 친구였다. 궁술부 친구들 중에는 지방에서 근무하는 사람도 있고 군대에 간 사람도 있어 도쿄에 남은 건 항공 본부에서 일하는 다치바나뿐이었기 때문에 나는 전화로 그에게 떠난다고 연락했던 것이다. 하지만 배웅을 올 거라고는 생각하지 못했다.

* 서양식 긴 칼.

"왜 왔어? 바쁠 텐데." 나는 물었다.

"왜라니, 무슨 말이야, 바보 같은 녀석. 오는 게 당연하지."

"내가 싫어서 그래, 이런 거."

"괜찮아. 나도 이런 데서 노래 따위 부를 생각은 없으니까."

우리는 기둥 옆에 서서 이야기를 나누었다. 열차가 플랫폼에 들어오자 다치바나는 내 트렁크를 들고 객차 안까지 옮겨주었다.

"어떻게든 죽지만 말아." 하고 그가 말했다. "죽는 게 제일 바보 같은 거야. 요령 있게 해. 꾀병도 부리고 무슨 수라도 쓰란 말이야. 어떻게든 잘해."

다치바나는 실제로 있었던 예를 들며 그가 말하는 소위 요령에 대해 이것저것 설명했다. 다치바나는 고등학교 때와 조금도 변하지 않았다. 흰색 줄이 쳐진 모자 대신 근엄한 군모를 쓰고 있는 게 우스웠다. 오래전, 언제나 말없이 나를 지켜보며, 이렇다 하게 직접적으로 느껴지지는 않지만, 진정한 우정을 내게 쏟았던 남자다.

벨이 울리기 시작하자, 그는 객차에서 나가 창밖에서 나를 보며 싱글싱글 웃었다. 나는 창을 열어 그의 손을 붙잡았다.

"조만간 또 보자. 건강하게 지내."

"응. 너도 건강하고." 나는 말했다.

플랫폼 여기저기서 만세 소리가 들려왔다. 다치바나는 기차가 떠날 때 거수경례를 했다. 나는 잠깐 손을 흔들고 창을 닫았다. 객차 안은 스팀으로 따뜻했지만 나는 코트 깃을 세웠다.

시나가와는 금방이었다. 기차가 시나가와를 출발하자 나는 증기로 흐려진 유리창을 손수건으로 닦았다. 불빛이 차례차례 어둠 속을 달리며 지나가는 것을, 유리창에 얼굴을 갖다 댄 채 나는 뚫어지게 바라보았다. 유리창에 닿은 코끝이 아플 만큼 차가웠다.

밤이라 지형도 알 수 없고, 작은 아파트의 불빛도 알아보기 힘들었다. 그건 거의 불가능했다. 나는 숨을 죽이고 있었다. 하지만 나는 그것을 알아보았다. 알아보았다고 생각했다. 지에코 방의 작은 불빛이, 한순간 내 망막에 새겨져 유성처럼 달려갔다. 그리고 몇 개의 불빛이 꼬리를 물고 흘러갔다.

그때 내게 떠오른 것은 오래전 H 마을에서 보았던 야광충의 바다였다. 그 반짝반짝 빛나던, 밀려왔다 물러가는 파도의 장난이었다. 그리고 나는 후지키 시노부가 희미하게 중얼거렸던 말을 떠올렸다. —— 아무래도 혼자 죽는 건 너무 외롭잖아요.

후지키, 하고 나는 마음속으로 불렀다. 후지키, 넌 날 사랑하지 않았어. 그리고 네 여동생도 날 사랑하지 않았어. 난 혼자서 죽겠지…….

점점 속력을 내는 밤 기차의 창에 기대어, 나는 언제까지고 차가운 유리창에 얼굴을 대고 있었다.

4장

봄

긴 겨울이 지나가고 봄이 되었다.

그해 겨울은 길었다. 봄은 바로 코앞에 와 있었지만, 3월이 되어도 기온이 영하로 내려가는 날이 이어지고, 매일 아침 가래 컵 안의 물이 얼어붙었다. 낮에는 서리가 녹은 길이 진창길로 변하고, 이윽고 계절이 변할 무렵의 광풍이 잡목림의 우듬지를 흔들자 하늘은 흙먼지로 뒤덮이고, 침대 위에까지 버석버석한 먼지가 날아들었다. 환자들은 목까지 이불을 둘둘 만 채, 온실용 화초의 화분 같은 것을 서랍장 위에 올려놓았다. 요양을 위해서는 하는 일 없이 누워 있는 겨울철이 훨씬 몸에 좋아서, 따뜻한 날이 이어지면 그만큼 병세에 변화가 생기는 일도 많았지만, 우리는 끊임없이 햇살을 그리워했다. 매화나무숲의 매화가 피기 시작하고 어린 풀이 싹트기 시작하고 보리가 한 치씩 자라자, 중증 환자들의 눈에도 아지랑이 같은 희망의 빛이 타올랐다. 다들 그렇게 봄을 기다리고 있었다.

맑게 갠 날, 나는 경증 환자 병동 사이를 지나서 요양원 뒤편의 오솔길을 걸었다. 보리는 파릇파릇 자라나고, 흙은 검고, 잡목림 속에는 새싹이 움트고 있었다. 길을 쭉 걷다 보면 산불 방지용 운하가 나온다. 도쿠가와 막부 말기에 지어진 관개용 운하로, 여섯 자쯤 되는 폭을 유지하면서 무사시노의 옛 자취가 남아 있는 들판을 느릿하게 흐르고 있었다. 그 옆에는 삼각산이 있는데, 산이라고 해도 작은 언덕 정도였지만 우리의 체력으로는 거기에 오르는 것만으로도 숨이 찼다. 산 정상에서는 나무들 사이로 근처의 보리밭과, 보리밭을 둘러싼 숲과, 숲속에 있는 요양원의 지붕 같은 것들이 보였다.

운하 위에 놓인 위태위태해 보이는 돌다리를 건너 조금 더 멀리 갈 때도 있었다. 풀밭 위에 앉으면 완만하게 경사진 내리막길 너머로, 방풍림으로 둘러싸인 농가와 시냇물, 작은 절 등이 쏟아지는 햇살을 받으며 잠들어 있었다. 그 풍경들은 마음속으로 스며들 정도로 신선하고 평화로웠다.

나는 종종 그 근처까지 산책했다. 혼자일 때도 있었고 가쿠 씨와 함께 갈 때도 있었다. 하지만 대개는 혼자였다. 금방이라도 흘러넘칠 듯 세차게 흘러가는 운하의 물을 바라보고, 이따금 몸을 숙여 물속에 손을 담그기도 했다. 물이 조금씩 미지근해지는 계절이었다. 나는 조릿대 잎으로 배를 만들어 어릴 때 그랬던 것처럼 다리에서 흘려보냈다. 조릿대 배는 빙글빙글 돌며 물가로 다가오기도 하다가, 물풀에 얽히면서 순식간에 떠내려갔다. 그럴 때, 살아 있다는 것의 즐거움이 내 가슴을 죄어오는 것 같았다. 온갖 감회가 내 머리와 가슴속을 드나들었다. 그중에서도 시오미 시게시의 죽음이, 그 죽음의 이유가 하나의 강박관념처럼 가슴 밑바닥에 응어리져 있었다.

나는 어느 눈 녹은 날 영안실에서, 깨알 같은 글자로 빽빽이 써 내려간 그의 노트 두 권을 읽었다. 하지만 그의 죽음이 스스로 예견한 일종의 자살 행위였는지, 아니면 그저 불행한 수술 사고사의 한 케이스일 뿐이었는지, 나는 알 수 없었다. 그가 수기를 쓴 기분은 유추할 수 있어도, 그가 죽기 전에 무엇을 생각했는지, 또 왜 이 노트를 내게 맡겼는지, 그것도 알 수 없었다. 나는 내 멋대로 상상하며 전장에 있었던 그가 결국에는 자신의 고독한 의지를 지킬 수 없었고, 그 때문에 격렬한 자기혐오에 빠진 건 아닐까 하고 생각했다. 하지만 그런 상상이 무슨 의미가 있을까. 그는 그의 의지로 죽음을, 어쩌면 죽음의 위험을 다분히 동반한 수술을 선택했다. 그는 그것을 후회하지 않았다. 그의 고독이 그 나름대로 완성된 이상, 우리가 거기에 이러쿵저러쿵 덧붙일 말이 뭐가 있을까.

수술을 받기 며칠 전, 시오미는 이런 말을 했다.

"옛날에 난 죽는 게 두려웠어. 잃고 싶지 않은 게 많았거든. 사랑이니 행복이니 청춘이니 야심 같은 것들이지. 그래서 죽고 싶지 않았어. 지금은 이 자아라는 것 말고는 잃을 것도 없어. 그리고 이 자아라는 녀석이 내가 제일 싫어하는 거야."

이제 와서 돌이켜보면, 이미 그때 그는 죽음을 결심했던 것이다. 하지만 그의 태도가 너무나 평안하고 고요해 나는 그걸 알아차리지 못했다. 나는 그 말을 다른 많은 말들과 함께 금세 잊었다. 내가 운하 근처를 헤매고 다니면서 흐르는 물소리 속에서 듣는 것은, 그렇게 반쯤 잊고 있었던, 시오미 시게시가 무심히 던진 말이었다.

시오미의 유골은 그의 형 품에 안겨 고향으로 돌아갔다. 내 손 안에는 두 권의 노트가 남았다. 나는 시오미가 나온 고등학교의 동창회 명부를 빌려와 그의 친구들 이름을 찾아서 부고를 전했다. 그리고 그렇게 편지를 보내던 중에 나는 이시이 지에코의 현주소를 알게 되었다. 그녀는 도카이도의 S시에 살고 있었다.

나는 시오미가 남긴 노트를 이시이 지에코가 읽는 것이 좋을지 어떨지 판단이 서지 않았다. 그녀는 어쩌면 시골에서 행복한 결혼 생활을 보내고 있을 것이다. 시오미와의 관계는 오래전에 끝난 과거임에 틀림없다. 나는 쓸데없이 참견해서 남의 평화를 깨고 싶지는 않았다. 하지만 시오미 시게시의 마음속을 헤아려보면, 그가 자신의 수기를 가장 잘 이해해줄 독자로 예상한 것은, 그가 평생에 사랑했던 단 한 사람, 이 여성 말고는 없었다.

나는 오랫동안 망설이다가 끝내 이시이 지에코에게 편지를 썼다. 시오미 시게시와 나의 관계, 그의 죽음에 대해 설명하고, 또 그가 남긴 노트의 내용에 대해서도 가능한 한 자세히 전해주었다. 그리고 만약 그녀가 그것을 읽을 의지가 있다면, 언제든지 보내겠다고 덧붙였다. 나는 그 편지를 부치고 나서, 어쩌면 정말로 쓸데없는 짓을 한 게 아닐까 하고 불쑥 마음이 괴로워질 때도 있었다.

답장은 좀처럼 오지 않았다. 겨우 답장이 도착했을 때는 이미 봄이 저물고 있었다. 그 편지는 우표가 몇 장이나 붙은 묵직한 봉투로, 깨알 같은 펜글씨는 내게 일종의 감회를 불러일으켰다.

나는 이시이 지에코의 긴 편지를 운하 위의 다리 너머에 있는 풀밭에서 읽었다. 시오미의 노트를 읽었을 때는 겨울이 한창이었는데, 이제는 풀이 따뜻하게 싹을 틔우고 민들레꽃이 흐드러지게 피어 있었다. 하늘에는 종달새가 떠들썩하게 지저귀고, 평온한 흰 구름이 드문드문 떠 있었다. 편지에는 이렇게 쓰여 있었다.

편지는 감사히 잘 받았습니다. 슬픈 편지였습니다.

저는 시오미 씨를 잊지는 않았습니다. 하지만 잊으려고 애쓰기는 했습니다. 결국 더는 어떻게 할 수 없는 일이라고 체념하기는 했습니다. 당신이 보내주신 편지를 받고, 누군지 모르는 사람이 무슨 일로 보낸 편지일까 의아해하면서 편지지를 펼친 순간 시오미 시게시라는 이름이 눈에 비쳤을 때에는, 갑자기 손이 떨리기 시작해 편지지를 손에 들고 있을 수도 없을 정도였습니다. 웃으실지도 모르겠지만, 저는 두려웠던 것은 아닙니다. 단지 그분이 징집된 이후로 저는 그분의 소식을 들은 적이 거의 없습니다. 저는 여대를 졸업한 후 이시이와 결혼해 아이를 낳았고, 종전이 되던 해에 남편이 이곳의 고등학교에서 교편을 쥐게 되면서 그 후로 지금까지 시골에 틀어박혀 있었습니다. 시오미 씨도 분명 무사히 돌아와 잘 지내고 있을 거라고만 생각했습니다. 그분은 소설가가 되고 싶어 하셨으니까, 틀림없이 훌륭한 작품을 볼 수 있을 거라고 기대하고 있었습니다. 서점 앞을 지나갈 때면 저도 모르게 안으로 들어가 문예잡지의 목차를 들춰보는 버릇이 생긴 것도 그분의 출세를 기원하고 있었기 때문입니다. 저는 그분이 병에 걸려 요양원에서 치료받고 있다고는 꿈에도 생각하지 못했습니다. 하물며 홀로 쓸쓸히 세상을 떠났다는 것을 제가 어떻게 상상할 수 있을까요? 당신의 편지를 읽으면서 저는 놀란 나머지 숨도 쉬지 못하고 손이 떨렸습니다. 시오미 씨가 세상을 떠났다는 그 사실의 무게는, 지금 그분의 존재가 얼마나 제게 귀중한 것이었는지를 마음 깊이 느끼게 합니다. 만약 그분의 병을 좀 더 빨리 알았더라면, 그런 생각도 하면서 너무나 큰 아쉬움에 뭘 어찌해야 좋을지 모를 절망적인 기분도 들었지만, 이제 남편이 있고 아이가 있는 제가 과연 무엇을 할 수 있었을까요? 당신의 친절함에 깊이 감사하는 것 외에, 모든 것은 이제 돌이킬 수 없는 것뿐입니다. 시오미 씨는 예전부터 고독한 분이었습니다. 적어도 병원에서 당신 같은 분과 친하게 지냈다는 것이 그분의 마음에 위로가 되었으리라고 생각합니다. 그분은 불행한 분이었습니다.

당신은 제가 행복하게 살고 있다고 생각하시는지요. 시오미 씨는 시오미 씨의 길을 가고, 저는 저의 길을 가는 것이 두 사람 다 행복해지는 것이라고 저는 생각했습니다. 벌써 오래전의 일입니다. 하지만 시오미 씨가 그 후 행복해졌다고는 생각하지 않습니다. 저 역시 한 사람의 주부로, 한 아이의 어머니로, 이런저런 고생을 겪기는 했지만, 남들이 보기에는 평화롭고 행복한 듯이 살고 있습니다. 하지만 때때로, 세쓰코가 인형 놀이를 하면서 혼잣말을 하는 것을 들을 때나, 남편이 벗어 던진 양복을 옷걸이에 걸 때, 왠지 모르게 문득 지금의 이런 생활이 완전히 잘못된 것은 아닐까 하고 견딜 수 없이 허무하게 느껴질 때가 있습니다. 저희가 살고 있는 곳은 도카이에 있는 기후가 온화한 지역으로, 뜰의 나무들은 어린잎을 틔우고 등꽃과 철쭉도 지금이 한창이라는 듯 꽃이 피어 있습니다. 하지만 저는 할 일도 없는데 뜰 한구석에 가서 막연히 가슴이 답답해지는 것을 느끼며 하염없이 멍하니 서 있을 때도 있습니다. 슬픈 일도 겪었습니다. 세상의 추한 것도 보고 들었습니다. 사람은 나이를 먹으면서 슬픈 것만을 남기고, 옛날의 즐겁고 아름다웠던 것은 조금씩 잊어가는 게 아닐까요. 하지만 이런 푸념은 당신과는 아무 관계도 없는 것입니다.

당신은 제가 왜 시오미 씨와 헤어졌는지 물으셨습니다. 저는 변명하고 싶지는 않습니다. 그분이 행복해질 수 없었다고 한다면, 그건 사실 제 잘못입니다. 하지만 저는 예술가라는 것을 이해할 수 없었고, 저 같은 평범한 여자가 만약 그분과 함께한다면 서로가 불행해질 뿐이라고만 생각했습니다. 행복이니 불행이니 말하지만, 정말로 불타오르는 사랑에 비한다면 그런 건 어쩌면 아무 의미도 없는 것이겠지요. 하지만 저는 그것을 몰랐습니다. 그리고 저는, 이런 저로서, 이 살아 있는 피와 살로 이루어진 저로서, 사랑받고 싶었습니다. 그분이 저를 볼 때, 어떤 이상형을 두고 저를 보고 있다는 생각은 제게 견딜 수 없는 고통이었습니다. 저는 평범한 여자입니다. 그런 저를 그분은 비범하다는 듯이 보셨습니다. 그런 착각은 언젠가는 깨어지는 법입니다. 언젠가는 그분이 환멸의 눈으로 저를 바라볼 거라는 생각을 하면, 저는 소름이 돋았습니다. 그분은 꿈을 꾸며 사는 사람이었고, 저는 현실밖에 볼 줄 몰랐습니다.

제가 시오미 씨와 헤어지겠다고 말했을 무렵, 저는 열심히 기독교를 믿고 있었습니다. 저는 이 두 사랑이, —— 처음부터 차원은 다르지만 하나님에 대한 사랑과 시오미 씨에 대한 사랑이 제 안에서 공존할 수 있다고 생각했습니다. 하지만 하나님은 엄격한 주였습니다. 저는 어느샌가 이 두 사랑 중 어느 한쪽을 선택하지 않으면 안 된다는 생각에 몰렸습니다. 시오미 씨는 하나님을 믿지 않습니다. 만약 그분이 저를 사랑함으로써 조금이라도 신앙의 길로 들어설 수 있게 된다면, 두 사랑을 공존시킬 수도 있다고 생각했습니다. 그러나 시오미 씨는 굳게 자신을 지키는 분이었습니다. 그리고 저는 제 신앙을 잃고 싶지 않았습니다.

저는 그 무렵 루터를 읽고 있었습니다. 자신의 행복을 위해 하나님을 찾는 것은 죄의 본질이라는 것을 알았습니다. 자신의 행복이라는 말을 저는 시오미 씨와의 사랑을 가리키는 것으로 받아들였습니다. 제가 시오미 씨를 사랑하는 것에 순수하면 할수록 저는 나 자신의 불순함을 느꼈고, 그 때문에 더더욱 하나님을 찾을 수밖에 없었습니다. 루터는 상대방을 자신을 위해 사랑하는 것이 아니라, 그 상대방을 위해 순수하게 사랑하는 것이 회개의 본질이라고 거듭 말합니다. 거기에 저의 딜레마가 있었습니다. 저는 마음이 강할 때는 내가 정말 시오미 씨를 사랑한다면 그분을 위해 내가 떠나는 것이 좋겠다고 생각하다가도, 마음이 약할 때는 나 같은 사람은 하나님에게 의지해 마음을 강하게 하는 것 외에는 달리 살아갈 방법이 없다고 생각했습니다. 어쨌든 저는 그분을 사랑하면 할수록 진정한 사랑은 오히려 그분을 떠나는 것이라고 생각했습니다. 그때의 그 심정은 괴로웠습니다. 여름 내내 시오미 씨에게서 편지 한 통 오지 않았고, 저는 제 외로움을 이겨내기 위해서라도 매일 열심히 기도를 했습니다. 그해 8월, 저는 Y 호반에서 열린 사와다 선생의 성경 강습에 참가했지만, 푸른 호수와 푸른 하늘을 보면서도 시오미 씨에 대한 마음을 끊지 못하는 나약한 제 마음을 기도가 부족한 탓이라고 생각했습니다. 하지만 마음을 속일 수는 없습니다. 눈에 보이지 않는 하나님보다, 눈에 보이는 시오미 씨가 제게는 몇 배나 더 그립게 느껴졌습니다. 그리고 이 기분은 오직 나만의 행복과 관계가 있을 뿐, 그분의 행복과는 별개라는 생각에 견딜 수 없이 괴로웠습니다. 제가 친구인 스가 도시코 씨와 함께 8월 말 신슈에 있는 O 마을의 기숙사에 갔을 때, 저는 헤어지겠다고 한 결심을 반쯤 후회하고 있었습니다.

저는 거기서 반쯤은 우연히, 반쯤은 예상한 대로 시오미 씨를 만났습니다. 우리는 다시 전처럼 쳇바퀴 돌 듯 진전 없는 이야기를 나누었고, 그분이 저를 얼마나 깊이 사랑하고 있는지 저는 분명히 알게 되었습니다. 저는 하나님을 잊었습니다. 만약 정말로 시오미 씨가 행복해진다면, 제 영혼의 평화 따위는 땅바닥에 내팽개쳐도 아깝지 않다고 생각했습니다. 저는 시오미 씨에게 에고이스트라는 말을 들었습니다. 분명 그렇겠지요. 저는 그때, 시오미 씨가 만약 그토록 원한다면 저 역시 하나님을 버려도 후회 없다는 마음이 들었습니다. 경솔하다고 생각하시나요? 저는 분화하는 아사마 산이 두려운 이상으로 미지의 것들이 두려웠습니다. 하지만 저의 에고이즘은 그 미지의 것들을 원했습니다. 그렇게 해서 우리 두 사람 다 지옥불에 타버리면 좋겠다는 생각까지 했습니다.

하지만 시오미 씨는 그런 저를 분명 경멸했을 것입니다. 우리는 어떤 잘못도 저지르지 않고 해질녘에 산을 내려왔습니다. 석양이 붉게 산의 표면을 불태우고 있었습니다. 저는 그때, 우리의 마음이 너무나 멀리 떨어져 있는 것을 느꼈습니다. 그와 동시에 저는 곧바로 하나님 앞에 고개를 숙이고, 이 나약하고 유혹에 무너지기 쉬운 나 자신을 참회했습니다. 시오미 씨가 저를 선택하지 않은 이상, 하나님이 저를 선택한 것이라고 생각했습니다. 이건 저 혼자의 입장만 생각한 에고이즘임에 분명합니다. 하지만 괴로움에 지쳤다고 말한다면 가식일까요? 제가 이시이의 청혼을 받았을 때, 잠시 망설이다가 받아들인 것은, 제 의지라는 것이 이제는 번거롭게만 느껴져 모든 건 하나님의 뜻이라고 반쯤은 체념해버렸기 때문입니다. 하지만 이시이를 선택한 것은 제 의지이며, 결코 어머니나 사와다 선생의 말을 들었기 때문은 아닙니다. 만약 그 후로 제가 불행해졌다면 그건 전부 저 한 사람의 책임일 뿐, 어머니나 이시이의 책임은 아닙니다.

시오미 씨가 소집영장을 받았다는 것을 저는 전혀 몰랐습니다. 저는 감기에 걸려 일주일쯤 학교를 쉬고 있었습니다. 그리고 학교에 가서 시오미 씨가 그 사이에 출정했다는 소식을 스가에게 들었습니다. 그때 제가 얼마나 놀랐는지, 저는 정말로 눈앞이 깜깜해지는 기분으로 그 말을 듣고 있었습니다. 저는 집에 돌아가 울면서 어머니에게 그 이야기를 했습니다. 시오미 오빠는 왜 알리지 않았을까요, 하고 말했습니다. 저는 그때의 어머니 얼굴을 잊을 수가 없습니다. 어머니는 시오미 씨의 속달을 받고, 제가 몸이 좋지 않았기에 그만 그걸 뜯어보았다고 했습니다. 제 감기가 혹시라도 도지는 게 아닐까 걱정이 되어, 음악회에는 어머니가 대신 갈 생각이었다고, 하지만 그날 밤 제가 열이 오르는 바람에 그것도 여의치 않아 결국 혼자 마음속에 담아두었다고 했습니다. 저는 울면서 화를 냈습니다. 어머니에게 못된 말을 마구 퍼부었습니다. 설령 감기에 걸렸다고 해도, 설령 열이 있었다고 해도, 저는 만나러 가고 싶었습니다. 하지만 어머니의 입장이 되어보면, 이시이와 약혼한 저에게 쉽사리 그 편지를 건네줄 결심이 서지 않았던 것이겠지요. 지금도 기억하고 있지만, 그것은 짧은, 시오미 씨다운 문장이었습니다.

지에코, 드디어 내게 영장이 왔다. 나는 마지막으로 음악회에 갔다가 야간열차를 타고 바로 고향으로 내려갈 생각이다. 여기에 그 음악회 표를 동봉한다. 네가 와준다면 기쁘겠구나. 아무리 그래도 우리는 오랜 친구였으니까.

어머니께 안부 전해다오.

편지는 결혼했을 때 다른 편지와 함께 태워버렸지만, 그때 받은 표는 색이 바랜 채 지금도 제 성경 안에 끼워져 있습니다. 부디 어린애 같은 제 감상을 비웃어주세요. 그때 저는 그 편지와 표를 손에 쥔 채, 어머니의 무릎에 매달려 울었습니다. 그렇게 저는 시오미 씨와 다시 만나지도 못한 채 헤어지고 말았던 것입니다.

긴 편지를 쓰고 말았습니다. 더 이상 제가 더 써야 할 것이 있을까요. 그 무렵 제가 막연히 느꼈고 지금은 더더욱 분명히 느끼고 있는 것은, 시오미 씨는 이런 저를 사랑한 것이 아니라, 저를 통해 어떤 영원한 것을, 어떤 순결한 것을, 어떤 여성적인 것을 사랑한 것이 아닐까 하는 의심입니다. 어떤 영원한 것이란 그분이 끝내 믿으려 하지 않았던 하나님이고, 어떤 순결한 것이란 제 오빠이고, 어떤 여성적인 것이란 어쩌면 괴테의 구원의 여성처럼 그분에게 이상인 여성이었겠지요. 저는 가끔 시오미 씨가 제 오빠를 보던 눈으로 저를 보고, 저를 보면서 제 오빠를 생각하고 있다는 것을 느끼지 않을 수 없었습니다. 저는 오빠를 진심으로 사랑했습니다. 오빠는 정말로 순결하고 아름다운 영혼을 가진 사람이었습니다. 오빠는 젊어서 세상을 떠났습니다. 하지만 시오미 씨의 마음속에서 오빠는 영원히 살아 있었던 것입니다.

저는 무엇에든 오빠에 미치지 못하는 기분이 들었습니다. 어머니도 늘 그렇게 말씀하셨습니다. 오빠의 죽음은 말할 것도 없이 제게는 가장 큰 불행이었지만, 적어도 제 열등감으로부터 저를 해방시켜 준 것 같았습니다. 하지만 시오미 씨가 언제까지나 오빠를 잊지 못하고, 세상을 떠난 오빠와 저를 하나하나 비교하며 바라보는 그 엄한 눈에 저는 점점 견딜 수 없어졌습니다. 저는 시오미 씨를 사랑할 때, 그 그늘에 가려진 오빠를 느끼고, 세상을 떠난 오빠를 미워했습니다. 미워한다, 라는 건 쉽지 않은 말이지만, 저는 제 마음을 꾸미고 싶지는 않습니다. 시오미 씨도 저도, 지금은 이 세상에도 없는 오빠의 영향 아래 살고 있었습니다. 그것이 어쩌면 시오미 씨와 헤어지고 이시이의 청혼을 받아들인 이유 중의 하나인지도 모르겠습니다. 이시이는 그런 의미에서는 오빠의 영향을 전혀 받지 않는 곳에서 살고 있는 것처럼 보였습니다.

저는 지금 넉넉지 않은 형편 속에서도 세쓰코에게 피아노를 배우게 하고 있습니다. 저는 이따금 집에서 그리 멀지 않은 피아노 교습소의 벽에 기댄 채 세쓰코를 기다리면서 안에서 흘러나오는 연습곡에 귀를 기울입니다. 피아노를 잘 치는 어느 아이가 쇼팽의 환상곡이나 왈츠 같은 것을 치는 것을 듣고 있으면, 그 달콤한 선율이 제 마음속을 꿰뚫고, 지난 일들이 하나하나 눈앞에 떠오르는 기분이 듭니다. 시오미 씨는 어떤 심정으로 죽어갔을까요. 생각해보면 인간의 마음속 깊은 곳은 누구도 알 수 없겠지요. 나 자신의 마음조차도 저는 분명히 드러내 보일 수가 없습니다. 제 운명은 제가 선택한 것이지만, 그 운명이 지니는 의미는 어쩌면 하나님 외에는 누구도 알 수 없겠지요.

생각이 떠오르는 대로 길고 서툰 글을 썼습니다. 당신의 친절함에 진심으로 감사를 전합니다. 부디 하루 빨리 건강해지시기를 진심으로 바랍니다. 그리고 시오미 씨의 노트는 부디 당신이 간직해주시기를 바랍니다. 제가 그것을 읽는다 한들, 아마도 돌이킬 수 없는 후회를 느낄 뿐일 테니까요.

부디 저를 용서해주십시오.

《풀꽃》을 뒤돌아보며
—— 후기를 대신하여

《풀꽃》이 이번에 신판으로 새롭게 출간된 것을 계기로 생각나는 대로 약간의 감상을 써보려고 한다.

이 작품이 처음 신초샤 출판사에서 출판된 것이 1954년 4월이니까 돌이켜보면 꽤 오래전이다. 미시마 유키오의 《파도 소리》와 나카무라 신이치로의 《아악(雅樂)》과 비슷한 시기에 잇달아 출간된 단행본으로, 그때의 기획은 이 세 권으로 중단된 것 같다. 내 작품은 그다지 주목받지 못해 재판 천 부 정도를 찍었을 뿐이라 의기소침할 수밖에 없었다. 그도 그럴 것이, 뒤에서도 말하겠지만 나는 거의 필사적으로 이 작품에 몰두했기 때문이다. 하지만 그래서 다시 마음을 다잡고 다음 작품에 힘을 쏟을 수 있기도 한 것 같다. 그런 내 마음이 헤아려졌는지, 《풀꽃》은 발행 후 2년 만에 신초 문고본으로 출간되어 조금씩이나마 팔리게 되면서 지금까지

명맥을 이어왔다. 말하자면 어떤 의미에서 이 작품은 독자들의 손에 의해, 독자들의 손에서 손으로 전해지며 오늘에 이른 작품이라고 할 수 있을 것이다. 그런 의미에서 보면, 내 작품들 중에서 가장 독자들에게 사랑받은 책이라고 할 수 있을지도 모른다. 그것도 젊은 독자들에게. 그렇게 생각하면 이 작품은 문고본에 더 어울리는 것 같아, 어쩌면 이번의 신판 출간은 필요 없었는지도 모르겠다. 하지만 오카 시카노스케 씨의 아름다운 표지 그림으로 이 책을 양장본으로 만들어준 것은 작가로서는 더할 나위 없는 기쁨이고, 또 이를 함께 기뻐해줄 독자도 있으리라고 생각한다.

나는 1947년 가을, 결핵으로 도쿄 교외의 기요세 마을에 있는 도쿄 요양원에 들어가 1953년 3월 말에 그곳을 나왔다. 원래는 1년 더 일찍 퇴원하여 지방의 어느 관립 대학에 가기로 되어 있었지만, 건강상의 이유로 도저히 채용되기 어려울 것 같아 요양원에 부탁해 조금 더 남아 있게 되었다. 말하자면 아직 완쾌되지 않았다는 의사의 소견을 받은 것이다. 매월 배양 검사라는 것을 하는데 그 결과는 한두 달 후에 나온다. 결과가 양성으로 나오면 퇴원은 취소된다. 그래서 3월 말에 딱 맞춰서 퇴원하기는 쉽지 않았다. 그래서 나는 다음 해를 위해, 그럭저럭 채용될 것 같은 어느 사립 대학에 지원서를 넣고, 이듬해 3월까지 배양 검사 결과가 음성이 되기만을 빌었다. 물론 결과가 너무 빨리 좋아져도 준비가 덜 된 상태에서 퇴원하게 된다. 하지만 다행히 잘 해결되어 3월 말에 퇴원하고 4월 1일부터 대학 강사가 되었는데, 생각해보면 위태위태한 다리를 건넌 셈이었다.

1953년은 호리 다쓰오가 세상을 떠난 해이다. 나는 호리 다쓰오 전집의 편집위원 중 한 사람으로, 그해 여름휴가 동안 결혼한 지 얼마 안 된 아내와 함께 시나노 오이와케의 아부라야 여관에 묵었다. 그 여관 이층에서 나카무라 신이치로와 방을 나란히 쓰며, 가끔 호리의 집에 가서 진자이 기요시 씨, 마루오카 아키라 씨와 회의를 하고, 남은 시간은 수다를 떨거나 산책을 하기도 했다. 밤이 되면 나는《풀꽃》을 쓰고, 나카무라 신이치로는《아악》을 썼다. 그해 여름 동안 나는 겨우 〈겨울〉 파트를 마쳤을 뿐이다. 첫 장을 제대로 썼는지에 따라 내가 이 작품을 완성할 수 있을지가 정해지는 것이었다. 왜냐하면 나는 이미 한번 시험 삼아 이 소설을 쓴 적이 있는데, 아무리 생각해도 실패로 끝났기 때문이다. 그리고 이번의 이 새로운 작품에 나의 문학적 재출발을 걸고 있었던 것이다. 나는 전쟁이 끝나고 얼마 후 나카무라 신이치로, 가토 슈이치 등과 함께 글을 쓰기 시작했지만, 바로 병에 걸리는 바람에 오랜 공백 기간을 보낼 수밖에 없었다. 1952년에 첫 소설《풍토》가 신초샤에서 출간되었지만, 전체의 3분의 1이 생략되었고 반응도 거의 없었다. 하지만 그때 끝까지 출판이 될 수 있도록 애써준 담당 편집자인 닛타 히로시 군이 한 번 더 쓰라고, 이번에는 괜찮을 거라며 권했기 때문에, 나는 그야말로 지푸라기라도 잡고 싶은 심정으로 이 소설에 매달렸다. 게다가 내 결혼에는 약간의 사정이 있어 아내도 내가 번듯한 소설가라는 것을 집안에 증명할 필요가 있었다. 이런 여러 가지 사정이 있었기에 내가 필사적으로 이 작품에 임했다는 말이 꼭 과장된 표현은 아닐 것이다.

여름휴가가 끝나고 도쿄로 돌아가, 대학에서 강의를 시작하기 전까지 내내 소설을 썼다. 어쨌든 1장 〈겨울〉이 완성되었기 때문에 대략 전망이 서기도 했고, 2장 〈첫 번째 노트〉는 초고가 있어서 비교적 술술 써나갔다. 하지만 〈두 번째 노트〉가 시작되면서 큰 난항을 겪었다. 그 무렵 우리는 스기나미 구 호난초의 작은 셋집에 살고 있었다. 방 한 칸에 현관(이라고 해봐야 겨우 신발을 벗어 놓는 곳이다)과 부엌, 그리고 그 옆에 화장실이 붙어 있는 게 전부로, 월세는 4천 엔이었다. 방에는 주둔군이 버리고 간 야전침대와 책상, 책장, 밥상이 있고, 추워지면 고타쓰를 놓고 거기서 소설을 썼다. 그해 가을에는 시골의 부친이 상경해 함께 연말까지 지냈는데, 나는 아버지와 아내의 얼굴을 번갈아 쳐다보며 연애 장면 같은 것을 쓰곤 했다. 물론 나는 소설 속의 시오미 시게시처럼 요양원의 큰방에서 다른 환자들과 담소를 나누며 원고를 쓴 적도 있기 때문에 그런 것쯤은 아무것도 아니었다. 다만 신혼인 아내의 입장에서 보면, 좁은 방에서 시아버지와 소설에만 빠져 있는 남편과 함께 지내기란 무척 고생스러웠을 것이다. 이 소설은 그해 12월이 거의 끝나갈 무렵에 완성했는데, 29일 닛타 군에게 전체 원고를 건넸을 때는 안도의 한숨을 내쉬었다. 4백 매의 원고지가 무척 무거웠던 기억이 난다.

뒤돌아보면, 내가 이 소설의 원형인 《위령가》를 쓴 것은 1949년 12월 10일부터 이듬해 1950년 5월 10일까지였다. 그 원고는 한참 전에 없앤 줄 알았는데, 얼마 전 서류 정리를 하던 중에 불쑥 튀어나와 깜짝 놀랐다. '대일본 웅변회 고단샤 원고용지'라는 문구가 상단에 인쇄되어 있는 2백 자 원고지로 총 374매였다. (참고로 《풀꽃》은 신초샤에서 인쇄한 4백 자 원고지에 썼다. 그때는 내 원고지가 없었을 때라 일일이 출판사에서 얻어서 썼다.) 누렇게 변한 그 원고지를 넘기고 있으니, 거기에 그려진 풍경보다도 그때 그 글을 쓰고 있던 나 자신의 모습이 어지럽게 떠올랐다.

그때는 지독히도 추운 겨울로, 나는 요양원의 딱딱한 침대 위에 모로 누운 채 원고를 쓰고 있었다. 몸 상태도 그다지 좋지 않았다. 나는 왼손에는, 아마도 밑에 뭔가를 받친 채 원고지를 잡고, 오른손에는 만년필을 쥐고서 몸을 왼쪽으로 돌려 베개에 기댄 자세로 조금씩 글을 쓰고 있었다. 부자연스러운 자세라 오래 쓸 수도 없었다. 어쨌든 나는 원고를 완성했지만, 그 때문에 등이 부어 의사의 엄한 경고를 받은 기억이 난다. 그리고 병세도 악화되어 당분간 글을 쓰지 못했다.

이 《위령가》는 총 4장으로 되어 있고, 전체가 '나'라는 일인칭으로 통일되어 있다. 네 개의 장 전체는 《풀꽃》의 〈첫 번째 노트〉와 같은 내용으로, 1장은 첫 장면, 2장은 합숙 장면, 3장은 다시 현재로 돌아와 후지키의 장례식 장면, 4장은 배 위의 사건부터 끝까지이다. 구성은 크게 다르지 않지만, 장황한 장면이 많아 내가 보기에도 서투르다. 나는 이 원고를 《군상》에 보냈지만 결국 채택되지 않았고, 그건 오히려 다행이었다고 생각한다. 이런 어설픈 중편이 활자로 되어 나왔다면 나는 재기 불가능할 정도로 혹평을 받았을 것이다.

나는 그해 가을 말부터 조금씩 건강이 회복되어, 미완성인 채 방치해둔 《풍토》의 제2부 후반부를 쓰기 시작했다. 《위령가》가 제대로 나오지 않았기 때문에 오래된 작품부터 정리할 생각이었던 것이다. 그리고 《풍토》를 완성한 후, 《위령가》를 어떻게 고쳐 써야 할지, 그것도 중편이 아니라 장편으로 구성하려면 어떻게 계획을 바꾸면 좋을지, 나는 이미 마음속으로 완전히 정해놓았던 것 같다. 그리고 그 3년의 시간 동안, 나는 작품을 멀리 떨어져서 바라볼 수 있게 되었다. 다시 말해, 나는 시오미 시게시를 타인으로 바라볼 수 있게 된 것이다. 그리고 요양원에서 다시 현실 세계로 돌아왔을 때는 요양원 생활 그 자체까지도 객관적으로 볼 수 있을 만큼의 여유를 가질 수 있게 되었다. 새로운 시도에서는 〈첫 번째 노트〉 뒤에 〈두 번째 노트〉를 배치함으로써, 후지키 시노부와 후지키 지에코, 또 헤다 마을의 봄 합숙과 시나노 오이와케의 가을을 대비시키는 동시에, 주인공의 영혼을 비추는 조명을 변화시킴으로써 주제를 더 선명히 드러내려고 했다. 그리고 또 한편으로, 나는 내가 겪은 요양원 생활에 대해서도 써야겠다는 생각이 들었다. 나는 그곳에서 한 번 죽은 것이다. 그리고 인간이 어떻게 죽어가는지는 중요한 문제다. 다시 말해 나는 그때 겪은 요양원의 경험을 나 한 사람만의 일이 아니라 다른 모든 동료들의 경험으로서 써야 할 의무를 느꼈다. 요양원에서의 공통된 괴로움을 (그 원인과 병증은 저마다 다르지만) 시오미 시게시, 또 그와 같은 병실을 쓰던 환자들의 입장에서 쓰고 싶었다. 그렇기 때문에 액자 형식으로 넣은 〈겨울〉과 〈봄〉 두 장은 나에게는 꼭 필요한 것이었다.

《위령가》를 쓰고 있었을 때, 나는 나 자신에 대한 객관적인 눈을 갖고 있지 않았다. 그건 당연할 것이다. 나는 절망적이었고, 오로지 과거만을 바라보며 그곳에서 내가 살았던 흔적을, 또 산다는 것의 의미를 찾으려고 했다. 아니면 이렇게 말하는 건 어떨까. —— 그때는 이미 후지키 시노부가 죽은 지 10년이 넘는 세월이 흐른 뒤였지만, 그의 죽음은 늘 내게 마음의 빚 같은 것이었다. 나는 그에 대해 써야만 한다. 죽은 자를 이 세상에 붙잡아두는 유일한 방법은 그를 표현하고 정착시켜 그 모습을 다시 되살리는 것이다. 내가 작품 속에 썼듯이, 죽은 자는 산 자들의 기억과 함께 살아 있고, 산 자들의 죽음과 함께 마지막으로 결정적인 죽음을 맞는다. 죽은 자에 대해 쓰는 것은 산 자의 의무인 것이다.

그렇기 때문에 나는 죽음의 그림자에 위협받으면서도 나 자신의 의무로서, 다시 말해 후지키 시노부에 대한 의무로서《위령가》를 쓴 것이다. 그것의 문학적 가치 같은 것은 솔직히 말하면 내 안중에 없었는지도 모른다. 하지만 그렇게 과거의 세계에 몰입함으로써 나는 시오미 시게시와는 반대로 조금씩 죽음에서 벗어나 삶으로 떠오르는 듯한 기분이 들었다. 일을 하는 것이 일종의 삶의 교훈으로, 또는 작업요법으로 내게 도움이 된 것이 아닐까 하는 생각이 든다.

그리고 거기서 나는 또 10년 남짓을 거슬러 올라간다. 〈첫 번째 노트〉에 그려진 것은 1936년의 봄이고, 〈두 번째 노트〉에 그려진 것은 1942년의 가을이다. 나는 이제 사실과 상상을 구별할 수가 없다. 나는 소설가로서 상상력에 의해 소설을 구성하는 주의를 따르는 사람이기에, 절대로 경험 그 자체를 쓰지는 않는다. 하지만 내 다른 장편소설 전부가 완전한 픽션이고, 작중인물의 모델로 여겨질 만한 사람은 하나도 존재하지 않는 것에 비해,《풀꽃》만큼은 예외로, 노트 속의 화자인 '나'는 물론이고, '후지키 시노부'도, '후지키 지에코'도, 또 여러 다른 등장인물들도 거기에는 원형이 있다는 것을 인정하지 않을 수 없다. 다만 개개의 장면은 대부분 허구로, 예를 들어 헤다 만에서 배를 타다가 떠내려갈 뻔한 일도 없었고, 후지키 지에코와 오이와케의 숲속에서 만난 적도 없다. 오히려 사실과 같은 장면은 더 찾기 어려울 정도로 나는 자유롭게 이야기를 만들어냈다. 하지만 그것은 좋다 나쁘다에 근거하고 있는 것이 아니라, 그렇게 쓰는 편이 더 진실이라고 믿었기 때문이다. 내가 충실하게 지킨 것은 주인공 시오미 시게시 (즉, 먼 곳에서 바라보는 과거의 나 자신) 의 영혼을 정확하게 재현하는 것이었고, 그 점에서만큼은 나는 결코 꾸미거나 바꾸지 않았다. 하지만 작품 속의 시오미가 어떤 식으로 괴로워했더라도, 그것을 쓰고 있는 작가는 그 시오미를 포함한 세계를, 또한 헤다 만에서 함께 합숙한 친구들과 후지키의 어머니와 지에코의 친구가 있는 그 세계를, 어떤 조화 속에서 일종의 즐거운 마음으로 떠올리고 있다. 그만큼 작가인 나는 나이를 먹었고, 죽음과 희생과 괴로움이 있는 현실을 받아들이고 용서한 것이다. 또한 그만큼 옛날에는 몰랐던 것도 알게 되었고, 후지키 시노부나 후지키 지에코의 마음속도 이해할 수 있게 되었기 때문이리라. 하지만 작품 속의 인물들은 그때는 저마다 괴로움을 갖고 그렇게 살고 있었다. 그것은 지금의 내 눈으로 보면, 망원경을 거꾸로 들여다보는 것 같은, 멀고도 작은 세계임에 분명하지만, 어떤 작은 세계에도 진실은 존재하는 것이다.

나는 이 《풀꽃》의 마지막에 '에필로그'를 붙일까 생각한 적이 있다. 실제로 그것을 쓴 것 같기도 하지만, 원고는 찾을 수가 없다. 그 에필로그에서 시오미의 노트를 받은 '나'라는 인물은 후지키 지에코를 만난다. 그녀는 '나'에게, 그분은 저를 사랑했습니다, 저도 그분을 진심으로 사랑했습니다, 라고 한다. 그 말에 '나'는, 당신 두 사람은 각자 자신의 환영을 사랑하고 있었던 게 아닐까요,

청춘이란 그런 게 아닐까요, 하고 묻지만, 그녀는 대답이 없고, 그 눈에는 한 방울의 눈물이 빛나고 있었다, —— 라고 썼다. 이런 사족을 덧붙이지 않아서 다행이지만, 청춘이란 한 사람 한 사람의 이기적인 몽상으로 이루어지는 게 아닐까 하는 생각이 든다. 청춘은 잃어가는 것이고, 잃어버리는 것 그 자체가 몽상의 특징이자 또 청춘의 특징이 아닐까. 자꾸만 떠돌아다니는 이 하나의 형상을 내 나름대로 정착시킬 수 있었다면, 또 만약 독자들이 그것을 인정해준다면, 작가로서 더한 명예는 없을 것이다.

1972년 1월

후쿠나가 다케히코

옮긴이 후기

《풀꽃》은 1954년에 출간된, 전후파 작가 후쿠나가 다케히코의 대표적인 소설입니다. 후쿠나가는 폐결핵 치료를 위해 7년 가까이 요양원에서 지내는 동안 중편 분량의 《위령가》를 썼는데, 그것이 《풀꽃》의 〈첫 번째 노트〉의 초고가 됩니다. 그리고 퇴원 후 〈두 번째 노트〉를 더하고, 1장과 4장을 앞뒤로 배치해 액자 형식으로 구성한 것이 바로 《풀꽃》입니다.

《풀꽃》은 후쿠나가의 작품 중 유일하게 자전적인 성격이 강한 소설입니다. 소설 속에 등장하는 여러 사건은 작가의 상상에 의한 것이지만, 삼십 대에 접어든 저자가 열여덟 살 때와 스물네 살 때의 자신을 회상하며 쓴 글로, 작중 인물들에게는 그들의 원형이라고 할 수 있는 실제 인물이 존재합니다. 주인공 시오미 시게시에는 저자 자신을 비롯해 요양원에서 죽음을 맞은 동료의 모습이 투영

되어 있습니다. 그리고 후지키 시노부의 실제 모델은 저자와 같은 궁술부 부원이었던 '기지마 나리노부'라는 고등학교 후배입니다. 후쿠나가는 이미 고등학교 때 기지마에 대한 사랑을 주제로 단편과 시를 발표한 적이 있습니다. 그의 동료의 회상에 의하면, 후쿠나가의 일방적인 사랑은 작품 속 시오미의 모습보다 훨씬 더 격정적이었고, 후지키의 고뇌와 곤혹스러움 또한 작품에 그려져 있는 것보다 훨씬 더 깊었다고 합니다. 또한 지에코에는 기지마의 여동생뿐만 아니라, 투병 중 헤어진 첫 번째 아내이자 문학적 동지인 야마시타 스미의 모습이 담겨 있습니다.

"죽은 자를 이 세상에 붙잡아두는 유일한 방법은 그를 표현하고 정착시켜 그 모습을 다시 되살리는 것이다. …… 죽은 자에 대해 쓰는 것은 산 자의 의무이다."

사소설에 부정적이었던 후쿠나가가 지극히 개인적인 체험을 소재로 소설을 쓴 것은, 어두운 시대를 살아가야 했던 풀꽃 같은 삶들을 기억하고 이 세상에 붙잡아두기 위한 의무로서의 행위였는지도 모릅니다. 전쟁, 가난, 병으로 고독하게 청춘을 겪어낼 수밖에 없었던 그들의 이야기를 쓴다는 것은 그들 하나하나의 삶을 기억하고 되살리는 것이기 때문입니다.

"하지만 그것 역시 청춘인 것이다. 희망 가득한 화려한 날들을 보내는 청년들에 비하면 그들의 청춘은 불행하고 일그러졌을지 몰라도, 그래도 그 역시 살아갈 가치가 있는 것이다.

살아남아 과거를 돌아본다면, 비록 잃어버린 청춘이라도 그 하나하나에는 고유한 의미가 있었음을 깨달을 것이다. 그리고 인생이란 늘 무언가를 잃어가며 살아가는 것임을 알게 될 것이다.

투병 중에도 필사적으로 써낸 저자의 노력에도 불구하고《풀꽃》은 출간 당시에는 큰 주목을 받지 못했습니다. 하지만 저자의 말처럼 "독자들의 손에 의해, 독자들의 손에서 손으로 전해지면서", 지금까지도 많은 이들에게 울림을 주고 있습니다.

지금은 소설의 배경이 된 시대와는 많은 것이 달라졌습니다. 하지만 어느 시대든 청춘이란 스스로는 어찌할 수 없는 현실의 벽에 부딪혀 하루하루를 견디며 살아가는 것이기에 지금까지도 이 소설이 많은 이들에게 읽히고 감동을 주는 게 아닐까 생각합니다.

후쿠나가는 죽은 자는 산 자의 기억 속에 늘 함께 살고 있다고, 그리고 산 자의 죽음과 함께 마지막으로 결정적인 죽음을 맞는다고 했습니다. 그들을 기억하며 그들의 이야기를, 또 자신의 이야기를 쓴 후쿠나가는 이제 이 세상에 없지만, 그가 남긴 이야기를 읽는 이들이 있는 한, 그들은 영원히 산 자의 마음속에서 함께 살아갈 것입니다.

옮긴이 박성민
도쿄외국어대학교 대학원에서 일본어학을 전공하고 통번역사로 일했다.
번역서로 《그리운 시간들》, 《책은 시작이다》, 《심호흡의 필요》, 《세상은 아름답다고》, 《나쓰메 소세키 - 인생의 이야기》, 《다자이 오사무 - 내 마음의 문장들》, 《봄은 깊어》 등이 있다.

풀꽃

2023년 8월 1일 1쇄 찍음

지은이 후쿠나가 다케히코
펴낸곳 시와서 출판
펴낸이 송승현

출판등록 2016. 12. 6.
이메일 siwaseo@gmail.com
블로그 blog.naver.com/siwaseo
인스타그램 www.instagram.com/siwaseo

ISBN 979-11-91783-08-7